ちくま文庫

有吉佐和子ベスト・エッセイ

有吉佐和子
岡本和宜 編

筑摩書房

［目次］

幸せな仕事

いとおしい時間

本を語る

世界を見る目

有吉佐和子ベスト・エッセイ

幸せな仕事

私は女流作家

「有吉さん、女流作家だと言われたら、恥辱だと心得なさいよ」

小説を書き始めた頃、こういう訓辞を方々から頂いていた。

どんな意味か、あまり深く考えてみないうちに、機会が気早くやってきて、私の小説がそろりそろりと売れるようになり、さて気がつくと、肩書はいつも女流作家である。恥辱と考えるべきか否《いな》か、胸に手を置いてとっくり考えなければならなくなった。

女なのだから女流と呼ばれても仕方のないところだ、という消極的な肯定がその結論となったが、経過はこうである。

世の中には、男女という両性があって、仕事の性質も概ねその両性特有のものに分たれているようだけれども、小説を書くという分野では、男であると女であるとを問わず、筆をとる権利が与えられている。つまり、私に女流と呼ばれたら恥辱と思えと言った人々はこの中にあって女だからという甘い眼で認められては情ないのだぞ、文学で認められるのは男もない女もない、ただ立派な作家として偉大な作品をモノすべきなのだぞ、と私に強調したものであるに違いない。

「林芙美子が文壇に出た頃、女で小説を書くのは容易なわざではなかった。彼女の血を流して切り拓いた道を、後進はもはや彼女の何分の一にも価しない苦労で歩いている」

こんな話を最近聞かせられた。

世間がそれだけ女流に寛容になって、そのおかげでデビューできる女流新人がふえた。お前もまずその一人だという底意に違いない。

もっともだ、と私は簡単に肯《うなず》いてしまう。

不貞《ふて》くされているのではない。現在、物故した作家の歩んだ道がなくなっているものなら、安易な道で行きつけるものがあるものなら、誰だって、後者を選ぶのは自然の成行きだからである。近ごろのような作家は昭和初年なら文壇に顔を出すことも出来なかったろうといわれても、さて昭和三十三年現在、ほんのちょっとにしても顔を出した我々は、ここから築くより手はないのである。

また、ある文学に志している青年末期氏が、こんなことをいったのを聞いた。

「ひとつ、ペンネームを女名前にして、新人賞に応募してみようかなア」

女の方が楽に世に出られる時代だと、聞き手の私に毒を吹いたのかもしれなかったが、私は生活や名利に焦っている男の本能が吐息しているように感じて、彼の顔を直視することができなかった。男性をこのときほど気の毒に思ったことはない。

以上、三つの例をあげたのは、私自身女であるためにトクをしているという意味ではなく、世間の女流に対する本質的な反感は、概ねこの三種であろうと思ったからである。

結局のところ、私は黙っているしかないのである。女だから、女流で結構。お好きなように、御自由にお呼び下さい。

アナトール・フランスが「クツ屋は自分の作ったクツを上等なのだと言うことができるが、作家は自分の作品について語る権利を持たない」と名言を吐いているそうだ。女流作家も、自分から女流という呼称に抵抗したくても、そんな権利は与えられていないようだ。

女を吹き切れ、とか、女でなくなった年齢から本当の文学が生れるのだ、とか、男性たちはのたまうけれども、女にそんなことを言うのは勝手な話だ。女は、自らの女性を突き抜けるとき、豊かな開花を見せることができ、このとき男性の追随を許さなくなる例を、岡本かの子が立証しているではないか。

とまれ、私は世間の呼び名に気を散らす暇があったら、机にかじりついて原稿用紙と取組んでいた方が賢明だと考えているのである。

私のキャリア

文学歴などという大したものは持たないけれども、つい昨日までの同人雑誌時代は思い出すだけでもなつかしい。苦労なしにポッと出てきたように思われているムキがあるので、今日はそれを書いてみよう。もっとも、どう書いたところで苦労なしであることには間違いない。

大学を出て、好きな歌舞伎に血道をあげ、劇評まがいのものを書いて幾バクかのお小遣いにありついていたころ、文壇ボスと自称するM氏がポンと肩を叩いて、

「どうだね、小説を書いてみないか」

と云ったときから、私は花嫁修業の道を外れてしまったようである。

M氏は、その昔中央公論と並んで盛名をはせた綜合雑誌の編集にたずさわっていた人で、氏のケイ眼に当りをつけられて世に出た作家が多いところから、私にも、

「うん、お前はモノになるぞ」

とお土砂をかけてくれたものなのであったが、そこで入った同人雑誌「H」は要する

に経済的危機にあって、小説など書きそうにもなくて同人費だけは払いそうなオッチョコチョイの入会を歓迎していたというのが真相であった。が、本当にオッチョコチョイであった私は、そんな裏話はツユ知らず、M氏が私に才能があるといい、「H」も歓迎してくれたのだから、これはきっと私も小説が書けるのに違いないと感激してしまったのである。そして、一夜にして数十枚の短篇を書きあげ、文字通りの処女作をひっさげて何回目かの同人会に出席した。

当時「H」では私は最年少者であり、ただ一人の未婚女性であり、ヒラヒラと歩きまわっている私は大方の男性の眼には可愛いく映ったものらしく、自分で云うのも妙なものだが私は大変に可愛がられた。廻し読みにした私の処女作についても、こんなところに句読点を打つのは効果を殺《そ》ぐとか、ここは会話で逃げた方がよかったね、とか親切な注意を与えてくれ、読み終った連中はニコニコして、

「まあ、この程度書けてるなら第×号に載せてやってもよかろう」

と衆議一決したのである。

始めて書いた小説が、始めて活字になったときの感激は忘れられない。私は何度も何度も繰返して読み、厚釜しくも友人知人に「H」を売りまくったのである。同人たちは私がよく稼いでくるので、内心はホクソ笑んでいたに違いない。

たまたま、ある新聞の同人雑誌評に、私のこの作品が取上げられたことから、しかし

形勢は逆転したものである。今その小説を読み返すと未熟というか浅いというか目を掩いたいような代物なのだが、そのときその欄を受持たれた批評家氏は、どうしたことか大変に激賞して下さった。と云っても、小さな欄の小さな囲みものの中で、ほんの三行だけに出たものだのに、それは「H」にとって殆んど始めてといってよい出来事だったのである。「H」の同人たちは、これまで営々と書いてきた連中を差措いて、小説の上では問題にしていなかった女の子のものが批評に取上げられたのを面白くは思わなかった。彼らは一様に態度をヒョウ変して、それ以後私の書くもの書くもの八ツ裂きにし、罵倒し、要するにあの批評家はバカであったなどと云い出したのである。

もっとも、私の方も例の批評を切抜いて定期入れに蔵《しま》い、朝な夕な眺めるような歓び方だったから、相当頭に来ていたのだろう。以来、私の言辞は彼ら先輩にとって生意気以外の何ものでもなくなったに違いない。とにかく、男の意地悪は、女同士のそれよりも遥かに激烈なものであることを私は知った。同列の扱いを与えない為に女に対して寛大であった彼らは、その女を同列におくべきときに到ると男性間の競争心に更に憎悪を加えるようだ。それに気がつかない間、私は彼らの批評という美名に隠れた悪口の下に、幾度か唇を噛みしめねばならなかった。が、私の忍耐には限りがあった。というより、生れてから出来るだけ我慢はしない主義で育ってきた私である。この苦労は、していても何もならないと見極めをつけて、私は表向き「H」を追い出された。それというのも私はまだそのころ小説を一生書き続けるなどという大望は抱いていなかったからである。なんだ、小説を書かなければ、この不愉快から逃れられるのではないかという肚であった。

が、一つの習慣は私の意志より多くの人の意志の下に生れていた。間もなく私と前後して「H」を脱けた二人と、他から一人よって、四人でまた別の同人誌を興していたのである。これは一号きりで続かなかった。理由は、走り出していた私と、何年か歩み続けて筆に懐疑し始めていた後の三人とのテムポが合わなかったためである。次いで十五次「新思潮」が私を拾ってくれた。すでに三浦朱門、曾野綾子の両氏が巣立って華やかに文壇を賑わしていたころである。ここの同人たちには、「H」のように切羽詰った姿勢で小説を書くという気風はなかった。誰もが親切で、そして呑気だった。集っても文学の話などで口角泡を飛ばすことはない。私は求めていた雰囲気に始めて憩え、この中で始めて「書くこと」の決意をかためていた。

文学界の新人賞候補になって、一応デビューみたいなことになったとき、同人たちは半ば呆れ、

「女のひとは出世が早いから怖いなあ」

と云った。それはしかし羨望でも嫉妬でもなく、彼らの祝福の言葉だったのである。

私は、現在に到るもなお「新思潮」同人であり、この人たちと会を持って顔を合わし、

のんびりと世の中のことを話すことを喜びとしている。誰も同人の尻を叩く真似はしないし、蒼くなって芸術至上を論ずる者もいない。しかし、皆が小説を読み、皆が小説を書いているのだという安堵に似たものが、常に融和の根源になっている。

才女よ、さようなら

✝芥川賞をミスして可愛がられる

昭和三十一年の上期芥川賞候補に、私の作品が入って、選後次点のような扱いで「文芸春秋」誌に受賞作と並んで掲載されてから、私の身辺には今までになかったものが、ひしひしと押し寄せてきたような気がする。

いつの世にも判官びいきはたえないもので、受賞しなかったことで割合に好意的に迎えられたのと、それからこの作品を読んで松竹の大谷竹次郎会長が「芝居が書けるのではないか」と呟かれたのが、その原因となった。

大谷会長は、私の小説を読んで芝居の書ける筆だと呟かれたのが、私にとって戯曲を書くキッカケになったからである。

学生時代に「演劇界」誌に俳優論などを投稿していたのが縁で、利倉幸一氏（演劇出版社社長）に拾われ、卒業後も署名原稿をチョクチョクのせてもらっていたのを、大谷会長の身近で覚えている人がいて、「この人は『演劇界』にものを書いているくらいだから、きっと芝居も書けるでしょう」と会長に迎合したのがコトの始まりである。

世間では、私が小説よりも先に戯曲を書いていたような印象を持っているようだが、事実はこうして会長から利倉氏を通じて「書かないか」と云われたのであり、小説のデビューから、戯曲が舞台にかかるまで、約一年ほどの開きがあった。そして、それまでに私は大谷会長に対して、全く一面識も持たなかった。松竹で会長の秘書をしていたという誤解や、うまく取り入って芝居を書いたのだなどと書かれたことがあったが、事実は右のとおりで、芝居の方の始まりは全くの受け身だったのである。

文楽のための浄瑠璃を書き、これが一応パスして、すぐに鴈治郎、扇雀にあてた芝居を書いた。赤字続きの文楽に、大谷会長の肚では台本料が安く上がることが計算に入っていたはずだが、私はそんなことには思い及ばず、大谷竹次郎に我が才能が認められたかと欣喜して筆を走らせ、その勢いで演出もやったのだから、全くいい気なものであった。

当時、私は吾妻徳穂女史の秘書を職業としていたが、これは女史が第二回アヅマ・カブキの海外巡演で日本を留守にしていたときの出来事である。私は退屈を持てあまし、力が溢れて仕方のないときであった。

作家になるとは思いも及ばず、やや趣味的に小説を書き、芝居だって偶然から書いたものなのだから、その頃の私には「書いている」という意識がなかった。芝居といっても、歌舞伎という特殊地帯で、世間もあまり注目しなかったし、マスコミなるものも今ほどの激しさはなかった。私の芝居はすぐ中継放送をされたが、テレビの受信機の数は、今とは問題にならないほど少なかった。

私は大変に周囲から可愛がられた。私は、ただただ楽しく小説を書き、戯曲を書き、批評家から「若いくせに達者すぎる。描くものは古い世界で、いわば古風な新人といったところ」などと云われても、一向に苦にならなかった。こんなもので達者とは云われたくない。私は、もっと「うまく」なるつもりだ、などとうそぶいていた。

それから三年、私は「うまい」小説よりも「いい」小説を書きたいと考え出している。

✝有吉探偵のバランス・シート

昭和三十二年の春「『新思潮』タテの会」というのが山王下にある料亭で盛大に行われた。

私は第十五次「新思潮」の同人であったので、その末席を汚したわけだが、芦田均氏、谷崎潤一郎氏、安倍能成氏、大宅壮一氏、今東光氏など第一次の同人から一堂に会したその夜は、まったく盛大なものであった。マイクが立てられ、人々は次々に立って昔を回顧し、若いものはひたすら恐縮してスピーチをした。「新思潮」はじまって以来、女の同人というのは曾野綾子さんと私の二人だけで、これはちょっと目立っていたらしく、大宅壮一氏はしきりとそれを云っていられた。

私にスピーチの指名が来るとは、そのとき全く思い及ばなかった。それでなくても偉い人たちが揃いすぎていた。軽妙なスピーチが続いたが、私は声をたてて笑うのも遠慮していたくらいである。

ところが興半ばで、今東光氏が、大声で叫び出した。

「おもろないな、男ばかりで。女にも喋べらせろ。二人もいるやないか」

私は、この一言で、今東光氏を今もって恨んでいる。なんの用意もなかった私は、突然司会者の指名を受け、咄嗟でドクにもクスリにもならない話を二分間ほどしたのだが、どういうものかこれが大受けだった。こっちは夢中だから、何をどう喋べったのか全く覚えていない。

会衆の中に、NHKの岩崎文芸部長がいたのが次なる恨事である。折から企画されていたテレビの推理番組に、私は、このときスカウトされてしまったのだということが、最近になって判明したからである。

半年後、NHKからプロデューサーが、その「私だけが知っている」の出演交渉に見えたとき、どういうわけで私に白羽の矢が立ったのか私は理解に苦しんだが、ちょうど大阪のNHKで芸術祭に出すテレビドラマの構想を練っていたときなので、当の出演の話はそっちのけで、佐藤プロデューサーに「石の庭」について喋べりまくった。佐藤氏は黙って聞いていたが、心中これは落とせるぞと笑っていたらしい。饒舌の後の虚脱状態を衝かれた形で、私はいつの間にか日曜の夜の推理番組に姿を見せることになってしまったのである。

✝失礼ですが先生のご本職は?

徳川夢声氏を探偵長に、慶大教授の池田弥三郎氏、映画俳優では博識のホマレ高い江川宇礼雄氏、それに私というのが、レギュラーの探偵だった。妙な顔ぶれで、どういう目安から選ばれたのか見当がつかなかったが、この素人探偵局の雰囲気は大変居心地よかった。番組は推理というより「当てもの」といった方が当っているお遊びで、いたって気楽であったし、何より私に有りがたかったのは、出演前後に控え室で、三人のヴェテランがその博識ぶりを開陳されることであった。誰の話も面白く、昔のことも、今のことも、私の知らないことが語られていた。私にとって、これは耳学問の場所であった。

書きかけの小説で疑問な個所が出てくると、私は日曜の夜を待って探偵諸氏にそれとなく訊いてみた。構想を練っているとき、それが可能に運べる筋かどうか、それとなく口にして反応を見た。作家としての私は、足かけ三年間のレギュラー生活で、三冊の生き辞引を抱えていた形である。

ところが、この番組は思いがけず人気番組となり、有吉探偵の人気は、作家としての有吉佐和子と関係なく独走し始めた。

テレビで顔が売れたために、道を歩けば振り返られる。それは東京ばかりでなく、日本全国いたるところで起った現象である。テレビの脅威を、私は身をもって体験した。テレビの観客人口と、小説の読者人口とでは、問題にならないほどテレビの方がサーキュレーションが大きい。

番組が、ＮＨＫとしてはインテリ向きのつもりだったが、娯楽番組には違いないので、誰でも楽しんで見ている。画面に現われ出る有吉探偵は、毎回着るものを変えて、ニコニコと気楽に、あるときは真剣そのもので珍事件難事件の解明に当っている。ＮＨＫから迎えに来た自動車の運転手氏に、「毎回楽しんで拝見しています。ところで失礼ですが、先生の御本職は何ですか」と訊かれたことがあったが、テレビを見る限りでは、私の素姓など分らないのは当り前というものである。

私が小説を書いていると知っても彼らは私を、ユーモア小説の作家かと思ったり、推理小説の作家かと思ったり、ファンは私の小説を買って読んで、意外に渋くて地味な普通の小説であるのを発見すると二冊目には手を出さない。

私の小説の読者は、あまり推理番組には興味を持たない人たちである。むしろ、彼らは苦々しく思っていて、「あなたの小説は好きで、必ず読んでいますが、テレビに出るのはやめてもらえないか。小説のイメージがぶちこわしになります」という投書が来たりする。

テレビのファンは前にも云ったように、決して私の小説には手を出さないのが殆んどである。

作家としては、やはり一筋道を行くのが本当で、何もかにも手を出したり、殊にテレビは作家有吉佐和子をマイナスにすることはあっても、プラスになることではないからという親切な忠告も身近かな人々から頂いた。事実、あれは何でもやるが、私は小説一本槍で、だから小説は私の方がうまい、という三段論法を使う人も現われてくる始末である。

しかし、テレビで人気があるからといって小説の注文をする不見識な編集者は一人だっているわけがないし、小説が売れているからといって、テレビ局がレギュラーの交渉をするわけではない。テレビと小説は、場所も評価の基準も違うのだという当り前のことに、どうして人々は気がつかないのだろうと、私は困惑した。

✝ヒルマは手持無沙汰の作家生活
またテレビや対談、座談会などというものへの出席は、そのときそこへ行けばいいだけで、時間的にも精力的にも、こんな楽な仕事はない。人は私の顔を見ると「忙しいでしょう。大変ですね。よく続きますね」と同情してくれるが、私とすれば忙しくもなんともなかった。マスコミの寵児と書かれて、キョトンとしたり、マスコミを逆手にとる才女などと書かれると、阿呆らしくなったりした。「私は忙しくないのです」と云っても、それも計算ずくかという顔である。小説は二本以上の連載を持たないように、自分のペースはきちんときめていたし、身体も丈夫な方ではないから一切無理はしていない。毎日一定した量を書く器用さも事務的能力もなく、友達が多いし遊び好きで、一カ月の実働日数は約十五日です、などと詳しく説明しても、相手は「台風の眼に入ると、無風状態だそうですよ。なるほど」とまるで分ってくれないのである。

　ウソイツワリなく云うが、深夜が執筆時間である私にとって、太陽の照っている午後は、手持ち無沙汰で困るくらいだった。そんなとき、私は世間のいうマスコミとは、いったい何なのだろうと不思議に思ったりしたものである。

私はマスコミを忘れない

　しかし、三年たてば三つになるというたとえ通り、私の作家生活も、だんだん肚をすえてかからねばならないようになってきた。趣味では続けて書けるものではない。友達運に恵まれている私は、常に叱咤激励してくれる友人を身近く持っていたのが何より幸福だった。私は這い這いの状態から、よっこらしょと立ち上り、この人たちに支えられてヨチヨチと歩き出していたのである。

小説には読者があるという当然の事実に、私はある日愕然と思い至った。こんな複雑な社会情勢のときに、書いたものが活字になるという仕事を持つ者は、多かれ少なかれその影響について考えていなければならないのだし、私の小説を読んでいる人々のためにも、私は作品を向上させなければならない。

そういう意識が生まれていることに、はっきりと気がついたのは昭和三十三年の正月あたりからである。去年一年、私はうまい小説よりも、いい小説を書こうと努力してきた。考え方が変わり、書く態度も変われば、変化は無意識的に作品に現われるらしい。『祈禱』が臼井吉見氏の文芸時評にそれまでとは違った形で取り上げられたとき、私は私の定めた方向が間違っていないのを確信した。『江口の里』『人形浄瑠璃』を読んだという投書が沢山届いたが、これまでの私のところにくる読者の手紙より、深く読み深く感じてくれる人たちが増えていた。これは更に嬉しかった。

今年に入って、私は長篇『紀ノ川』一つに取り組んでいた。ヒントで書いたり、異常な舞台設定や、特異な事件の展開で小説をつくるのをやめて、筆の力だけに頼って女の命を書いてみよう。ひょっとすると私の身分では不相応に贅沢な仕事かもしれないけれど、やれるだけのことをやってみよう。そういう気だった。この間、どうしても断れなくて書いた短篇小説を書くのが何よりつらかった。気をそらしたくても、それないのである。

今年の仕事は、『紀ノ川』だけでいい、と私は思った。書き上げたら、外国へフラリと行ってこよう、そう思っていた。小学校五年まで殆んど外国暮らしだった私は、子供のときに見た世界を、もう一度あらためて見て来たいという希求しきりでもあったのである。

五月ごろから出かけようと、人に相談をしているとき、「朝日新聞」から連載小説の話がきた。私は最初耳を疑ったが、去年からの私の仕事が認められていたとすれば、喜んで受けようと思った。外国へ出かけるのは、それ以後でいい。

＊おみやげは買えませんが……

『私は忘れない』を書き始めてから、坂西志保先生が声をかけて下さって、ロックフェラーの奨学生としてニューヨークへ行きませんかというお話が起った。自分のお金では、借金してもせいぜい二、三ヵ月しか出かけられないが、これは一年間、しかも私は一文も使わないですむ。奨学資金には、なんのオブリゲーションもついていないときくと、私は両手をあげてその幸運を抱いた。

渡米が確定すると、このジャーナルの激しい時代に一年も日本に空白をつくったら大変だという忠告をもらった。ジャーナリズムは忘れっぽい。見送る人が多くても一年後出迎える人はきっと少ないだろうとは、私も覚悟しているところである。だが私は行くのだ。作家であることが苦しくもなんともなかった頃の私は作家ではなかったが、作家であることが苦しくてたまらなくなった私は、もう作家になったのだと思う。うまい小説を書こうとしていた頃は、いつでも筆を断つことができると安易に思っていたが、いい小説を書きたくなって以来、私は筆を持って原稿用紙に向うと、業というものをふと感じたりするのである。再来年のマスコミは私を忘れているかもしれないが、帰ってきた私は黙って書きつづけているだろう。

ニューヨークでは、勉強に専念して、日本には原稿を送らないという基本的態度を持するつもりである。それでも出立前に約束を果せなかった短篇が三つ四つあるので、これは書くと誓っているが、果して書けるかどうか。

最後に、この四年間、じっと私を見守り、愛し、励まして下さった多くの方々に、私の家人を含めて、私は感謝の言葉を残したい。よく支えていて下さいました。有りがとうございました。これからの一年間で、はっきり一人で立てるように、私は努力してきます。一ヵ月二百五十ドルの耐乏生活では何のおみやげも買えないと思いますから。

※「才女」とは、有吉、原田康子ら一九五六年前後に登場した新進女流作家の総称。臼井吉見が「才女時代」と称したことに由来し、多くのマスコミが用いた。

芥川賞残念会

昭和三十一年の上期芥川賞の候補に、私の小説「地唄」が上ったとき、それが新聞に発表される前に処々方々から私の耳にはそのニュースが聞こえてきていた。七つほどの作品にふるい落す前に、いわゆる予選というものがあって、それには私が「三田文学」に書いた「キリクビ」と、「新思潮」に掲載した「ぶちいぬ」と、それから「文学界」の新人賞候補になって有名なる「太陽の季節」に蹴落とされた「地唄」が入っているということだった。私としては自分のその三作の中では「キリクビ」が本命だと思って、それなら受賞しないまでもかなりのところまで行くかもしれないぞと不逞な臆測をしていた。なにしろ小説というものを書き始めてやっと一年そこそこ、文壇というダンは、何処にあるかも知らないときだから、私はこのニュースに胸をときめかすような純情より以前の状態にいたのであった。

が、いよいよ新聞に(それも下の方に小さく)候補作品が発表されると、意外や有吉佐和子さんは「地唄」という作品で残っていた。

「ああ、駄目だわ」

こう云ったのを聞いた人々は、内心でこいつめ、取れると思っていたのかと呆れ返ったそうである。続いて、

「ちょっと、落ちるときまったから残念会を企画してよ」

と私が云い出したものだから、いよいよ友だちは唖然とした。

案の定、芥川賞は近藤啓太郎氏に与えられるときまったが、意外や「地唄」は次点のごとき地位を得て、近藤氏の作品と並んで文藝春秋に掲載されることになった。内実は、枚数の関係で、他の候補作より私の方が刺身のツマになりやすかったというところらしいのだが、私の周囲では私の作品が「文藝春秋」に載ったというだけで気が遠くなるほど愕いたのである。

しかし、私はその種の感激性を生れついて持たずに育っていた。なんにしたって落ちたことは落ちたことだ。

「残念会はどうなったの」

人の顔を見ると催促して歩いた。芥川賞がもらえなかった残念より、なんでも名目をたてて集って騒ぎたいという、ごくプリミティブな要求だったのだが、先輩や友だちは、もう言葉もなく茫然としていた。中で一人だけ文学とやら小説やらが人生の大事とは思わない青年がいて、このひとが音頭をとって、ようやく新宿の酒場の二階で残念会を開

いてくれた。

私は会の名目がなんだったか直ぐに忘れてしまって、ごく下らない四方山話でわあわあ喋ったり笑ったり、とにかく私を中心にした集りだということは感じていたから、エゴセントリシティの満足のもとに、至極愉快に過した。それを見て、集った連中は憮然としていたそうである。芥川賞残念会というから、落選した者を慰めるのが趣旨かと思ってやってきたのが、慰めようのないほど本人が朗らかなのだ。

「残念会なんて、だいたい大それていすぎるよ」

一人が我慢しきれずに云い出した。

「あら、どうして」

「そうじゃないか。候補になっただけで、よかったなあ、祝おうじゃないかって、それで集って酒を飲むのが本来なんだ」

「あら。ご免なさい。じゃ、その方に切りかえて下さらない。残念会より祝賀会の方が景気がよくっていいわ」

手がつけられない、と皆さま方は思ったのだそうである。

——このときを振返ってみて、我ながら無邪気なものだったなあと思う。それで反感を買っても、無理はなかったと思う。私には当時、芥川賞がそんな大変なものだとは考えることもできなかったのだから。

小説を書いてみて書けた書けたと喜んでいるだけの、ごく無責任なころのことで、私が作家という肩書をつけて歩き出すような事態が生じるとは思えなかった。ジャーナリズムや文壇や小説書きの生態について、全く関心を持たなかった私としては、今になっても当時を後悔することはないのである。

が、こんな頼りない私を、世間さまがなんとか守り立てて下さって、私は他動的に小説を書き続け、やがてそのうちに自分をその仕事の中で育てなければならなくなってきた。私が作家という自覚を持ち始めたのは、お恥ずかしいがごく近頃のことなのである。まず、皆さまに御免を蒙って自己批判をさせて頂くならば、私は晩稲《おくて》なのではないかと思う。

性根を据えてから「仕事」にかかる型と、歩き出してしまって仕事の中で「性根」をかためて行く型と、人間の生き方には二通りあると思うけれども、私ははしなくもこの後者なのであった。

芥川賞の候補に一度なったきりで、あとはもはや新人としては恵まれているからということで候補は失格だという話である。おやおやと思わぬではなかったけれど、さらしものになって落ちるよりは、目立たぬだけでもトクだろうと私は不服を感じなかった。というよりは正直なところ、無我夢中で今日まで来たのである。開高健氏、大江健三郎氏と、受賞者があいついで現れる都度、ああいいなと思わぬことはなかったが、副賞の上等の時計が羨しいくらいで、切実に賞がほしいという気はなかった。

この原稿の依頼を受けても、「書くことがない」という理由で再三再四お断りしたのであったが、そのとき編集氏の切り返した鋭鋒は避けがたかった。

「こないだの大江氏の激励会のときのスピーチは、ではなんですか」

大江健三郎氏の何冊目かの本の出版記念会をかねて、「大江健三郎を激励する会」というのが企画され、私はその発起人の一人として名を連ねたのである。が、発起人になることを喜んで承諾した私は、その会の当日までの約十日ばかりの間に、その会の趣旨を懐疑するようになっていた。

当日、スピーチに指名されたとき、正直者の私は、つい思ったままを喋ってしまったのである。

「エエ、本日は大江さんを激励する会で、私は光栄にも発起人の一人なのでありますけれども、よく考えてみますと今さら大江さんを何故に激しく励まさねばならないのか、理由が分らなくなってきました。大江さんは、第一作から華々しく脚光を浴び、芥川賞を受賞し、その後の作品は批評家の絶讃を受けています。この上、彼を激しく励ましたらどうなるか、末怖しいことでございます」

来会者が、シンとしているので私は慌て出した。私は決して大江氏にケチをつける気はなかったのである。問題は、この私自身のことなのだ。「……そ、それよりも私のように、そろそろ婚期を逸しかけて（急に爆笑起る。なぜ皆が笑ったのか、私には分らない。当人は謙遜して云ったつもりだったのに）、小説を書いても書いても賞を与えてもらえない、淋しい気持でいる可哀そうな女をこそ、激しく励ますべきではないのかと、考えた次第でございます」

頭を下げたら、皆さん盛大に拍手して下さった。それで激しく励ましたつもりになられたのでは詰らないと、私はいまだに不満である。

しかし、右のスピーチを反芻してみると、たしかに編集部が指摘するように、私に芥川賞がほしいという気持はないと云うことはできないようである。

もう誤魔化せない。実は、告白することがある。おっしゃる通り私は、芥川賞が欲しい。しかし、この欲望が起ったのは、ごく最近のことなのである。

忘れもしない、昨年の夏、私は初めての文芸講演旅行なるものに参加した。メムバーは大家である二人の作家と、漫画家と、私。大家というものは例外なくお年寄りだから、若くてしかも紅一点ときて私の人気は予想外のものがあった。テレビのPRもきいていて行く先々で、私は大変な人気者だったのである。仲々いい気持だった。演劇と同じように講演も観客の反応如何によって効果が決定する。私の拙いお喋りも、みんなが親身で聴いてくれれば迫力も出ようというものだ。

数日こんな状態が続いて、最後の日、颯爽と（当人はそのつもりだった）ステージに現れた私に、大向うから声がかかった。

「落選文士！」

……これにはコタエましたね。

私が、切実に芥川賞をほしいと思い出したのは、そのとき以来である。

幸せな仕事

『複合汚染』を新聞に連載し、単行本として出版した間、夥《おびただ》しい数の投書を頂いた。その反応は二種類あった。

こわい、こわい、何を食べたらいいか分らない。もう生きるのが嫌になった、という趣旨のお手紙は、悲鳴に近いものであった。今まで何げなく食べたり使ったりしていたものについて、あまりにも知識を持たず、無頓着でいた日常を反省しておいでになる方々の反応もこのグループの中に入れることができる。小さな子供を持つ親が、やはり一番深刻な受け止め方をして下さったようだった。

もうひとつのグループの反応のしかたはこれとは全く逆だった。「あれでは手ぬるい」「もっと激しく追求せよ」「現実はあんなノンキなものではない」「現状を教えてやるから我々住民運動のところへ勉強に来い」というような塩梅であった。

しかしながら私としては、まだ何も気づいていない読者に関心を持っていただくというのが基本的な狙いであったので、過激な表現はまず慎んでいた。本屋に行けば公害コーナーがあって、学者や住民運動家の書いた「警告」や「告発」は山のように出版されている。私が案じたのは、これらを読む人数がいかにも少ないということと、その少数の人たちばかりが買って読んでいるという現状であった。もっとみんな知るべきだ、というのが私が『複合汚染』の筆を取った動機だった。学者の書いた難解な本と、住民運動の人々が書いた切羽詰った激しい告発の書を、もっと分りやすく、できるかぎり面白く、毎日の読者の興味を繋ぎながら書き綴る、というのが私の基本的な方針であった。

安全な御飯と味噌汁とを求めるのは、あるいは安全なパンを食べ、安全な茶を飲みたいという願いは、生活者のごく保守的なものであって、これは人間ならば誰でもが持っている願いであろう。食物に化学的処理をほどこすのは、食物史でいうなら革命的なできごとであり、私は、その革命はどうにも御勘弁願いたいと思っている保守的な生活者である。おそらくこの願望は、自民党を支持する人も、共産党を支持する人も、等しく持っている筈であって、食生活の安全は政治的には超党派で考えてもらいたいし、それはもちろんできるはずだ、と私は考えている。

私には、生活者に訴えたいという考えがあり、だから消費者を読者対象として彼女たちがもっと農業について知るべきだと思って書いていたのだが、思いがけず農村に多くの読者を得ることができたのは有がたかった。さまざまの体験談や手記もお寄せいただいた。それにしても農家の人たちが、農薬の何たるかを知らずに使用している事実は、知れば知るほど私を慄然とさせた。劇薬猛毒の類の管理の杜撰さは驚くべきものがあり、農林省の行政指導官は何をしているのか改めて怖しいことだと思った。

この仕事をしたことで私にとって大きな幸せとなったものは、立派な人々と出会う機会が多かったことである。物質文明の危機という現状を憂えている学者の中に、農民の中に、消費者の中に、私はこれこそ叡知の持ち主だと感服する人を見た。彼らはまず哲学者であった。人間がいかに生きるべきかという本質的な理念を、意識するとせざるとにかかわらず、必ず持っている人たちであった。数は少なかったけれど、同じ叡知の持ち主を、企業サイドにも何人も見つけることができたのも喜びであった。同じことが読者についても言えた。私は数多くの読者を得たいと願ったが、私の願いよりずっと上等の読者が多かったのは本当に幸せだった。深い心で共感して下さり、その方々はたえず私を励まして下さった。化学記号の山や数字の渦の中でフラフラになっていた私にとって、それはこの上ない力づけになった。大局的に私の言おうとするところを把握して下さっている読者が多かったのは、私に勇気を与えた。書き終えた今、私には感謝しかない。

炭を塗る――作家の生活

私は小説以外に、演劇の台本を書いて演出もしたりしたことがあるので、作家の生活というものについて、それも小説書きの生活というものについて、それがどんなに特殊で大変なものかということが、昨今はっきり分ってきた。お恥しいが、やっと近頃になって分ってきたのである。

私は生来、躰が弱く、小学校には碌に出席もせず、よく熱を出し、寝ころんでは本を読むという生活を、ずっと長く続けてきた。私が人並の健康を取戻したのは戦中戦後の物資欠乏時代である。おそらくそれまでの過保護な暮しから、人並の衣食住あるいは人並以下の生活で、不如意を覚え、苦しむことも知ったので、躰の方が正常になったのであろう。

小説を書くようになってから、私は実にしばしば病気で寝こむようになり、それは生来虚弱だからだと思いこんでいた。健康な時期があったのに、早くもその時のことは忘れてしまったのだ。まったく人間というのは忘れっぽい。どんな大事なことでも忘れてしまう。私は、病気になる原因について深く思わず、医者や薬に頼り、寝こんでいる間に、私は弱いのだ、弱いのだと呪文のように繰返し、やがて本当にそうなってしまった。

若いとき、日本を逃げ出してアメリカで留学生活を送ったのは、今にして思えば私としては上出来の策だったと思う。その時期、私は一度風邪をひいただけで、一向に寝こまず、潑剌《はつらつ》として日々を送っていた。英語は少しも上達しなかったけれども、新しい生活に対応することに一生懸命で、それが心に張りをもたせ、躰の健康も維持していたのだろう。が、私は日本のマスコミに疲れて出てきていたので、街を歩いても誰も私を見て立止ったりしない生活が、私を病気に追いこまないのだと誤解していた。いや、一部分は当っていたかもしれない。当時の私は若かったので、日本では何かと取沙汰され、それがどうにもやりきれなかったのは事実だから。

日本に帰って、アメリカ滞在中に練りに練ったスケジュールで仕事を始めた。快調だった。雑文や講演などは断って、一つの長篇小説に全神経を集中させて書こうという方針。それは今でも決して悪くはなかったと思っている。最初は悪口も言われたらしいが、この方針は今日でも貫き通している。

しかし、私はまた病気をするようになった。よく熱を出す。血圧が下る。高熱が何日も続く。入院する。検査の結果は何処にも異常がない。

そのうち、直腸周囲炎という厄介な病気にかかった。この手術には、五回もかかった。

事情はいろいろだが、私が医者というものには専門があるということを結果として知った。だが、病気の原因は小説を書いているせいだと、当時身近くいる人たちから言われたときは身を切られるより辛かった。

十年ばかり前、ニューギニアに行って、そこでマラリアをもらって帰ってきた。これも全治するまで、事情があって長くかかった。このときはマラリアと分るまで時間がかかり、初めて死ぬのではないかという気がした。まだ書きたいものが山とあるのに、と思い、焦った。

マラリアの後、一種の高熱療法として効果があったのだろう。一時期健康な状態が続いた。

しかし、またこの数年は、寝こんでばかりだった。小説を書く前と、書いている最中と、書き上げてからと、一つの小説を仕上げるのに三度は入院してしまうということに気がついた。他人が寝転んで読むものなのに、生命を削って書いているのか、酔狂な人生を選んでしまったものだと思った。

若さがとみに失われてくると、病気の辛さが骨身にこたえるようになった。運動不足がいけないのだと医者という医者に言われるので、流行のヘルスクラブに入り、マラソンと柔軟運動を日課とした。効果は目に見えてきた。最初は辛かったマラソンが、今ではやらずにいると頭がくしゃくしゃしてくる。

健康を取戻した肉体が、小説を書き始めるとどうなるか。前には寝こむような事態がきても、熱が出ない。血圧は下るが、大したことはない。その代り、前には肉体が代行していた苦しみが、全部精神面に集中する。前は書いて疲れれば寝こんでいたから気がつかなかったが、今は書くのに苦しんだり疲れている時期はただただ気が重い。

しかし辛くとも、なんとか道をひらいて書かなければならない。小説書きは、劇作家や他の職業の人たちと違って、ただ一人でやる仕事だから、誰に助けを求めることもできないし、失敗しても自分一人の失敗である。そこが辛いところなのだ。失敗も、いさぎよく失敗したと自分にも言い放つことが、ときには大切だと思う昨今である。

去年「週刊新潮」に連載した『中国レポート』が、今年になって出版された。読者から思いがけないほど多くのお手紙を頂いている。中国にいたことのある人、現在も中国にいる人から来る手紙は、内容が、重い。それぞれ体験がものを言っているからで、中国理解の難しさを思う。反対に、まだ中国に行ったことのない人から送られてくるものには、困ったなあと溜息をついてしまうようなところがある。亡くなった日沼倫太郎氏が、理解は誤解だという名言を残しているけれども、書いたものは、どう受けとられても仕方がないのだと、しみじみ思う。小説でなくてさえ、こうしたものなのだ。

ブノワット・グルー女史の『最後の植民地』をカトリーヌ・カドゥと共に翻訳したのが、出版されてからも、感動的な手紙を頂くことが多い。私が最もおそれていたのはフランス語の原文のエスプリが、翻訳では伝わらないということだったのだが、それは杞憂であったらしい。やはりグルー女史の視点の確かさが、豊富な資料類を読者に突きつけ、たとえば、ロレンスや、ミラーや、メイラーのごとき大作家の代表作を、まったく違う角度で読んで批判しているのが、男性の読者たちをも驚かせているようである。

こうしたいい仕事を、翻訳でなく、私自身の手でも書きたいものだと願っているが、私のこれまで書いてきた作品群すべてが、女性のサイドから見たものだということも否定できない。『和宮様御留』も、私が女だから、正史でいつも取上げられることのない世界を描く気にもなったのだし。

だがしかし、事は男だから、女だからと言っていられない場合が多くなった。人間にとって容易ならざる時代が迫っている。世界のどの国を眺めても胸がつぶれるような話ばかりだ。世代のギャップ。不景気。社会主義大国の争い。小国の苦悩。どの国にも例外のないインフレ。科学の発達が産み出した思いがけない悲劇。

一人の作家として、私の目の前に山のように小説の題材が積上げられているのを、どこから手をつけたらいいのか茫然としながら考えてしまう。考えこんでいる。

作家の生活というと、机に向って文字を書いている日常しか他人には想像できないらしいのだが、書いている時間などというのは、ことに私の場合は、二十四時間の中の、ほんの何分かに過ぎないので、考えに耽っている時間が大半なのである。考えてふくらむものもあれば、考えすぎて駄目になる題材もあり、書いているうちに活字に出来ない世界にのめりこんでしまったり、どうなるのか先のことはまるで分らない。よく今まで、おそれげもなく書いてきたと溜息が出る。

作家になって、そろそろ二十五年になる。四分の一世紀も書き続けてきたのかと、呆然としているが、そんなことを立止って考えてはいけない。歩き続けなければと同時に思う。これでいいという仕事ではないのだし、定年はないのだし、その点では恵まれた生活だと思い直す。

レポートや翻訳と違って、小説を書いているときの喜びも苦痛も、登場人物が一人歩きをし始めることである。作者の制御をきかない。『香華』では主人公の母親がそうだった。構成は綿密に立て、例えて言えば要所要所に待ち針を打っておいてから書き出すのだけれども、筆が、いや、縫針が待ち針とはまるで真反対の方向へ勝手に走り出してしまうのである。こういう場合、これまで大がいは作者の苦闘が一種の迫力になるらしく、作品の完成度が高くなくても読者の評判がいいということがある。しかし、場合によっては、どうにも公表できないものになってしまうこともあり、塗炭の苦しみとはこれかと呻吟する。小説書きの暮しは、そういうことの終りなき孤独な作業だといえるだろう。

不要能力の退化

七年前、一年間の外国留学を終えて日本に帰ってきたとき、私はかたくかたく決意をしていた。それは小説を書くということであった。言葉を換えて言えば、小説以外のことはするまいという決意であった。

テレビ出演、講演会、座談会、対談、インタビュー、随筆、推薦文、つまり小説を書くということ以外の仕事は、絶対に断ってしまうつもりだった。私は未熟だし、勉強が足りないし、いい小説を書くためには少しの時間でも無駄にしては勿体ないと考えたからであった。たとえばテレビに出るのは、どうも阿呆らしいことが多すぎるのである。十五分ぐらいを三人出演して何か喋らなければならないとして、一人平均四、五分で何が言えるのか。私はサービス精神があるし、八方美人で誰にでも好かれたいという気持をときどき持つことがあって、テレビに出ているときはできるだけ相手も視聴者も気分を悪くしないようにと考えるものだから、結果はにやにや笑いながら、どうでもいいような話だけして終りになってしまう。あとの空しさといったらない。「こないだのテレビ拝見しましたよ、面白かった」などと言われると死んでしまいたくなる。

非常な決意を持っていたにも拘らず、断りきれない場合が頻々として起っていた。作家生活十二年ともなれば親しい編集者や、お世話になっている出版社からの注文は断りにくい。やりたくないのですが、と言う。それでも、と言われる。頼みますよ、僕の顔を立てて、などという台詞が出てくると、私はしぶしぶと引受けてしまう。義理と人情に弱いのである。しぶしぶ講演を始める。が、本心はやりたくないのだから、喋れば喋るほど気持がみじめになってくる。それを振払ってやけくそになると聴衆の中から哄笑がおこり、壇から降りると「うまいなあ」などとおだてられる。たまらない。上手に話せたときは自分が講釈師かなんかになったような気がしているうちに、絶句することがある。そのあとが続かなくなって、途中で降りてしまったことが去年から再三ある。講演は、やらないのではなく、やれなくなってしまった。断るときは必死になった。

座談会や対談も原則として断っているのだが、先方さんの企画や、頼みにきた編集者の顔や、同席する方のお指図などから、やむをえず出席することがある。しかし芯は、いやなのだから、心が少しも弾まない。根がお喋りなのに、まるで興がのらなくて、でもこれでは申訳ないと、あちらさまこちらさまに気を使って、くたくたになって帰ってくる。速記録が整理され、ゲラ刷りになって手許にくるときは、もう絶望的な気分になっている。

あるとき、いつもいろいろ不義理をかさねている方からの電話で断りきれずに対談に出た。相手はいい方だったが、話はどうやっても盛上らず私は死ぬほど退屈だった。雑誌にのせるのだから、写真をパチパチとられる。その間、相手の傍に坐り直したり、いろいろさせられた。遂に愚痴をこぼして、こういうことは好きじゃないのですけどね、と言ったら、「人気商売だから仕方がないですね」と言われた。その夜、帰ってから私は、作家は人気商売だろうかどうだろうかと一晩悩みぬいた。

結論は、もちろん作家はいい小説さえ書いていれば読者に喜んでもらえるのだろうから、人気商売とは言えなくもないが、しかし俳優のように顔をあちこちに出さなければならないということは絶対にない。いわゆる人気商売とは違う筈だと、私は毅然として答えることができるのだが、だがあの場合、相手の電話に毅然として拒否できたかどうかは、まだまだ疑わしい。

たった三枚ですよ、それでも書けないんですか、と非難がましく言われることがある。なんでもいいんです、書いて下さい。テーマはおまかせします、四百字だけ、などと言われる。実は枚数が少くなればなるほど当方は苦痛なのだが、そこのところが誰も分ってくれない。思いきって、一切そういうものは書かないことにしておりますので悪しからず、一息に言って電話を切る。これが断るには一番巧妙な手なのだが、後味はすこぶる悪い。有吉佐和子の奴、思い上ってやがらあと言っているのが聞えてくるような気がする。

私の作品が劇化映画化されると、原作者はいろいろなところへ引張り出される。宣伝に使われるわけだが、私も私の原作でもし客の入りが悪かったら気の毒だと思って協力してしまうのである。入りがいいという見通しがついてほっとする頃に、週刊誌のグラビヤ、その他あちこちに私の顔やら文章が出て、私の自己嫌悪はますますひどくなってしまう。華岡青洲を自分で劇化演出したあとは、自らの誓を破った祟りだと思うくらいだった。

これを要するに私は人見知りする癖が非常に強いのだと言っても人は容易に信用してくれないだろう。初対面の人に、私は大層つくすときがあるからである。その日の風向きで、そういうこともあり、つい親しくなって仕事を頼まれる段になって、しまったと思うのだが手遅れなのである。

お忙しいでしょうが、気分転換に、お願いしますよ、などと言われても、やりたくないことはいくらやっても気分転換にはならないのである。私は今、なにがやりたいといって書きたい小説を書くより他にやりたいことは何もないのだ。そのためには数々の本も読んでおきたいし、足腰の立つうちにできるだけ旅行もしておきたい。取材といっても今日が明日役に立つわけのものではないから、世界中を漫然と廻るようなのんびりした時間がほしい。外国旅行だけは、気が楽だ。講演の依頼を断る必要がなくなるし、こんな愚痴めいたことをいつまでも書いているみじめさからも解放されるから。

最近進境著しい一人の歌舞伎俳優があって、その奥さんの曰くには、彼は役者である以外の部分は著しく退化しているそうである。数の勘定も駄目なら（前はその方面でしっかりしていると評判だったのだが）日常茶飯の立居振舞悉く女形になってしまったという。もしひょっとして私も小説のために他の能力が退化したのであれば、まことに嬉しいことなのだが。

書ける！

フランソワーズ・サガンが出産後に書いたエッセイの中で「妊娠した女は、ただ母という動物でしかない」というようなことを云っているそうである。教えてくれたのは仏《フ》蘭《ラン》久《ク》淳子さんで、彼女はパリ在住の画家なのだが、つい一年ばかり前に母親になった人だ。「本当にそうなのよ。私はずっと絵を描いていたのだけれど、出産後落着いてから眺めてみると、まあどうしてこんなものを描いちゃったんだろうと自分で呆れてしまったわ。初めのうちは大丈夫よ、そうね出産前の三ヵ月間の絵は完全に駄目だったわ」彼女も自分の経験を、こう話してくれた。

朝倉摂さんも「私もそうだったわね、何しろ体は別の創作に打込んでいるわけだからね」と、やはり同じ意見だった。

私が昨年の春から仕事は連載だけに限って、書き溜めに専心したのは、こういう理由からだった。まるで飛行機に酔いっぱなしのような悪阻が四ヵ月も続いたのだが、その間は不思議に書けた。疲れ方は平常よりひどかったが、ともかく書いている間は悪阻《つわり》を忘れていられるので、毎日一定量を定めてせっせと書いた。出産予定は十一月だから七月一杯で全部仕上げるつもりで、だから一ヵ月に二ヵ月分ずつ書いたのである。幸い結婚してからは仕事を減らしていたので、倍になっても大変な枚数になる心配はなかった。

一般に、妊娠中は気がたつと云い、私もしばしば情緒障害のようなものを経験した。怒りや悲しみを平常の五倍十倍の強さで感じたり、発散したりする。その激しさは自分でも狼狽する程だった。だが原稿用紙の前に坐ると、心が鎮まるようで、私は仕事を持っていることを実に有難いことに思いながら妊娠中の前半を過した。読書もできたし、調べものにも困らなかった。書けなくなったって、本は読めるだろうから大丈夫だ、と私は考えていた。

七月一杯までなんともなかった。悪阻の後は猛烈な食欲が湧き起って恥ずかしいほどよく食べたが、ひどく健康になったという自覚以外は、書くことになんの支障もないようだった。「そのときは分らないんだけど、それで一所懸命描いてたんだけど、後になってみてがっかりしたのよ」と云った仏蘭久さんの言葉が気になったので、編集担当の人にも読んでもらったのだが、「おかしいところは別にない」ということで、するとひょっとすると、こういうことにも個人差はあるのではなかろうかなどと考えたりしていた。

ところが、である。八月に入ると間もなく書くことがひどく苦痛になり始めた。三枚書くのに今までの三倍も時間がかかる。ははあ、と思う一方で、これは自己暗示にかかっているのかもしれないとも考えた。何しろ悪阻の苦しみから解放されてからは毎日のように出歩いて、あちらのイタリヤ料理、こちらの朝鮮料理という具合に食べて廻っていたものだから、予定通りには仕事がすすんでいなかったので、多少しんどくても書かなければならなかったのである。

だが頑張って十枚も書こうものなら、頭蓋骨に亀裂が入ったかと思うような凄い頭痛が起るようになった。子供のときから頭痛の経験はあって、サリドンなどの常用者である私が、かつて経験したことがないほどひどい痛み方なのである。眼がくらくらする。頭蓋骨が今にもバリバリと音をたてて脳味噌の中にささりこみそうだ。私は拳で自分の頭を叩きながら、これは大変なことになったとようやく慌てだした。サリドマイド禍の囂《かまびす》しい時であったから、胃薬も風邪薬も頭痛薬も一切手をふれまいとして、それで按摩さんに来てもらって頭痛を揉みほぐしてもらうことにしたのだが、それで直るのに三日もかかった。

気がついてみると、そのころから読書の方にも妙な傾向が現れている。小説は筋があるから読めてはいるが、つまりそういう読み方しかしないようになっていた。調べものも外国語の本や雑誌は、一頁読み終っても何が書いてあったのかさっぱり分らなくて、慌てて読み返すという具合である。

数字の計算などには（まあ私などがやることに高等数学があるわけはないから）少しも困らないのだが、つまりそれ以外の頭脳労働は全く出来ない体になっていたのである。

ひょっとして他の原因から頭痛が起ったのかもしれないと思い直して、数日後に筆をとってみたが、その夜からまた呻き声が立つほど頭が痛くなった。無理をして、胎児に悪い影響でもあったら大変だ、と私は観念した。それでも私は、また按摩さんを呼んで揉みほぐしてもらいながら、ああもう書けないのだなあと未練がましく考えていた。

書かない読まないということになれば、家事の能力のない私は全くの暇人である。私は会う人ごとに私の現状を話し、子供のある人を摑まえては相手も同じ経験をしたかどうかと訊きたがった。だが普通一般の奥さん方は、そんなことはなかったと答える人ばかりだった。確かに私も小説を書き、原書を読む以外のことには、なんの障りもなかったのである。人と話しても理窟が呑みこめなくなるわけではなかったし、喋る方にも差しつかえはなかった。ただ一度だけ、ある局から頼まれて録音するとき、話の途中で混乱を起したことがある。それはかなり難しい問題について私なりの意見をまとめる必要のあるものだったので、つまり頭脳労働であったから、途中で油がきれてしまったのだろう。しかし当面は生れてくる子供のことの方が絶対の重大事だった。私は筆をおいて、できるだけ気楽に暮すことにした。だが、ひょっとして、このまま書けない人間になってしまうのではないかという不安が、胸底でチラチラする。それと母親になる前に誰もが感じる不安を押えるために、私は編物に専念していた。これも眼をつかい、肩のこる仕事であるのに、そしてかなりの作品を仕上げたのに、頭痛はおこらなかった。

出産後は、七十五日針を持つなと云われているから、充分休養してから仕事にかかるつもりでいた。眼が悪くなりやすいときだからだ。新聞もテレビもできるだけ見ないようにして、ひたすら体力の回復を待った。

だが七十五日は待ちきれなかった。去年で終らなかった連載小説は三月号の分まで書いて渡してあり、四月号分の締切りはまだまだ一ヵ月も先のことだのに、私は待ちきれなかった。ひょっとして、あのまま頭が動かなくなっているのではないかという不安の他に、書きたいという欲望が強く、噴き出るようだったから。半年ぶりで書斎に入り、私は早くも興奮しかける自分を叱りながら、万年筆を取上げた。書ける！　やがて私は心の中で叫び声をあげた。嬉しかった。完全に元に戻っている。ああ私は書けるのだ！　この喜びは、誰に分ってもらえるだろう。

三人の女流作家

万里の長城へ出かける日の朝、私は馮鐘璞《ふうしょうはく》女史（注1）に紹介された。年齢は分らないが、私より二つ三つ年上だろうと思われた。ほっそりとした躰で、縁なしの眼鏡をかけ、白いブラウスと水色のスカートを着ていた。北京大学で英文学を専攻したということで、美しい英語を話した。馮さんの父君は有名な学者だそうで、そのせいか彼女には知的な雰囲気があり、私たちは一台の車に乗って、万里の長城への行き帰りの道を二人きりで通訳抜きの直接の会話を続けることができた。

後で聞いたところでは馮さんは若手の女流作家では上海の茹女史と共に大変有名な人で、美しい文体で短篇小説を書いているということだった。が、彼女は私に、短篇の他にフェアリーテイルを書いているといっていた。

馮さんは優しい声を持ったひとで、詩的な英語を操り、私は彼女の繊細な感性というものに魅了された。中国が新らしい国造りに総力挙げているとき、このひとなら小説を書いてそれに協力するよりもお伽噺を書いている方が楽しいに違いない、と私は推量した。私なども、もし中国の作家としてこの時に出会っていたら、そうするだろうと思ったからである。

私たちは、目につくものをカンバセーション・ピースにして、ごくさりげない会話を交していた。私は延々として果てしない道の両側に、この四、五年の間に植えられたと思われる並木を見て感激していて、中国では道という道に若い並木があるし、山も植林が盛んで、それは実に建国というものを具体的に感じさせる眺めだといった。すると馮さんは肯いて、それから短かい言葉で、こういうことをいった。

“Old China had Nothing……”

これは私を愕然とさせた。

私は中国を子供の頃から畏敬していて、新しい中国もいいかもしれないが、あの古い中国があってこその革命だし建国なのだと漠然とであったがそういう考えを持っていた。私たちが中国を訪れる少し前に、十三陵の発掘が始まっていて、その中で一番貧弱な陵だといわれる定陵の地下宮殿およびそこから発掘された宝物の数々を見ることができたが、それらは真に驚嘆すべきものであった。豪華な宝玉を煌めからした王冠や御物を眺めたものである。そんなものを引合いに出すまでもなく、歴史的にも文学的にも古い中国は実に豊かな国であった筈だ。それが、馮女史の口から、古い中国には何もなかった、といわれたのだから、私にとってはショックだったのだ。

長城へ行きつくまでの長い時間に、馮さんはまた万里の長城を作る間に生れた一つの物語をきかせてくれた。それは猛笙女という美しい女が夫を長城の建設に送ったあと、病んだときいて遥かな道を歩いて会いに来たが、既に彼は死んでいたという悲話であった。長城へ着いて休憩したとき、私はこの話を別の車でついた井上靖、平野謙の両先生に伝えたところ、猛笙女に関してはさまざまないい伝えがあるといって、他の中国の作家たちが通訳を通して聞かせてくれた。それによれば同じ話が「専制君主」が「強制労働」を課したときに生れた「人民」の「抵抗」を物語る寓話のようになって、私が聞いた美しい悲劇とはずいぶん趣きを異にしてしまった。通訳をしてくれたのは北京大学の学生で、正確な日本語であったが、ただ話しかけることでも「提案する」という工合に通訳するから、万事がこういう愉快なことになるのであった。

だが、言葉というのは、大切なものだ、とつくづく私は考えていた。こみいった話になると馮さんも私も英語では間に合わなくなって、手帖を開いて文字で書いた。万里の長城も英語ではLong　Wallという味気なさだから、文字で通じる方がどのくらい作家として楽しい会話になるかしれなかった。漢字で意味が判然とする度に、私たちは中国と日本の「二千年来の友情」というものを確かめあったように思う。

civilizationを日本では文化と書くが、中国から来た本来の文字では文華だった。この方が美しいし正しいと思って、私の小説の中でもこの文字を使おうと思っていたのに、中国の新しい略字によれば華は华と書くことになっている。私は憤慨し、残念でたまらないと馮さんにいったところ、彼女は大いに同感だといって、华という文字を指先で弾《はじ》いて、"I hate it!"といったのも愉快だった。仮名を持たない中国では、略字は当然考えられるべきことだが、その方法に関しては文字通り百花争鳴であるらしかった。

謝冰心《しやひようしん》(注2)女史とは、AA作家会議以来で、北京で再会したわけであったが、古い中国の上流階級出身ということが動作の端々にこぼれ出て、ずいぶんお年を召しているのに美しいひとだという印象は、いよいよ深まるばかりであった。

晩餐会やパーティでお会いする度に、いろいろな話を聞かせてもらえたが、ある日の午後、女史の御主人が教授として勤務している民族学院の職員寮にお訪ねして時間を忘れて話しこんだのが、忘れられない想い出である。珍らしく雨が降って、「中国の言葉では来客のときに雨が降ると、それは主人が客を引止める心なのだというのがありますよ」と女史はいわれ、「日本でも、やらずの雨って言葉があります。ごく情緒的な場合に使われますけれど」と私は答えて、また腰を落つけたりした。私は子供の頃四書五経の素読をやらされたので、今でも古文孝経は一巻全部暗誦できるといってからは、女史は古い言葉をあちらこちらから引摺り出して私に話すようになり、「こういう言葉は新しい中国ではもう滅多に使わないので、私は若いから骨が折れます」と冗談をいわれた。

私はささやかな贈物を用意していて、女史はそれを大変に喜んで下さり、私が北京を発つ前日、わざわざ私のホテルまで訪ねて、心のこもったお返しをして下さった。そのとき、女史からの贈物は、私が包んでいった伊勢丹の包装紙で包み返されていた。謝女史は戦前、東京に住んだことがあり、中央線沿線に家があったから、伊勢丹というデパートの名は覚えているし懐しいといわれ、それから包装紙のデザインと紙質を褒めて、「中国の包み紙は粗末だから、あなたから頂いたこの紙に包みましたよ」といわれた。

謝冰心女史とも私は英語で話していたのだが、私の英語は決して上手なものではないから、時々話が脱線してしまうことがあり、このときも私は「まったく中国の包み紙は粗末ですねえ。包んでる端から破れてきて、柄もデザインもあったものじゃない」と、大変な返事をしてしまった。礼節の国に来て、とんでもないことをいってしまったと、大汗をかいていると、女史は深く肯いてから、こういわれたものだ。「中国には五億の農民がいるのです。この人々は解放前には文字を読んだり書いたりすることのない生活を送っていました。が、解放後、中国の人々は平等の教育を受けることになり、五億の人々が一斉に読み書きを始めたのです。そのために紙の需要が殖え、生産が間に合わず、包み紙にまで手がまわらなくなったのですよ」と。

一億そこそこの国民の中に、文盲は殆んど皆無に近いという日本から来た私にとって、この解説は中国を認識するための新鮮な知識になった。私は感動して、しばらく口がきけなかったほどである。

五億の人が一斉に紙を使い始めた……。文字の国の中国、文盲の人々が、かつてそれほど多かったのだと思うと、私は憑さんのいったOld China had Nothingという言葉が、耳朶《じだ》に甦えるような気がした。

上海から広東への空路、天候が悪くて、私たちは予定外の南昌という小都市に一泊したが、そこは夜でも摂氏四十度という猛暑で、こういうところに人口二十万の都会があるのかと思うと目で見ていても信じられないほどだった。街々には子供の群れが、まるで徳用マッチをひっくり返したように溢れていた。日本に帰ったら、たまたま知人が戦争中南昌に三年もいたというのに出会った。「その頃、子供たちはどんな身なりをしていましたか」と私は質問した。「例外なく裸でしたよ。暑いところだし、貧しい町だったから」と彼は答えた。私が、今の南昌では子供たちが例外なく清潔なシャツを着ていると彼に告げたときの彼の驚きは、とてもここで書き現せるようなものではない。

五億の人々が紙を使い始めたという話と、南昌の子供たちの衣生活の変革と、これだけで新しい中国の一面を語ることができるのではないだろうか。解放前の中国では、実に大多数の人々が人間以下の生活を強いられていたのだ。生活の最低線が、解放後どれだけ上ったたか、それは私のように昔の中国を知らない者にとっても驚くべきものであった。

憑さんと謝冰心女史が、いわゆる古い中国の上流階級、知識階級の出身であるのに較べて、上海で会った茹志鵑《じょしけん》女史(注3)は、純粋に新しい中国の女流作家だという気がした。

炎天下、私たちは上海市の郊外にある人民公社の見学に出かけ、そのとき茹さんと私は一つの車に通訳の人と一緒に乗り合わした。茹さんは英語ができなかったが、車が動いている間中喋べりまくっていた。彼女が黙れば通訳の人が代って喋べり出すので、私は殆んど一言も喋べらなかったといえる。あなたは都会を書くか、田舎を小説の舞台にするかと質問されて、私は両方書いていると答えたが、彼女は断乎として私は田舎の生活を書くのだといいきった。代表作は「高い高いポプラの木」という短篇小説であること、ほんの一週間ばかり前まで人民公社に住み込んで次の小説の取材をしていたことなど、彼女は自分から話してくれた。短かい旅行中に、同じような年齢の女流で、憑さんと茹さんという対照的な二つの型の作家を見たのは実に興味深いことであった。茹さんは、新しい中国の、この建国期に相応しい作家として逞しく生き続けるだろう。

日本の男性は実に情熱的ですね、世界一情熱的ですねというので、どうしてですかと反問したら、火山の噴火口に飛込んで心中する話をきいたというのである。今でもそういうことがあるのかと眼を輝やかして訊かれたから、ああ心中なら時々ありますよと私は答えた。彼女は大いに我が意を得たというように肯いたが、私は心中讃美と高い高いポプラの木の二つが仲々結びつかなくて、しばらく懊悩した。

茹さんと話をすると、私はその都度反射的に憑さんを思い出して、それからその二人を等分に見守っているような謝冰心女史の深い表情を思い浮べた。十六歳で文壇にデビユーして以来五十年の作家歴を持つ謝女史は、二人の若い女流作家が、それぞれに成長して行くのを、どう思って見ているのだろうか。茹女史に会ったのは旅の終りであったから、それを訊くことができなかったのが残念だった。

(注1) 馮鐘璞(一九二八—)作家。宗璞の筆名。代表作『東蔵記』。父は哲学者の馮友蘭。
(注2) 謝冰心(一九〇〇—一九九九)。中国現代文学を代表する作家。燕京大、東大などで教鞭をとる。『超人』など。
(注3) 茹志鵑(一九二五—一九九八)作家。短編小説が各国にて翻訳されている。のち作家協会主席団委員を務めた。

野上先生の生活と文学

野上弥生子先生から最初にお手紙を頂いたのは、もう十年の余も前のことになる。秘かに畏敬していた大先輩であったけれど、お目にかかったこともなかったし、私にとっては突然頂いたお手紙だったから、あのときは本当に驚いた。おそるおそる開いてみたところが、美しい品格あるペン書きで、あなたには是非会って一言だけ言いたいことがあるから訪ねて来るようにという有難いお便りだった。私は茫然とし、野上先生が私の小説を読んで下さっていることを知り、それだけでしばらくうろうろしてしまう始末だった。

そのお手紙と前後して私の小説は女流文学賞の候補に何度かのぼっていた。第一回から第六回まで、私の作品はいつも候補になっていて、第五回まで私の小説はいつも次点どまりで受賞させて頂けなかった。今度こそは頂けるかと内心期待していた『非色』も、一人か二人の審査員の強硬な反対で、そのときは受賞作なしということになった。

こういう経緯があったから、私は野上先生のお手紙を頂きながら、天にものぼる気持を抑えてしまわなければならなかった。文学賞を頂くための事前運動のようなことはしたくなかったし、審査員である野上先生のところへ出向くのは「李下に冠を正さず」という意味で御遠慮したかったのである。

しかし私は愚かにも、返事も差上げずに非礼のままに歳月を過した。今から思えば賞というものに、私はこだわりすぎたのかもしれない。

若かった私は浅慮だった。野上先生のお棲いになる軽井沢の鬼女山房をお訪ねしたのは、だから『華岡青洲の妻』が女流文学賞を頂いてからだと記憶している。私は野上先生を畏敬するあまり、電話で御都合をうかがうことも遠慮した。私の避暑地であった本軽井沢から凸凹激しい山道を車で出かけ、まずお訪ねしてから先生の御都合を伺い、そして改めて参上するつもりだった。私のこれまでの非礼を思えば、そのくらいのことをしなくては許されないと思っていた。

しかしこれは私の手前勝手な考えだった。結果は、不躾に突然お訪ねするということになってしまった。山の上の、お茶室のような先生の御書斎には、来客があったにもかかわらず、先生はその人たちを追い帰しておしまいになり、身のすくんでいる私を招き上げて下さって、

「あなたには、一度、会って話したいことがあったのよ」

と、何年か前のお手紙の一節と寸分違いない言葉を、美しく高いお声で仰言ったのだ

った。

先生の御書斎の隅には、小さな机が置かれていた。そこで先生は小説をお書きになるとお見受けした。私は机の上のスタンドを見て一驚したが、紙数がないから今はそれについて書けない。

突然お訪ねしたのにも関らず、しかもお手紙は何年も前に頂いたのであったのに、先生のお机の下には私の小説が二冊も置かれていた。野上先生は、その一冊をお取出しになると、私の前で無造作に頁を開かれた。

「私が言いたかったのは、こういうことだったの」

私は眼を疑った。私の小説のいたるところに朱線が入っていたからだった。

「私も若い頃は同じ誤りをしていたから、これは決して先輩として言うのではないのよ。この道に先輩も後輩もありませんから、どうぞ私を先生と呼ぶのはよして頂だい。いいですか、このところ、よく読んでごらんなさい。ほら、ここも、それから、これね、分りますか。あなたは、成句の使い方がよくないの」

先生は舌鋒鋭く、私の成句の使い方が、いかに未熟で当を得ていないかを、論理的に明晰に御指摘下さった。私は有りがたさで眼がくらむようだった。

「ストリンドベルリが言っているように、誰だって船の中に一つや二つの死骸は隠しているのよ。私小説というものを、私はだから認めません。自分を全部書ける訳がないのですからね。あなたは私小説を書かないし、目ざしているものもはっきりして、私は期待しているから、だからこんな成句の使い方をなさるのは読んでいて我慢がならなかったの」

紙数が足りないから、もうこれ以上書くことが出来ない。ただ、そのとき私が深く感じ入ったのは野上先生の（先生と言わずに、なんとお呼びできるか、これだけは私の唯一の抵抗であるのだが）文学者としての人格の高さ、偉大さだった。以来、私の文学と生き方の指標は野上文学であり、野上弥生子先生になった。私ほど幸福な後輩がいるだろうかと思っている。

井上靖語録

井上靖先生については、もちろん作家として、お書きになった作品も、生活態度も、私には見習うべきことが多いので尊敬しているのだけれども、いつもお目にかかる度に、必らず一つは警句というか傑作なことを仰言って下さるので、お別れした後もしみじみと、ああお会いしてよかったと思う。事実、私はこれまでに何度か、先生の言葉で救われたことがあるので、それをこれから書こうかと思う。

数年前、文壇のある集りの後で井上先生が誘って下さったので、私はお伴をして銀座のバーへ行った。ブランデーを傾けながら、先生はふと何気なく私にこう仰言った。

「有吉さん、もう十年我慢しなさい。僕だって十年我慢をしました」

私は文学賞でいつも選に洩れているので、すっかり気分的にくさっているときだった。これからまだ十年も我慢するのか、と私はがっかりしてしまった。

「十年なんて、私とてもそれまでもちませんよ、先生」

「いや大丈夫、すぐですよ」

先生はこともなげに言われ、すると私もその気になってしまい、随分気が楽になった。五十歳までは修業と思うことに私は心をきめた。

それから何年かたって、また似たような機会があって、先生は悠々とブランデーグラスを片手にして私を招かれた。

「これからは売れない小説をお書きなさい。それが一番ですよ」

文壇の事情を知らない人たちには何のことだか分らないだろうが、私には会得するところがあった。有難かった。ちょうど『恍惚の人』を書きおろす準備中でもあり、その創作について第一の方針がこれで決定した。年寄りが耄碌《もうろく》した話などどんなに詳しく書いても、誰も喜んで買うことなんかないと思った。よし、それならとことん書いて人間の生命の終焉《えん》というものを追いつめてやろう。売れない小説を書くのだ。新潮社の純文学書下しシリーズに、もっともふさわしいテーマだと思った。

書上げた原稿は最初出版部の人々が読み、みんな憂鬱な表情になった。出版部長は深刻な顔で「どうしたらいいんですかね」と言った。これでは売れないから困っているのだなと私はおなかの中で嬉しくなった。井上先生に言われた通りの「売れない小説」が書けたのだ、と満足した。書きたいことを、とことん書いたのだという充足感もあった。

ところが『恍惚の人』は新潮社の誰の予想も裏切って、もの凄い売れゆきを示した。発売直後にまるで爆発したようになった。世間が騒ぎ出し、新聞が書きたて、老人福祉に関する社会の不備が糾弾され、その年の選挙ではどの政党も老人福祉がスローガンになってしまった。事の意外ななりゆきに私は茫然となり、うろうろしていた。インタビューを受けると、確かに日本の老人問題は深刻で、このままの福祉行政では老人社会はまっくらだと答えたものの、私としてはそんなつもりで書いた小説ではなかったから途方に暮れた。投書が山のように舞いこみ、それは社会意識の高い立派な方たちからのもので、よくぞやったというお褒めの言葉であったり、福祉関係の仕事をしている方々からは『恍惚の人』のおかげで一般の関心が高まり仕事がしやすくなったという感謝の手紙も毎日毎日頂いた。私は恐縮しながらも、小説なんて夏炉冬扇の類であって、社会に益するところは何もない筈なのに、この小説は運よく志の高い読者に出会い、その方々の力で堆積していた問題に火をつけることが出来たのだろうと感謝した。いずれにしても質の高い読者に出会えたのは作家として喜びであらねばならなかった。

ところが、いわゆる文壇ではあまりの売行きにみんなが白けてしまって、私に好意的であった人たちさえ反感を示すようになった。匿名批評では、売れるのは文学でない証拠だという文句が並び、商売上手な作家だと書く批評家まで現れた。とにかく、ここには書ききれないくらいびっくりすることが起って、私はそのショックで二ヵ月も寝こんでしまった。枕から頭が上がらない。誰と口をきくのも嫌やになった。本が売れるのは、なんという怖ろしいことかと痛感した。「売れない小説を書きなさい」と井上先生の仰言った意味が、骨身にしみてよく分った。しかし私は、あの小説は売れないと思って書いたのだ。

生原稿で『恍惚の人』を読み、親切に注意をしてくれた編集者まで私の悪口を言い出したときは、もう駄目だと思った。人間って、こんなに醜いものかと思うと、寝たきりで本も読めなくなった。

そういうところへ、ある人から電話がかかった。井上靖先生からの伝言だった。

「井伏鱒二先生が、どうして有吉佐和子は寝こんでいるのか、男なら男子の本懐じゃないかと言っておいでになるそうですよ。井上先生が、それを伝えて、もう起きるように言えって。それで電話しました」

そのとき電話をかけてくれた人に、私は感謝している。井伏鱒二先生にも感謝している。しかし、それを聞かせるようにしむけて下さった井上靖先生には、私は御恩を一生忘れるわけにいかない。

ようやくベッドから這い出して、外出した最初の日に、私は井上先生をお訪ねした。とにかく御礼を申し上げた。でも弱虫の私は、どうしたらいいでしょうか、とおずおずと訊いた。

「どうすることもできないじゃないですか、本が勝手に売れてるんだから」

先生は面白そうに大笑いなさった。私はくどくどと愚痴をこぼし、先生は一層お笑い

になって、

「贅沢《ぜいたく》な悩みですね」

と仰言った。

私が精神的に立直るには二年かかったように思う。何しろひどい人間不信に陥っていた。

今年の始めはまだ具合が悪く、胃に変調がきて、食べられなくなっていた。年越しの頃、井上先生とまたお会いする機会があった。先生は向うの方にいらしたのだけれど、途中で私の前にいらっしゃって、

「どうしたんです。飲んでないようですね」

と、やっぱり私の様子に気を使って下さっていた。私は少し甘えたい気持があって、大げさに説明した。

「胃潰瘍《かいよう》なんです。胃が痛むんです」

「なんだ、胃潰瘍ですか。それならブランデーを飲みなさい」

井上先生は破顔一笑してブランデーを一人前持って来させ、私の手に押しつけて、

「作家なんて、みんな胃潰瘍ですよ。さあ飲みましょう、飲めば直りますよ。僕も胃潰瘍ですが、飲んで直しました」

とぐいぐいお飲みになる。私は釣られて飲んだ。翌朝、胃痛はけろりと癒《なお》っていた。

それ以来ずっと胃の具合は全く快調である。

美しい男性

亀井先生(注)ほど美しい男性を私は他に知りません。よくよく見れば美男という顔立ちとは違うし、いつもお酒のしみのついたネクタイにダブダブのズボンで、もう少しお洒落をなさったらいいのになあと思うほどですのに、先生の身辺には、いつでも透徹したものが漂っていて、それが美しいと感じさせるようです。先生とお会いしたあとは、いつも中宮寺の弥勒《みろく》を思い出しました。

一昨年の夏、亀井先生を団長に訪中日本文学団というのが結成され、三週間にわたって広東、上海、北京を旅行しました。井上靖、平野謙両先生に、私が末席をけがしました。それまでは亀井先生と親しくさせて頂く機会があまりなかったのですが、この三週間はその意味でも私にとっては大きな収穫でした。

古い文化の中国も、新しい中国も、亀井先生は心から愛していらっしゃいました。盛夏の北京は四十三度の気温を持ち、私たちを悩ませましたが、亀井先生は一言の愚痴もこぼされず北京に在ることを心から楽しんでおいでになり、団長として実に精力的な活躍ぶりだったのです。新しい中国の躍進する有様は、確かに私たちの眼を奪うものがありました。亀井先生は親類の家の隆昌ぶりを見守るように眼を細めて見ておいでになったのが印象的でした。

「亀井さんの前では、中国を批判できませんね。実に悲しそうな顔をするから」と、こう云われた方があります。新中国は、まだ若い国なので、日本のように何もかも滅多矢鱈と持っている国から見れば、到らないところや未熟が目についたのですが、亀井先生の前ではそんな話をするのは憚られました。本当に悲しそうな顔をなさるのでしたし、聞くにたえないという風情を示されたからです。これは先生が中国一辺到になっていらっしゃるという意味ではありません。亀井先生は中国の人たち以上に礼儀の人だったのです。国賓として招かれている私たちだという意識と、その国に対する愛が、先生に批判の口を噤《つぐ》ませたのだと思います。が、私は別の会得もしていました。慈悲の悲が、悲しみと同じ文字である理由が分ったような気がしたのです。

女学生の頃から私は亀井先生の愛読者で、大和の寺や仏像に関する先生のエッセイは幾度読み返したかしれません。それは実に美しい文章でした。

文は人なりという言葉がありますが、書いた人と書かれたものが一致するのは決して多い例ではないというのが私のこれまでの経験で云うことができます。しかし、亀井先生は稀な例でした。三週間も一緒に暮せば大がいの人の欠点や短所が見えるもので、私も先生が見かけと違って大変なセッカチだという発見をしたのですけれども、しかしあの美しいものを書く方だという印象は消えませんでした。

亀井先生は、美しいものの総てを愛する方です。人を愛し、書を愛し、語ることを愛し、そしてお酒も。中国の銘酒マオタイチュウは、アルコール六五パーセントという強いお酒でしたが、北京では宴会ある毎に先生は全員と乾杯なさって、ホテルへ戻る頃はもう滅茶滅茶に酔っておいでになったものです。けれども、そこには酔っぱらいの醜態などというものは見られませんでした。酔っても乱れても美しい男性を見て、私はあらためて驚嘆したものです。

こういう批評家を知ることは作家にとって喜びです。私は、いつの日か亀井先生に手放しで褒めて頂けるような美しい小説を書きたいものだと、この旅の終りには考えるようになっていました。

（注）亀井先生：亀井勝一郎（一九〇七―六六）。文芸評論家。仏教思想・日本古典に傾倒し文明批評等で活躍。『大和古寺風物詩』など。

火野先生の思い出

一九六〇年、私はニューヨークで学生生活を送っていたが、一月の末にはサラ・ローレンス大学の学生四〇名とカナダへ社会科学の調査旅行に出かけていた。朝から晩まで英語ぜめですっかり音をあげた私は、日本語喋べりたさから一晩だけ萩原大使のお宅に御厄介になることにした。その夜、たまたま火野葦平氏の話に及ぶと、やはり先生も萩原邸でお世話になったということで、その夜は先生の話で持ちきりになった。

私の方にも話すことが山ほどあった。決して古いおつきあいではなかったけれども、東京の阿佐ケ谷の鈍魚庵にも再三うかがったことがあるし、火野葦平選集全巻をサイン入りで頂いているし、酔うと電話魔になる先生は九州や岩国から夜中に長距離電話をかけていらして、

「モシモシ火野と申すものですが、今ここで楽しく飲んでいるものじゃから、電話しました。あなたも一杯飲みませんか」

などと仰言ったりしたものである。

中で忘れることのできないのは、一九五九年の夏の原爆記念日を、先生と共に広島で過したという思い出である。先生と旅行したのは、後にも先にもこの時がただ一度だが、旅ほど人の心の裏表を見ることのできる機会はないものであるのに、この旅行で私はすっかり葦平ファンになってしまっていた。気が好くて、優しくて、細心で、豪放で、男らしい。

原爆記念日という言葉も失うような悲しみの日に、私たちは記念祭に参加し、夜に入っては被爆者の霊を葬う燈籠流しを見に出かけた。原爆の悲惨について、先生も私も遂に一言の感想も交さなかった。私自身についていえば、身内にその犠牲者を持っているし、その家族の悲しみを共に悲しみとしているので、湧き出るような思いがあったのだが、それが言葉にはならなかった。同行者の中には、怒りや悲しみを言葉にして、私を苛立てる者がなかったわけではないが、流石に先生は口を結んで川面を眺めていて、遂にはその日もその後も、感想を言葉にされたことはなかった。私は、そういう先生に対して、より一層の信頼感を覚えたものである。

その頃からビールばかり飲んでおいでになったのは、もうかなり健康が損われていたので、自粛していられたのだろうか。人を多勢集めて賑やかにすごすことを、何よりの楽しみにしておいでになって、広島でも記念日の後は、いつもの通り旧知も新顔も問わずに集めて、飲み屋を廻り歩いた。

興がのると、料理屋の座敷で座布団を積み重ね、通訳つきの豊後浄瑠璃をきかせて下さったものであったが、これは絶品だった。九州弁で語るのを、同行の佐々木久子さんが呼吸よく標準語に直すのである。

「むかアし、むかアし、渡邊の綱ンちゅう強えええ奴が居っち」

と語れば、

「昔、渡邊の綱という大層強い男がいた」

と間髪を入れずに佐々木さんが訳すのである。

カナダではなさいませんでしたかと訊くと、萩原大使は聞きませんでしたとおっしゃったので、火野葦平氏と佐々木久子女史の真似を仕方ばなしで語りきかせたものだ。大使も奥さまも笑い転げながら、その夜は全員がかなり遅い就寝となってしまった。

翌日、私は日が高くなってから起き出した。学生たちからは心配して幾度も電話がかかって来たが、私はその日の見学には一切不参加で、午後宿舎に帰ると返事をしておいたのである。

昼食をとりに食堂へ降りて行くと、大使はすでに大使館へ出られて、またお帰りになったというところであった。

私の顔をごらんになるなり、

「火野さんが亡くなりましたよ」

と云われたが、私には咄嗟になんのことだか意味がとれなかった。

「不思議ですねえ。昨夜は夜っぴて火野さんの話が出たでしょう？　あの頃、なくなったらしいのですよ。さっき大使館に入電があったのです」

私は、しばらく茫然としていた。あの元気な先生が、お若いのに、まさか、という気が強くて、俄かには信じられなかったのだ。

しかし、火野先生が急死なすったのは事実だった。しかも、私たちが先生の話で持ちきっていた、あの時間に……。

［ルポルタージュ①］

北京の料理屋

私が「中国レポート」を書き始めたとき、「あなたはもう二度と中国へ行かないという決意で書いてますね」とか、「あれで中国は気を悪くしませんか。大丈夫ですか」などと、思いがけないことを言う人々があった。どうしてそんな考えが起るのか、最初は訳が分らなかった。中国は一向に気を悪くする気配がなく、鄧小平副総理のレセプションでも、三百名の招待客の中に私は入っていた。新年には廖承志《りょうしょうし》先生を始め、北京からも、上海からも年賀状が届いた。

しかし、間もなく私も気がついたのだ。これまで日本で書かれてきた中国は、ベタベタに褒めるか、滅茶苦茶に悪口を言うか、二通りしかなかった。「いいところと悪いところ」を両方見て、両方を書いたものがあまりにも少かった、ということに。

有吉佐和子

※「北京の料理屋」は単行本『有吉佐和子の中国レポート』に収められています。右は本書のカバー袖の文章で、中国を題材に書くことについて著者の思いが寄せられています。

唐家璇《とうかせん》(注1)の安排《あんばい》(注2)によって、私は次々と訪ねて来る知己との旧交を温めていたが、その人たちはきまって朝食と昼食の間か、昼食から夕食までの間の時間帯を埋めた。一九六二年に来たときも、六五年に半年滞在したときも、こんな安排ではなかったが、と私は思った。中国の人々は美食家が多かった。昼も夜も誰かから誘われて宴会ということが多かった。四川省出身者は四川飯店で御馳《ち》走《そう》してくれたし、北京生れの人は通人の行く店として西四《シースー》の同和居《トンホーチ》に連れて行ってくれたものだった。廖承志(注3)先生が、西太后のメニューで御馳走して下さったのは一九六二年だった。あのときは、昼食を抜いて馳《は》せ参じたものだった。

しかし、この度の私の目的は人民公社(注4)行きにあり、孫平化(注5)氏の表現によれば唐家璇と周徳林(注6)の二人は朝から晩まで東西南北に長距離電話をかけ、私の要求を満たすことのできる人民公社探しを続けているという。

二階の特別食堂は、静かでいいが、一人きりの食事というのは、いかにもわびしい。テュティ(注7)がいれば、ロジャー(注8)と三人で大声で喋《しゃべ》りながら食事をすることになるのだが、彼らも結構忙しくて、万里の長城まで見物に出かけると一日がかりになって会えない日もある。

「昼は僕、ベタベタに閑《ひま》なんだけどねェ」

と、私と同じ思いでいた人が、実に身近にいた。小沢征爾(注9)だった。

「あら、そう、昼は閑なの。どうして?」

「午前中が稽古《けいこ》なの。昼食は、この国じゃ一緒に喰わないんだよね。それから昼休みとるでしょ。三時まで、何もやることないんだ、僕」

「じゃ、食べに行きましょ、外へ」

「外へ?」

「あなた、このホテルでしか食べてないの?」

「うん、外にレストランあるの?」

「ありますとも、此処《ここ》は北京よ。一九六五年までは七百軒も料理屋があったわ。半年いて、端から食べ歩いたけど、食べきれなかった。文革で閉じた店もあるらしいけど、もう元通りになってる店もある筈だから」

通訳の周さんに頼んで、同和居《トンホーチ》の予約をしてもらい、その翌日は北海公園の中の彷膳《ほうぜん》も予約をとった。どちらも最高のメニューで頼むといっておいた。同和居に徐《じょ》というウエイター頭が今もいるかどうか。いたら、私の名を言えば、思い出してもらえるだろう。彼がいたら、私の好みのメニューを揃《そろ》えてくれる筈だった。

西四《シースー》は町名。同和居は数百年の歴史を持つ北京料理屋。徐さんは会議で出かけていたが、銀耳《ぎんじ》が山盛り入っているスープ。なまこの煮物には混ぜもののない煮つけ。味は

少々塩がききすぎ、料理人が変ったのが分ったが、材料が凄《すご》いわと思っていると、小沢さんのお母さまが、

「昔のお料理ですわねえ。これは主人の大好物でしたのよ。日本では、なまこだけといくら言っても、筍《たけのこ》だとか、鶏だとかまぜて煮てしまいますものね。お高くつくからでしょうねえ」

と、本当に分っていらっしゃる。

小沢さんが瀋陽《しんよう》生れ、北京育ちということを、このとき私は初めて伺った。道理で、お母さまが中国のことをよく御存知だ。

「あれッ、この蝦《えび》、俺《おれ》おぼえているよ。小さいとき、確かに喰った」

「淡水魚の蝦なのよね、海の海老じゃないのよ」

「ああ、そう？　うん、この味だ、覚えてるよ」

私がこの店で第一の好物はデザートの「三不沾《サンプチャン》」だった。東京で留園を経営している盛さんが、「うちじゃ北京、広東、四川、福建と四種類の料理が出来る。食べたいものは、なんでも言って下さい」と言ってくれたとき、「三不沾が食べたい」と即座に言うと、あちらも即座に「あれは駄目だ。あれだけは世界中で、北京の同和居だけでしか出来ない」と答えた。

「へえ、どんなもの？　おいしい？」

と小沢さんが、眼を丸めて訊《き》く。

「まあ見て下さい。歯につかない、箸《はし》につかない、皿につかないというので三不沾という名がついているのだから」

やがて現れた「三不沾」は、大皿の上にどろりと搗《つ》きたての柔かいお餅《もち》を流し入れたような姿だった。色は卵黄とまったく同じ。若い女性の同志《ウエイトレス》が、ちりれんげで、ひょいひょいとすくいあげて茶碗《ちゃわん》に盛り上げる。小沢さんのお母さまも初めて御覧になったようで、私は内心得意だった。

私の通訳の張さんは、同和居という店の名も知らない人で、ここは外人の来ない店だとしきりと言っていたが、ちゃんと外賓用の部屋が二階に二室あるのだから、私は聞き流していた。これを皮切りに、北京にいる間、私は三回この店に行ったが、徐さんはいつも必ず三不沾をメニューに組入れてくれていた。十三年前に、足しげく通った店だったから、彼はちゃんと私を覚えてくれていたのである。彼もまた私の古き友人の一人であった。

「材料が何か、何度訊いても、徐さんは私も知らないと言って教えないのよ」

と私が話していたら、張さんがウェイトレスに学生を詰問するような調子で話しかけ、

「卵の黄身と、砂糖と、澱粉《でんぷん》と牛の脂だと言ってます」

と言う。

同じ材料で、同じものが出来るなら、世界のどこの中華料理屋でも「三不沾」が食べられるだろう。一口に澱粉と言っても、パン粉からカタクリ粉まで、ありとあらゆる種類があるのだ。組合せ方や、匙《さじ》加減、熱加減でピシャンと出来上るものなのだから、材料だけ訊いても無駄というものだ。

「本当だ、皿につかない。不思議だね」

小沢さんが面白がっている。

「独特のコツがあるのでしょうね、これは」

と、お母さま。

甘いけれど、クリームの味とは違うし、脂っけがあってもバターではない。私は黙々と食べた。十三年ぶりの味である。十三年前、これを一緒に食べた人たちのことを次々と思い出していた。

翌日は小沢さんの生れ故郷に因《ちな》んで瀋陽飯店に行くつもりだったが、通訳の張さんも、私つきの運転手も、そういう店は北京にないと言うので、ではなくなってしまったのかと諦《あきら》めて、彷膳にしたのだったが、後で新聞記者から瀋陽飯店は昔通り営業していると聞かされた。私の通訳は何よりも北京大学の学者だから、巷《ちまた》のことにうとい。六必居《ろくひつきよ》という漬物屋も、聞いたことないと言うものだから私は呆《あき》れ返った。（もちろん、六必居

は昔通りの場所にちゃんとあったのだが、買いに行く時間がなかった）

なにはともあれ、しかし彷膳に出かけて本当によかった。江青(注10)が自分の住居に当てていた北海公園は、この三月に一般公開され、五月からその中にある彷膳も営業を開始していた。日光東照宮と同じ極彩色の彫刻で飾り立てた柱や欄干。天井の絵の凝っていること。小沢さんが大喜びして写真をパチパチ撮っていたが、途中で大声で叫んだ。

「あれ、俺、この辺に来た覚えあるよ。この石に見覚えがあるよ」

「そうでしょう。日曜日には、みんなでこの公園に遊びに来ていたのですもの」

と、お母さま。

この日、小沢さんの御兄弟は八達嶺《はったつれい》見物に、小沢さんのマネージャーは病気で、予約した人数より急に減ってしまったので、小沢さんの通訳と、ピアニストの劉詩昆《りゅうしこん》(注11)さんの二人を食事がすんだというのを強引に私が引張って来てしまった。

彷膳のたたずまいは、十三年前と少しも変らなかった。私たちは二階の特等室に案内された。窓から池が一望のもとに見下すことができる。眺めも素晴らしかったが、料理もまた技術的に素晴らしかった。何もかも日本の「吉兆」みたいに凝っているのである。たとえば、もやしの炒《いた》めたのが大皿に山盛りで出たのだが、これが一本一本ひげ根と頭を取ってある。

「贅沢《ぜいたく》ですわねえ」

と、小沢さんのお母さまが感嘆なすった。日本でも一軒だけこれを出す中国料理の店を知っているが、フカのヒレのスープにのせるだけで、客一人当り数本のもやしである。それでも贅沢だ、よくやるものだと感心していたのだが、この彷膳のもやしには参った、流石《さすが》に本場の中国だと思った。

スープに浮かした卵の細工などは絶妙で、日本へ帰ったら、「京味」の主人にすぐ教えてあげようと思った。

焼餅が出たとき、

「ああ、これは息子たちの大好物でしたわ」

と、お母さまが仰言《おつしや》り、劉詩昆は、指さして、

「西太后」

と、ぼそりと言った。

ウェイトレスの説明で、中の詰物は食べてもいいが、捨ててもかまわないという。なんのことやら分らなかったが、ナイフを当てて、胡麻《ごま》でまぶした小さなパンの腹を割ってみると中にパン製の平たい座布団みたいなものが入っている。それを抽出して、代りにつぐみの叩《たた》きを詰めこんで食べるのである。あいにく季節が悪く、豚の挽肉《ひきにく》が代りに大皿に盛られていたが、それを焼餅の中に詰めこみながら、このアイデアには一同声も出なかった。中に、布団が入っているパンなんて！　それを引き抜いて、代りに肉を詰

めるなんて！　香ばしい焼餅と、たっぷり肉の入った中身が、口の中でじゅーっとひろがって行くときの素晴らしい気分。

「有吉さん、人民公社へ行ったら、こういうものは食べられないよ」

「当り前ですよ。農村に料理屋へ行くのと同じ気持では出かけないわ。私は贅沢は大好きだけど、なければ無いで、平気なの」

小沢さんに付いていた通訳が、私が明日から西舗《せいほ》と沙石峪《しやせきよく》に出かけると聞いて、食べかけたものを皿に置いた。びっくりしている。

「そんなところへ出かけるんですか」

「ええ」

「西舗も貧しいので有名なところですが、沙石峪は、もっと大変です。僕は数年前に行ったことがあります。大変なところです」

「どういう具合に大変なの？」

「水がありません」

「ははあ」

「土がありません」

「それは聴いてるけど」

「とにかく石ばかり、他に何もないところです」

「でも人間が住んでるんでしょう？」

「はい。食物は、粟《あわ》だけです。粟のお粥《かゆ》です。それだけです。覚悟して行かないと……」

小沢さんの通訳は、深刻な顔で言ったが、私は十年前にニューギニアの奥地で未開民族の生活を見ているから大丈夫だと思った。そこには電気がなかった。水は谷川の茶色の水を汲《く》み、小さな虫がうようよ泳ぎまわっているのを煮沸して呑《の》んだ。土はあったが、そこの種族はタロ芋の栽培をようやく覚えたところだった。私はそこで一カ月暮したのだ。新生中国の人民公社が、まさか、あれよりひどいとは考えられなかった。人民公社は、農、工、商、学、兵の単位である。教育が普及し、人々は革命後、一斉に文字を読み始めた。四億の人口を擁していた昔、中国には二百万人しか文字を読む人々はなかったが、今や九億余の人口を持つこの国では、どの人民公社でも初等教育を義務として受け、子供たちが読み書きを始めたので、製紙業が需要に追いつかない。だから、都会で使われる紙は、売店の包み紙でも、便所のトイレットペーパーでも粗末なものが多いのだ。

私が、大丈夫よ、水がなくても私は平気よといくら言っても、小沢さんの通訳は不安でたまらないという表情だった。

「沙石峪へ行くんですか！　ある意味では大寨《だいさい》より大変な所ですよ」

「ええ、大寨は外人の観光コースみたいになっているからね、私はそういうところは行きたくないと言ったの。外人がまだ誰も行っていない人民公社に行きたいのよ」

小沢さんはピアニストの劉詩昆と、私の通訳を使って話しあっていた。

劉詩昆は、長くモスクワに留学し、チャイコフスキー・コンクールで第二席になったことのある世界的なピアニストだったが、どうも文化大革命の最中に、監獄入りしていた様子だった。身長二メートルという体躯《たいく》なのに、ひょろひょろしていて、顔も腕も青白い。およそ中国の青年らしい陽に灼《や》けた健康とは縁遠い肌の色だったから、私は、そっと通訳に、彼は最近「出てきた」のではないかと訊いた。

「ええ、そうです。四人組ににらまれていましたからね。ピアノも弾《ひ》けなかったし、楽譜も読めなかったそうです」

「出てきたばかりみたいね」

「はい、出てきたばかり」

あの人が出てきた、この人も出てきた、という具合に、中国人も、通訳も、私たちもよく使う言葉だった。十年間の暗黒時代が一昨年の十月で終り、四人組の迫害を受けて幹部学校で無期限の農村労働に従っていた文化人も、続々と出てきていた。しかし、劉詩昆の顔色を見ると、農村労働をしていたとは思われなかった。監獄だったのだろう、それも何年となく。

劉詩昆は口の重い人で、小沢さんの質問に答えるときも必要最小限のことしか言わなかった。が、近く彼はアメリカと香港に、楽団を引率して演奏旅行をすることになっていると言っていた。小沢さんはしきりと、彼の所属しているボストン交響楽団と共演しないかと話を持ちかけているのだが、どうもスケジュール的にうまくいかないらしい。

二人の会話は次々に変り、劉詩昆は数万ドルを用意してアメリカで楽器を買いたいと思っているがと言えば、小沢さんが、いい店と安く買える方法を、自分の楽団から専門家をつけて案内すると答えた。ニューヨークに七月何日に到着するか、宿所はどうせ新聞に出るから、こちらから訪ねて行く、などという話を熱心にしている。

横で聞きながら、私には感慨があった。この国際的に著名なピアニストは、葉剣英《ようけんけい》(注12)の娘婿なのだ！　岳父が国家副主席であり、解放軍でも朱徳将軍に次ぐ地位にある人だったというのに、それでも彼は家庭や友人から隔離され、監獄にぶちこまれ、四人組失脚まで出てくることが出来なかったのか！

葉剣英がピアノを弾くことは、日本人で知る人が少い。東方紅が初演されたとき、そのピアノを弾いたのが葉剣英であったことを中国人なら誰でも知っている。葉剣英の令嬢が音楽学校に入り、新進ピアニスト劉詩昆と恋愛結婚したのだろうとは、容易に考えられることであった。

食事の後、

「ねえ、時間があるならボートに乗らない？」

と私が言い出すと、

「うん、乗ろう、乗ろう」

と、征爾さんはすぐ乗ってきた。

三人乗りのボート二艘《そう》を借り、（もちろんお金を中国人と同じように払って）どれも三人乗りなので、小沢さんのお母さまには私の通訳と、小沢さんの通訳がつき、こちらは小沢、私と劉詩昆の三人が乗り、まず小沢さんが漕《こ》ぎ始めた。日曜日でもないのに、アベックがいっぱいボートに乗っている。昨夜はテレビで小沢さんの演奏会が中継放送されているから、行き交《か》うボートの中から喚声が上る。指揮棒を振る真似をして、彼が、それかと私に訊く人が沢山いた。

「そうよ《トイ》」

私が答えると、みんな右手の親指を小沢さんに立ててみせ、中には拍手する人もいる。

「ねえ、あの親指、どういう意味？」

「最高だったっていう意味よ」

「うーん、そうかァ」

中国のテレビは、この前一九七四年に来たときとは比較にならないほど普及していることが、よく分った。何しろチャンネルは一つしかないのだから、小沢さんの演奏会は百パーセントの視聴率なのだ。それに演奏会の間中、カメラは小沢さん一人の表情に焦点を当てていた。中継放送は、彼の顔のアップ、アップの連続だったのだろう。

「みんな僕のこと知ってるねえ。嬉《うれ》しいなあ。僕は今までテレビの悪口ばっかり言ってたけど、今度ほどテレビの有りがたさを感じたことないよ」

というのが、北京を離れる前夜の小沢さんの述懐だった。

北海公園の池は、湖と呼んでもいいくらい大きい。向う岸まで小沢さんが漕ぎ、帰りは劉詩昆が漕いだ。時間を見ると、その夜の体育館でやるコンサートに間にあうためには、あまりゆっくりしていられない。

「ねえ、この人かなり無愛想ねえ」

「音楽家には無愛想なのが多いんだよ。それにさァ、言葉が通じないだろう？　どうしようもないじゃない」

劉詩昆は、ロシア語はべらべらやれるらしいのだが、英語は分らない。小沢さんも私もロシア語はオーチン・ハラショオぐらいしか言えないのだ。しかし、劉詩昆は時々漕ぐのをやめ、私と小沢さんのカメラを取って、二人の背景に彷膳を入れたりして、いい構図を作ってはシャッターを押してくれた。残念なことに、途中で私のフィルムは終ってしまい、名場面の殆《ほとん》どは小沢さんのカメラに納っている。

「ねえ、この人ピアニストなのに、こんなに漕いでていいの？」

「あ、夜はレセプションで弾くと言ってた。僕が代ろう」

二人がかりで、あなたは今夜ピアノを弾くのだから、もうやめて下さいと、手真似だの私の下手くそな中国語で一生懸命言ったのだが、劉詩昆は大丈夫だと涼しい顔をした。

「バスケットボールもやると言ってるわよ」

「え？　ピアニストが？　考えられないなあ」

ボートの漕ぎ方も、小沢さんよりずっと本格的だった。指が痛くないかと何度も聞いたが、大丈夫《メイカンシー》だと答える。

ボートを降りると、もう一組の方は、小沢さんの通訳が一人で漕いだために、手に豆が出来て、腫《は》れ上っていた。

その夜、一万八千人を収容する体育館で、小沢さんの最後の演奏会があった。この日のブラームスは、民族文化宮の初日の演奏より素晴らしかった。アンコールに答えた小山清茂作曲の「木挽歌」も観衆を見事に惹《ひ》きつけていた。

その晩、私が夜中に小沢さんたちが楽団員たちと交歓会を催すというのに誘われたが、畑違いの私が毎度わりこむのはよくないと思い遠慮した。ただ、楽団の第一バイオリンが、やはり最近「出てきた」人で、七年間も監獄に入り、その間一度も楽器をいじったことがないということを、御当人の口から直接きいた。Yes, I was in the jail for seven years. 彼は笑いながら、こう繰返した。小沢さんがまた眼を丸くして、「中国って怕《こわ》い国なんだねえ」と言った。

私は、戦争中の日本とよく似ていると思いながら、第一バイオリンの演奏者の話を聞いていた。この人は、英語も出来る。ドイツ語も、ロシア語も。外国にはしばしば演奏家として出かけている。いわば敵性語を話す音楽家として、周囲の嫉妬《しっと》を買ったのだろう。思想など何も関係なく、それまで音楽家として反主流でくすぶっていた連中から、いきなり反革命というレッテルを貼《は》られ、牢獄に投げこまれていたのだろう。

作家だけではなかったのだ、と私は改めて思った。文化大革命という大号令のもとで、それまで仲間うちで嫉妬の対象になっていた著名な文化人、ベストセラー作家、海外活動をしていた音楽家が、次々と反革命分子と名ざされて否やもなく投獄されていたのだ。

華国鋒という前公安部長の手で四人組が打倒されてから、中国はようやく暗黒の十年から立上り、英語の話せる人は英語で、堂々と「どこから出てきたか」話す自由が与えられたのだ。

（注1）唐家漩：対外友好協会の担当者。のち外交部長、国務委員、中日友好協会会長を歴任。
（注2）安排：スケジュールを作るの意
（注3）廖承志（一九〇八—八三）：政治家。日中国交回復に尽力。日中友好協会会長
（注4）人民公社：一九五八年以降に作られた農村の行政・経済の基礎単位

（注5）孫平化：対外友好協会の常務理事
（注6）周徳林：通訳
（注7）テュティ：食事の際同席したニュージーランドの彫刻家
（注8）ロジャー：テュティのマネージャー
（注9）小沢征爾（一九三五―二〇二四）：指揮者。中国中央楽団指揮のため、北京に滞在していた
（注10）江青（一九一四―九一）：政治家。毛沢東の妻。文化大革命を推進した四人組の一人
（注11）劉詩昆（一九三九―）：作家、ピアニスト。国際コンクールで多数入賞。文化大革命で永年投獄された
（注12）葉剣英（一八九七―一九八六）：政治家。国防部長、党副主席などを歴任

いとおしい時間

私と歌舞伎——ゴージャスなもの

日本で生れはしたものの四才のとき外国へ行って、十二才までジャバで育った。今のインドネシアだが、当時はオランダの植民地で、原住民の被搾取と忍従の歴史の上に白人社会が天国のように構築されていた。そこではイギリス人とオランダ人が一等国の人種として扱われ、日本人とアメリカ人は二流の外国人と位置づけられていたが、それはしかし華僑より高い位どりであり、原住民がアンペラ小屋で暮しているのに私たちは大理石を床に敷きつめた白亜の館と、テニスコートが二つもある裏庭や、ひろい芝生の前庭を持ち、自家用車と十数人の使用人を持った暮しをしていたのだった。

紀元二千六百年を、私はスラバヤ日本人尋常小学校で迎えた。常夏の国で、校長先生はモーニングに縞のズボン、白い手袋を身につけ、酷暑の下で茹で上った顔から滝のように汗を流し、「世界に冠たる大日本帝国の臣民」として生れた私たちの幸福と義務について大演説をなさった。全学二百人ばかりの生徒たちの多くは南京町に住む小商人たちの子供だったから、みんなポカンとして校長先生がどうしてこんなに興奮しているのか訳が分らなかった。子供たちの生活感覚からいって、日本が世界に冠たる国であるとは信じられなかったからである。実際、当時からあの国で最も穏然たる力を持っていたのは華僑であった。オランダ政府でさえ一目も二目もおいていたのだ。

私自身が、よく使用人の子供たちから、親指を出して中国がこれ、小指を出して日本がこれと揶揄された経験を持っていた。

しかし望郷の念というものは、年とともに募るものである。親も教師も日本のよさと美しさばかり日夜もの語るのだから、私の胸の中で「日本」は荘厳に美化される一方だった。小学校では、春の次は夏で、次が秋で冬だと、私たちは暗記させられた。夏しかない国にいるのだから、この順序を覚えるのは日本しか知らない日本人には想像も出来ないほど難しかったのである。春には桜の花が咲く、秋は紅葉だ、冬は雪だ。これも書物で得た知識であって、夏はジャバと同じようにブーゲンビリアが咲き乱れ、マンゴスチンが食べられるものと信じていた。

それだけに、十二才で日本に帰ってきたとき、非常時に入っていた祖国を見て、私の失望は大きかった。日本人の家は、驚くべきことに木で出来ていた！　神戸港に降り、東海道線で上京するとき、窓外には水田がひろがり、その中に手足を浸かって田植えしている人々を見て私は大声で叫んだ。「あら、日本にもジャバ人がいるのね！」百姓も車掌も東京駅の赤帽も、みんな日本人だと聞かされたとき、私が受けた衝撃が、どんなに大きかったか。やはり誰にでも分ってもらえることとは思えない。

東京で、私は下町の学習院と呼ばれている国民学校に転入した。そこには水洗便所がなかった。まるでジャバ人の学校みたいに！

町は狭く、穢く、緑の芝生も、明るい大きな杜もなかった。表通りが狭くて、うす汚れた小さな車が走っているのを見ると、これが日本かと情けなかった。たまに洋館があっても、小さくてみすぼらしかった。女の洋装は、おそろしくみっともなかった。母が帽子をかぶり、ハイヒールをはいて颯爽と歩くと、みんな立止ってびっくりして眺めていた。弟をのせた乳母車でさえ、みんな目を丸くしていた。私たち一家は、まるで外国人のように好奇の眼の集注を受け、母は慌てて実家から和服類を取り寄せるようになった。

私が国民学校へ着て行くドレスや、私の言動が、米英的だというので、教師が母を呼び出しては叱りつける。私は途方にくれ、よく学校を休んだ。父が休日に上野の精養軒へ連れて行ってくれた。「ライス・ターフェルが食べたいわ」と私が言うと「日本には、ああいう贅沢な食物はないのだよ」と父が悲しそうに言い、私たちは鯨のステーキを食べた。この世にこんな不味なものがあったのか、それも日本に、と私は呆れ果てた。

日本料理は、刺身といい、浸し菜といい、焼魚でもさつまあげでも、みんなオードブルみたいだと私は思った。私が生れる前にはニューヨークや上海で数年ずつ過していた両親は、ローストビーフを食べている国と戦争したのでは勝てる道理がないとよく言っていた。

大東亜戦争の緒戦で、日本軍が華々しい戦果を上げている頃、「でも敗けるのよ、日本は」と私が学友に言い、告げ口されて教師からぶん撲られた。子供心ながら、だけど、こんなに貧しい国が、どうしてアメリカ人より位の高いイギリスやオランダ相手に勝てるのだろうと、私は腑に落ちなかった。

そんなある日、父と二人で歌舞伎座へ出かけた。六代目菊五郎の『藤娘』と、十五世羽左衛門の『源太勘当』、今の歌右衛門や梅幸(注1)が一日がわりで千鳥を演じていた。私は客席にいて、その舞台の絢爛豪華さに圧倒されていた。私の求めていた祖国はこれだったと思った。溜息しか出なかった。ただただ美しかった。贅沢というものが横溢《おういつ》していた。「いい子にしてるから、明日も見たい」と私は言い、翌日は母と二人で並んで見た。一高生時代菊吉(注2)に熱中していた父と違って、母は関西の人間だから、しきりと梅玉(注3)などを懐しむので、私は不機嫌になった。

これが、歌舞伎と私の出会いである。

吉右衛門の幡随院《ばんずいいん》長兵衛、染五郎(注4)の水野十郎左衛門（どちらも先代なり）を見たときなどは全身が痺れた。親にねだっては連れて行ってもらった。六代目の筆屋幸兵衛は狂ったときの眼が怖《こわ》くて、何度も夢に見て、夜中に親を起こして泣いた。それ以来、今日に到るまで不眠症に悩まされている。

戦争に敗けたとき、私を撲った教師が妙に懐しかった。日本以外の国を知らない人は、政府の言うなりに一途に勝つと思い詰めていたのだろう。東京は一面の焼け野原で、疎開先から帰ったとき、これから日本人は、ジャバ人のように白人にこき使われて暮すことになるのだろうかと不安だった。だから、インドネシアの独立宣言は他処事と思えなかった。私もスカルノのような民族意識に燃えたち、だんだん反米的な思想を育てていた。かつては米英的だといって、教師に睨まれていた私だったのに。

焼け残った東劇を根城にして歌舞伎が甦えったときの喜びを、共に語りあえる人がだんだん少くなる。先代海老蔵は、十五世橘屋とは較べるべくもなかったが、しかし焼土にあっては華であった。あの助六は、ちょっとニヒリスティックで、本当の助六はもっと明るくあるべき等とは思いながらも、歌舞伎が再び息を吹き返したのは、この上ない喜びだった。

外国に向って誇れるゴージャスなものは歌舞伎だけだと私は今でも思っている。他のいわゆる日本的なものは、みんなトランジスターなみにチマチマしていて、豪宕《ごうとう》痛快なものがない。

学生時代、戸板康二氏が歌舞伎研究を平明清潔な文章で次々と上梓され、それが私には歌舞伎への正しい導き手となった。熱中するあまり「演劇界」に投書したのが縁で、編集長の利倉幸一氏に拾われ、三年も続けて書かせて頂いたのが、私がもの書きになる端緒となった。有りがたいことに利倉先生は今もこの「演劇界」の編集長であり、不思議なことに戸板先生はその後小説もお書きになるようになって私を戸惑いさせている。今は亡き大谷竹次郎翁に私を推挽《すいばん》して下さったのも利倉先生で、劇作家として歌舞伎畑から出発したのは今でも幸運だったと思っている。

(注1) 今の歌右衛門と梅幸：六代目中村歌右衛門、七代目尾上梅幸。ともに戦後歌舞伎を代表する女形。
(注2) 菊吉：六代目尾上菊五郎、初代中村吉右衛門のこと。戦前最高の二大役者として人気を誇り、戦後の役者を認めない人々を「菊吉爺」と揶揄する言葉が生まれたほど。
(注3) 梅玉：三代目中村梅玉。戦前の関西歌舞伎の重鎮で「大梅玉」と呼ばれた。
(注4) 染五郎：五代目市川染五郎。歌舞伎、現代劇で幅広く活躍。池波正太郎が「鬼平犯科帳」の主人公のモデルにしたことでも有名。

伝統美への目覚め――わが読書時代を通して

一九四一年、私は遥か赤道の彼方から、憧れの日本に帰ってきた。戦争の始まる直前である。

憧れの――という形容詞は大げさではない。外地で暮した経験のある人々には、例外なく故国への憧憬が強い。国民学校五年生の私も、幼いなりにその一人であったのである。

正金銀行に勤める父がバタビヤ、スラバヤと移るのに従って、すでに四年、日本の土を踏まなかった。日本人町から離れて暮していた私の家で、子供の私は子供の遊び相手を持たず、やや早熟であったところへ拍車をかけるように、読書にばかり専念していた。その読む本を父も母も並の親なりに吟味して、わざわざ日本から講談社の絵本などを取寄せていたのだったが、私は文字の少いそれらにはすぐ倦きて、やがて社宅の本棚を端から読みあさるようになっていた。

小学一年の女の子が、漱石全集を読破していたといったら、ちょっとした天才児みたいなものだが、事実は私がそうであったのだ。むろん、彼の禅味や哲理が理解できた筈はない。苦沙弥《くしゃみ》先生や、宗近君と親しくなる程度のことであったが、ともかく読むことは読んだのである。大衆文学全集なども並んでいて「御洒落狂女」とか「鳴門秘帖」などは愛読したし、「初鰹献上記」でも今だにその筋は覚えているから、子供の頃の私は、その頃を知る人たちが「怖いみたいな子だった」と云う通り、細くて、頭でっかちで、瘠せた嫌アな子だったに違いない。

乱読が、南十字星と灼熱の太陽の真下で、私から健康を閉め出していた。すぐ熱を出しすぐ頭痛を訴える。感受性の強い娘に、母は四六時中看病の心構えでいたようである。そんな状態で、日本に帰って来た。読書で想像していた日本は、しかし風雲急な東京では影をひそめていた。

憧れは期待ではなかったから、落胆はしなかったけれども、私には四季が順を追って訪れる不思議や、日本人の優秀民族意識にふれて、浦島太郎のようにしばらくぽかんとしていた。

そんな中で、初めて歌舞伎を見たときの印象は忘れられない。故国日本と思い詰めて帰った私に、街路も家並も懐しさを覚えさせなかったのだったが、手弁当で劇場に出かけ、舞台に駘蕩《たいとう》としている豊かさと様式美には、強烈な感銘を覚えた。羽左ヱ門を中心とする一座で、今から思えば、寒々しい不親切な舞台だったが、しかし役者の華は、私を充分に酔わしたのである。夢中になって、翌日は吉右ヱ門を観た。他目《はため》にも、異常なほど私は舞台の囚《とりこ》になった。どういうわけか、ジャバのブルボドールの旧蹟を思い出していた。

多分それは、私の心の中で、釈迦の一代記を壁にも階段にも彫りこんだ石造物が、同じ東洋の芸術という思いで彷彿したのだろう。

戦争が始まると、西欧文明も古典芸術も、芝居同様ごちゃごちゃになって、とにかく、それどころではなくなってきた。私は突如キューリー夫人伝を読んで感激し、将来は理科に進むつもりで、化学物理の入門書を読み耽り、フラスコや試験管を買こんで、訳のわからぬ実験をやりはじめていた。そしてこの気紛れは、疎開で一応打切られる。

母の実家は、関西の旧家であった。父だけ東京に踏止まって、母と私たち兄弟が、和歌山の祖母の家に暮すことになった。終戦をここで迎え、帰京はそれから二年後で、それまでの間に私はもんぺに下駄ばきの田舎の女学生になりきってしまった。病弱だった幼時と連想できぬほど丈夫になって、私はバレーボールの選手だった。

激しい練習と、対抗試合の度に結束した経験が、大人の本を読み耽って青ざめていた皮膚に、健康と協同精神の注射をした。実際それまで病弱にかまけて、我儘放題になっていた私に、選手生活は相当精神的に苦しかった。上からも、仲間からも、優等生意識は叩きのめされていた。——この間、私は一切の読書から離れている。読書以外に学ぶ方法のあることを私は思い知ったのである。

田舎の生活で私の得たものに、もう一つある。祖母と母、母と私、私と祖母、という女三代の相関について、私は興味深い観察を始めていた。

祖母はまったく昔風の人であった。旧家の生れにも育ちにも、懐疑を持たずに、その生活の中で楽しむものを楽しみ、築くものを築いて、それなりに時流を見る目も備えている。

ところで私の母は、そういう環境にことごとく反発して、青春時代を過したようだ。祖母の好むところのしとやかさは蹴り倒し、祖母が望む稽古事、針仕事の類は振向きもせず、琴を習わさせられるのを嫌がって、故意にマンドリンを弾いたり、事ほど左様に祖母に逆った。女専に進んで社会主義に目醒めたり、祖母は娘の不出来を、どんなにはらはらしたことだろう。

母の私に対する教育は、だから一切の稽古事を廃し、自由主義をモットーとしていた。母も不得手であったところから、家事に関しても料理掃除の類も、お恥しいが、私は仕込まれていない。琴や三味線を習う暇に、私は小学生の頃から漢文などやらされていた。

だが、祖母は私にこう云ったものだ。「お前は母親に似ぬ良い子だよ」。祖母は、私が話相手になるのを喜んだのである。そして私にとっても、祖母の話は仲々面白かった。母には陳腐ととれる話が、私には珍らしくて、興味が湧いた。祖母の背後に、私は豊かな蓄積を感じていたのだ。それは祖母一人の教養ではなく、いわば、旧家の歴史につちかわれた教養だった。

思うに、母には旧家という巨怪な生物の中に棲む煩わしさが、分っていたのであろう。だから、合理主義や近代主義を振りかざし、振りまわしでもしなくては、その患わしさから逃げ出ることが出来なかったのだろう。そして私には、生れる以前母によって隔絶されたものとしてその煩わしさは、しつこく躰に掩《おお》いかぶさるようなものではなかった。私には祖母の背後に抵抗を感じることなく、客観出来る。母には、母自身が無縁でなかったから客観出来なかったのだろう。

私は隔世遺伝という言葉を、妙に生々しい実感で考え始めていた。

荒廃した都会に、急場しのぎのバラックが建ち始めていた。が、どんなに変っても東京は東京だ。第一に、人口密度が高い。

帰京と同時に、私に乱読の習慣が戻ってきた。本当なら、そろそろ系統だった読書を始めていい年齢だったが、肝心の本が衣食住の圧迫を受けて揃えられず、常に不如意が、知識欲の貪婪《どんらん》さが、一冊の本を斜め読みする癖だけは殺してくれた。私は、文字に対して、思想に対して、忠実な、精読を始めていた。

高校三年の夏、百冊に近い本の読書録を、私は夏休みの研究として提出した。日割にして二冊だから、先生も友達も驚いていた。しかし内容は乱読の乱に尽きる。翻訳、古典、戯曲、現代小説、相手かまわずに私はしつこい読み方をしていた。結果として私は、しかし著者の意図を読むことは出来るようになったと思う。

読書に関する、この量的なキャパシティはしかし大学生になった途端から急降下しはじめた。私はやたらに興味を持つ性癖から、脱却してきたらしい。その頃のわが読書カードは、南画史に関する資料、歌舞伎研究の専門書、および英文の戯曲が主であった。乱読時代に、全読書の八割をしめていた小説には、私はまったく興味を失ってきた。

ただ一つ、小説という意味でなく、岡本かの子の作品には強く惹かれていたが、それとてもまだ、その頃は熱中するところまでゆかず、乱読したものが記憶のふるいにかけられて、粒選りで残った中の一つにすぎなかった。

疎開前に胸に叩き込まれていた歌舞伎の魅力が、この頃から再び芽吹き、私は専攻の英文学とは妙な取合わせだと自分でも思いながら、小遣いを溜めては劇場まわりをしていた。読書も従って、歌舞伎の脚本を主として近世日本演劇史、型の研究、隈取の研究等々その道の専門的色彩が濃くなってきていた。オニールや、クリストファー・フライなど欧米の戯曲もあわせ読みながら、私は演劇の持つ陰惨性に惹かれている自分を感じ、同じ陰惨も、古典劇ではどんなに温かいことかと、そんな比較も始めていた。

こういう方向を持つ読書を、当時の私は懐疑していない。小説を後年書くとは思いも及ばなかった。戯曲を書く気もなかった。せいぜい、劇評家になりたいと思うか思わないかの程度で、だから読書について、まったく将来の方針にのっとるなどという方法はとらなかった。今からは、不勉強だったと悔むことがあるけれども、おかげで私は思いつくままに手を拡げ、また深く掘下げることも、情熱的に出来ていたのである。

読書に体力がいることにも、気づいてきた。歌舞伎の研究と夥《おびただ》しい観劇とは、英文科の学生々活と併行させるのに、第一に、健康も必要であった。私は、相当無理をしていた。

いろいろな事由もあったが、とにかく私は間もなく一年休学をすることになる。床の中で、読書だけに明け暮れる日がまたまた戻ってきた。

しかし病床の一年で、私は「岡本かの子」を摑んだように思う。濤々として噴き出る彼女の文学は、病弱者には受け止めかねる力強さがあったが、私は、それを学んだ。

実は、同じ頃、私は近代文学も読みあさっていて、サルトル、カミュ、カフカの作品に親しみ、なかんずく「ペスト」など熟読し、近代のエゴは云々と、大層ナマな論文をまとめたりしていたのだが、欧米文学を一貫して私には何か物足らぬものがあった。それはどうも、生活基盤が異質な為のように私には思われる。ちょうど、戦前ジャバから帰ってきた時のような困惑が、私は翻訳文学と向いあう時、必らず起るのである。念のために云うがそれは抵抗でも反発でもない。内容を疎と思ったわけでもなくむしろ私は常に学んでいたのだ。

紙数が足りないので、詳しくは書けないけれども、当時私は、信仰の問題でもゆき詰っていた。少女期、感傷も手伝って飛込んでしまったカトリックに、私は最初の無批判を反省すべきときがきていた。それは決して、宗教組織や、教理に対する抵抗ではなかったのだが、私が子供の頃から今に至るまで、抱きつづけている東洋に対する愛着が、西欧文明を牛耳ってきた、あるいはかいぐりぬけてきた宗教と、何かにつけてズレてくるのである。

そんなとき、岡本かの子の作品を底流する大乗哲学に、私は限りない魅力を感じた。それまで私は、日本の古典について虚弱と断じて近寄らなかったのだが、ひょっとすると古典文学には、かの子のような力がいろずんで残っているのではないかと思った。すぐに思い当ったのは、またしても歌舞伎さらに、能であった。そこには沈潜して堆積した「力」がある。私は丈夫になろうと思った。伝統につちかわれたものには根強い力がある。それを継承あるいは摂取し得るものはそれらが伝承されてきた生活のなくなった今は、若い力だけだ。

それまで方針のなかった読書に、ようやく道筋がつくようになった。私は鶴屋南北の作品を見詰めて、歌舞伎の研究を進め、岡本かの子の小説を手許にして、古典文学を読みはじめた。

そうしてみると、英米文学を専攻することは一見無意味のようにも思えたのだが、幸か不幸か、卒業が迫って、私は辞書にしがみついて読みたくもないテキスト勉強を、しなければならなくなっていた。試験制度は、大学でも大局的な学問を、一応は捨てさせる。ようやく方針のきまった私に、これはかなり辛いことだった。しかしテキストの一つが、はからずも近代心理学の専門等であったために私は、貴重な勉強をした結果になった。どうも結論として云えることは、何を読んでも無駄にはならないということだ。

卒業後しばらく、私は学生時代に投稿その他で、コネの出来ていた演劇雑誌の編集を手伝ったりしていたが、秘かにこれまでの勉強がかたよるのを怖れて、私のそれまで専らしてきた知識とは、まるで無縁な出版社に勤めることにした。

そこでまず驚いたのは、歌舞伎など
に熱中している私が、「若い者に似合わぬ古い趣味だ」と見られたことである。

私は茫然としていた。同じ年代が揃っている大学では、ついぞ云われなかったことだ。私はにわかに自信を喪失して、世間で「新しい」といわれていることは、何かと注目するようになった。

結果、私は決して私自身を古いとは思わなくなった。

というのは、こういうわけだ。手っとり早く例証をあげよう。

歌舞伎の世界は外地で物心ついた私には、別天地であった。

私は自分の生活にはつながらぬ芸術として、舞台を見ていられる。ところが、私たちより上の世代は、この舞台に片足入っているか、あるいは何らかのつながりを生活に持っている人たちである。

あたかも、私の母と、私の祖母とのように。古いというのは自分が連っているものを見返ったときに出てくる言葉であるようだ。彼らは新しくあるために、どうしても古いものをふっ切らなくてはならなかった。破壊主義は、こういう時に生れる。

西欧文学が、新らしく思われるのもこういうときだ。

その次代の子供である私たちには、幸か不幸か抵抗すべきものはなくなっていた。おかげさまで、と云わなくてはならないかもしれない。

戦後十年、旧来の陋習《ろうしゅう》は打破され、重い殻は砕かれ、大人たちは自分たちの苦難を後進には繰返さすまいと、私たちに極めて寛容である。おまけにいろいろな国のいろいろな文学が、新しいのだぞとばかりに、よりどり見どり目の前に並べられた。

親切な大人は、しかし彼ら自身の手から生み出したものとして、私たちに譲渡すべきものは、何も持たないようである。私たちは彼らが新しいといったものを、なんの苦もなく自分たちのものにしている。

大人たちが、若い頃に、噴出する若い力を古い壁に力一杯ぶつけた、壁を破って突抜けたそんな生活が、私たちの世代では起らないのである。壁は後方で壊れている。とすれば私たちが若い力を駆ってすることは、いたずらに方向も定めず走ることだというのだろうか。

私にはどうも、壁の向うに置き去られた遺産が気になる。勿体なくて仕方がない。旧時代の残滓を生活に持たない私たちには、遺産を担う力がある。

モダニストが古典を本当に理解できる——という考え方を、この例証から導いては、飛躍に見えるかもしれないが、私は、私の祖母との交流から、感覚的にもそれを信じることができるのである。

英文科を卒業した肩書で、時折外人の歌舞伎ファンと交際をするようになると、なかに専門的な研究家も現われて、私はこの人たちから彼らの「近代への批判」を聴くようになった。

そして私は、さらに私の信念を確としたのである。彼らは東洋を見つめ始めていた。歌舞伎も、日本の古典文学も、彼らには新鮮な魅力だった。単なる異国情緒だけが彼らに目を瞠らせているのではないのだ。

同時に、私は私より若い人たちの中に、意外に多くの古典ファンを発見していた。彼らがそれを見る眼には、趣味の臭みがない。隔絶した世界からの、新鮮な感覚である。私が外地で、幼時を過したと同じような体験を、この人たちは日本にいて、身につけているのだった。

私が小説を書き始めたのは、その頃からである。理由とか目的とか先立って考えたものはなく、急に書けるようになったというのが正直なところだが、私のそれまでに問題としてきたことをひろげたり、まとめたりするのに、多分この方法しかなかったのかもしれない。

昨秋、祖母が脳溢血で倒れた。半身不随となって医者が首をかしげ、姻戚は集って看病したが、私も駈けつけた一人であった。中風の特徴とかで脳は冴えきって、しきりと話をしたがる。

安静をとる必要から枕辺で本を読むことになった。新しいものでは疲れるというので、日頃彼女が愛読している「増鏡《ますかがみ》」を朗読することになった。

私には相当に難解な書で、読むだけが精一杯だったが、誰も寝静まった深更、旧家の奥まった一室で私は私の声と、祖母の顔と結びあう実感にひしと包まれていた。

祖母の死後、「増鏡」は私の手許にある。そして私が、時にそのことを思い出しても、それは決して感傷ではないのである。

隔世遺伝という言葉を、私は信じている。読書によって、昔の人たちと親しみ、私は伝統の断絶を防ぎたい。

青春三音階

幼時ほとんど病床で過した私は、ために耽美的傾向を育てていた。美しいものは、ただ美しいという理由のみで愛することができたし、その愛着は子供心にも淫《みだ》りがましいほどであった。(もし私にほんの少しでも作家的資質があるとすれば、それはこの頃の異常性の賜物かもしれない)

肉体が充分知能に伴い得なかったために起る思考過多の症状を私は免れることができなかったようである。私は読書について大層早熟だった。当時私の一家は日本に定住することがなく、ほとんど外地生活だったので、両親は私の読書欲の前で年齢に相応な書物を日本から定期的に取り寄せる労を厭わなかったのだけれども、私はその年齢相応の絵本や童話はとうに卒業してしまっていて、専ら両親の愛読書や社宅の大衆雑誌に親しんでいた。甘い親たちは、この早熟を自慢にこそすれ弊害には思い及ばなかったようである。結果として私は少女時代というものを頭脳的には一度も体験することのない不幸に行き遭ってしまった。

夏目漱石から菊池寛の通俗物に到るまでを、私が小学校三年までにほとんど読破してしまったのである。だから私にとって、愛とか恋とか人生とか青春とかいう言葉は、ごくありきたりな概念になってしまっていた。なんでも、それは人生にとってとてつもなく大変なものであるらしいと分っていたけれども、知識の上で私は食傷してしまったのである。

ただ、冒頭した耽美主義が私に物事の判断の基準となっていたものだから、愛や恋や青春が美の上に成立したものならそれは確かに素晴らしいに違いないとは考えていた。つまり私は、子供のうちに遥かに先の大人の常識を、というより謂わば年増の考え方を築きあげてしまったのである。何も知らないうちに、いや、何も見ないうちに。

私は童話の中の王女に扮して、美しい王子さまを夢見る童女性を遂に持たなかった。小学生の私は、美男との恋愛を空想することはあっても、美少年を対象に設定をすることはなかった。早熟な子供は幼稚園時代か小学生の頃に早くも恋の芽生えがあるというのに私は経験がない。体の弱かった所為でもあろうか。

美に対する希求心が専ら絵や陶器などという全く子供らしからぬものへ対《むか》っていたのはそんな理由からだと思う。そのうちに戦争になった。その前後へントウ腺の手術や、転地が効果を顕して、私は徐々に健康に恵まれ始めてきた。脾弱だという撈《いたわ》りが、非常時で周囲に薄れたことが、或いは一番の療法だったのかもしれないのだが。

したがって私の青春は、正確にいうと終戦と同時に、関西に疎開していた私を訪れたということにある。それまでは痩身のひねこびた子供だった私に、ようやく条件が揃ってきたのである。

が、その青春前期は暗黒であった。私は私の美の尺度を私自身に対して容赦ない当てかたをしてしまったのだ。残念ながら、私は美人ではなかった。というより、私は私がそれまでに確立していた美人というものの概念に当てはまらなかったのだといった方がよいかもしれない。恋とか愛という言葉に食傷していた筈の私は、ようやくその実体を把握できる肉体になって、それが自分には大層縁の遠いものなのだと悟らねばならなかったのだ。世の中に何も楽しいことは起らないのだと、私は思い定めねばならなかった。やたらに手当り次第に小説は読んでいても、子供の頭は早熟でも限度があって自然主義文学は字面を眼で追って筋はとれても、内容の核心を摑むことはできなかったし、それに私の耽美主義がもともとその種の小説を好まなかったので、私は美男美女以外の恋愛というものを迂闊にも読み落してたのだった。

病気がちの間に早熟も災いして性格は大分あちこち歪んでいたから、それが一どきに自分を美人でないと思い込むや、種々な形で絶望的な虚無的な（と私は当時思いこんでいた）態度をとることになった。ひがみっぽくて、私は随分イヤな子だった。親切にされれば憐れみと思い、不親切にされれば美人でない所為だと考え、つまり総てをこんな寸法で割り出していたのである。晩《おそ》く来た思春期の一種病的な症状だったのだろうか。

こんな精神状態にもかかわらず、健康はめきめき回復して、女学校三年の私は運動選手になっていた。私の病弱を知っていた人々は不思議とまでいって驚いたが、私自身はバレーボールに戯れることに夢中で、健康状態の快調をそれと感じる暇はなかった。

校舎が焼けた私たちの学校は、戦後同じ市内の焼け残った工業学校に校舎の一部を借りていた。つまり男の学校に女の学校が間借りしているという状態だった。男の子は親切だから意地悪はされなかったし、敗戦と同時に怒濤の如く押寄せてきた男女平等思想が、それまでの厳格一途な教師たちの手綱を緩めていたので、私たちはまるで共学する男女のように仲良く交際ができる筈であったが、実際はよほど勇敢な生徒以外には皆てれてしまって手も足も出ないような現状だった。ただ例外として皆に羨まれたのは、バレーボールの選手たちであった。その工業学校は県下男子の部で伝統を誇るバレーチームを擁していたので、私たちのチームは屢々《しばしば》というより殆んど毎日彼らのコーチを仰いでいたのである。

男の子たちは大変に親切だった。その上スポーツマンシップを持ち、態度が淡泊だったものだから私たちには大変魅力的だった。こちらの選手たちの話題は、だから常に彼らの中の誰彼の噂話だった。――だが、私はそんなとき、何時も一人だけ離れていた。どうせ私には縁のないことだと思いこんでいたからである。工業学校のキャプテンをしている某という青年（彼は見事な体軀を持って、すでに少年の香気に乏しかった）が、偶然私と同じ方面から通学していたために屢々同じ電車に乗り合わし、口をきいたりする機会が重なったが、それが何時の間にか評判になってしまい、私は妙な騒ぎの中で茫然となったことがある。事あれかしと待ちかまえていた周囲の無邪気な揶揄だったのだが、私は誰もそれを本気で思いこんでいないということに、強く劣等感を刺戟されて悩んでしまった。いじけた態度が、きっとその青年にも不快な印象を与えたことだろうと思う。揶揄の受止め方が私はあまりにも神経質でありすぎたのだ。やがて周囲がこの不明朗な性格に遠慮ない制裁（と私には思われたのだ）を加え始めた。私の属するバレーティームの協同生活から、私はハミ出しかけていたからである。

つまり、前記の態度は、根本的にスポーツマンシップに反するものであったのだ。成績というものを顧慮せぬことを見栄としていた選手たちは、先ず私の優等生意識を徹底的に叩きのめしてくれた。考えたり理屈をこねたり、という私のこれまでの習慣はボールの前で捨てさらねばならなかったのである。

また、病身を気遣って、家では人々が腫れものに触るように私を扱っていたため、私は極めて自己中心主義的な性向を持っていたのだが、これも合宿練習の間に無惨に蹴散らかされていた。私はその間に何度辛いと思い、悲しいと思ったかもしれない。

あまり根気のない少女だったのに、こんな辛さを乗切ることができたのは、結局のところ、私に異常なほどのボールに対する執着があったからだと思う。私の物の考え方、口の切り方、行動というものに白い眼を向けている同輩も、円陣を作って一つのボールをパスしあう間は、ただ私のボールに対する情熱だけを相手にしてくれていたからだとも思う。

私に、始めて健康な心が開かれ始めたのだった。

青空に飛ぶ白いボール。私の性格は陽転しつつあった。同時に学業はどんどん下降する一途であった。私は勉強より大切なものがあることに気付いていたから平気だった。その頃、私は疎開から引揚げて東京へ帰ってきた。右のような状態にあって、性格を切り換えるには時宜にかなっていた。私は転校した学校に、大そう陽気な女学生として迎えられた。これから私の青春中期に入る。

私は滅茶苦茶に明るく喋べり、動きまわっていた。そうすることが、どのくらいトクか、私は毎日実証しているようなものであった。明るく振舞えば明るい答が返ってくる。私は幸福だった。暗くしめっぽいこの間までの自分がウソのようだった。私は音階でいうなら三オクターヴは挑ね上っていたと思う。

なぜなら、私は大層友だちを得ていたからである。その中で私は幸福だった。ときどき昔の性格が首を出して、我ながら破調に戸惑うこともあったけれども。大体うまくいっていた。

その女学校はミッション系の地味な学校だったので、生徒たちは前の学校のように男の子の噂話はしなかったし、男の学校との交流はなかったから、私は私の劣等感を刺戟するときがなかったのでもあった。女ばかりの中で、私は支障なく性格形成をなしとげていた。

大学へ進学する前後、私は小さな演劇サークルに加入していた。偶然の機会から好きな道で飛込んだのだったが、そこで知りあった三ツ年上の青年から始めて愛を打ちあけられたとき、青春中期は最高潮に達した。

それは実に意外だった。私にそんなことをいう男が現れるとは予想もしていなかったからである。「本当なの？」私は間抜けた反問をしたほどである。そして相手が真面目な顔で肯定したとき、私の心に音をたてて自負心が開花したのだった。私がその人を愛していたかどうか、それは自分で分らなかったけれども、この突然目の前に立った人を見ては、私にはそんなことどころではなかったのだ。私は有頂天だった。

が、不幸は直後に起っていた。彼の友人が日を経ず再び同じような態度を私に示したのだ。私は吃驚してその人の顔を見上げ、これはどういうことだろうかと思った。私の心の中での呟きは、しかし当面の二人には関係のないことだった。私はこう考えたのだ。するとと私には魅力というものがあるということになる……。

私の自惚れは間もなく急調子で膨張して行った。二人の男の微妙な経緯を、私はただ見守っていた。気がついたのは、私がその二人を二人とも、少しも愛していないということであった。私の早熟性は、何時の間にか戻ってきて、私は小説のヒロインのように驕慢な女に成長しようとしていた。

それが皮切りで、二三年の間は目まぐるしいように青春のキイが鳴り続けていた。総て高音部であり、不協和音ばかりだったといえるようである。そして音は肉体を持たないように、私のイロコイ沙汰は、少年少女のママゴトにすぎなかった。総て言葉の上の、せいぜい雰囲気だけのもので終っていたからである。戦後の性の解放が仰々しく新聞雑誌に書き立てられていたけれども、それは一部特異な状態にいる人たちの間のことだったと思う。私がそんな環境にいなかったのは倖せであった。この浮わずった青春中期は、私が始めて本気で異性を愛したことによって、終止符を打つ。愛することが厳粛なものだということを知って、私はそれまでの態度を反省した。

読書と病弱の時期から脱け出るために私は反動的に学問とか知性とかいうものに顔をそむけようとしたのではなかった、暗さを払うために、あまりにも明るさを衒《てら》いはしなかったか。こんなことを考え始めたというのは私が自分から恋した相手に、一顧も与えられることがなかったから――つまり、片想いに終始した失恋という経験からである。

男友だちに囲まれて、キャアキャアいっていた私を、冷く澄んだ眼で一瞥して通り過ぎた人を、私はヒヤリとした思いで見送ったという――そんな経過であった。私は自分に愧じ入っていた。このままでは大切な青春が浪費されてしまうだけだ。

私が真剣に勉強し始めたのはそれからである。暗すぎたり、明るすぎたり、二度失敗した私は、今度こそ落着いて真実の青春を生きなければならないのだ。

心の持ち方次第で、人は永遠に青春であることができるというけれども、肉体の衰えたときの精神の青春はやはり一抹のものがなしさがあると思う。青春は、その相応しい若い肉体を持つのが本来なのだ、私はかくして青春後期に入る。まだまだ老いは遠い彼方にあるけれども、前期中期と不均衡な青春状態であったのを反省して、今度こそ悔いのない日を送りたいものだと思っている。そしてそれは中音部のあたりさわりない練習曲でなく、低音も高音部も網羅した華麗で豊かなシンフォニイでありたい。

凧あげ

もう幾つ寝るとお正月
お正月には　凧あげて
羽子板ついて　遊びましょ
早く　来い来い　お正月

この唄を、私は小学校の唱歌の時間に習っていた。ときは昭和十四年、私はジャバ島にあるバタビヤ日本人小学校の二年生であった。

南海万里、春を迎えるために先生も父兄も何がなし浮立って、だから児童たちにもこの唄を唄わせていたのだろうが、唄っている当人たちには一向に「お正月」なるものピンと来ないのである。

私のような内地生れも半数あったが、残る半数はジャバ育ちだ。春夏秋冬という季節の推移も棒暗記しなければいえない子供たちに、冬という季節に包まれた情緒的な正月は無縁であった。

同じように一月一日でジャバの暦もあらたまるが、ここには新年を迎えるための行事らしい行事はない。あったとしても、私たち日本人が祝うものとはてんで無関係なものなのであった。

お正月には女の子は振袖を着るものだ、と私たちは教えられた。内地から送られてくる絵本に、華麗な着物にポックリをはいて、羽根つきしている女の子たちの姿が描かれてあった。

が、常夏の国で袷の振袖は着られないし、平絽の着物を着せられた子が、脱いだらおなかの周りに汗もが一杯になってしまっていたりして、ともかくこの知識は実行に移せぬ類のものであった。

お正月には男の子は凧を上げるものだ、と私たちは教えられた。

ジャバ人の子供たちも雨期が過ぎると凧遊びをする。赤や緑の逆三角形の単調な姿をした凧が空にあげられ、私たちは仰ぎみて、これがお正月かいなと思っていたが、大人たちは日本の凧には鍾馗《しょうき》さまなどの勇壮な絵が描かれてあり、大体四角いもので、たまに奴凧という瓢《ひょう》けたものもあるのだと教えてくれた。

それでは、この三角の凧ではお正月遊びにならないのかと子供たちは途方に暮れ、学校の先生たちが工夫して作った日本式四角凧と奴凧は、その華麗な彩りにもかかわらず、なんとしても空に浮ばなかった。

お正月には屠蘇を祝うものだ、と私たちは教えられた。

大人の男たちは、日本からとりよせた樽詰の酒に酔っ払い、屠蘇の素になる漢方薬みたいな三角包みは届いたのに味淋《みりん》の方を忘れたといい、私は日本に帰るまでお屠蘇なるものは単に酒に匂いをつけ足したものであると思いこんでいた。

校庭で羽根つきもしたが、バドミントンより面白いとは思えなかった。数の少ない追い羽根は、駄菓子屋の店先で選んで買ったもののようには優秀な飛び方をしないのである。テーブルの上で双六をやるのも、大理石のフロアで福笑いをやるのも、正月にはやるものだと教えられてやったが、どことなく阿呆らしくて馴染めなかった。

戸外には太陽が緑の上に燃えさかっているのに、健康な子供には正月遊びよりプールで水を浴びる方が遥かに魅力的だったのである。

こんな中で、私たちが正月らしさを感じたのは、早朝、父兄も交えて校庭に集り、君が代を唄いながら国旗掲揚をしたときだけである。高い青空に真綿のような白雲が流れ、そこに日の丸がひるがえるのを見ると、子供心に本国から遠くにいて今、国民の一人として正月を祝っているという感銘があった。

以来、私は今日に到るも愛国心を失わないのである。

日本に帰ってきたのは昭和十六年の二月であった。その暮の十二月八日には大東亜戦争が始まり、待望の日本の正月は非常時下、自粛のやむなきにあり、私は念願の振袖を到頭つくって貰えなかった。

新年を祝う日、本物の屠蘇というものが味淋台のこってりした味わいと芳香のあるものだと初めて知った私は、いそいそと学校に出かけて行ったが、講堂に集った生徒の中に和服姿の女生徒が数人混っていたのには眼を瞠った。申しあわせたように彼女たちは紫の袴をはいていた。小学生にこんな格好をさせる親たちは、まあどんなに心豊かな人たちだろうかと私は羨しかったものだ。

当時、私は上野から寛永寺坂を下った根岸という町に住んでいたが、父に連れられて上野の山に出かければ、男の子たちは凧あげに興じていた。小学校五年生だった私は、幼稚園以前の幼い弟にかこつけて凧を買ってもらい、凧糸を買えるだけ買いこんで数日その凧をあげることに熱中した。

夕刻、いつまでも帰らぬ私に心配して父が探しにやってきたとき、私は寛永寺坂でたった一人夢中になって糸を繰出していたものである。

豆粒のように小さくなっている凧を見上げ、私がまっ赤な顔をして凧糸をひっぱっているのを見下した父は、私が女の子だということに嘆息したようである。母は、私に似たのだといって笑っていた。

羽根つきは相変らずつまらなかった。あの唄は間違いだ、と私は発見していた。凧をあげられるような風のある日に、どうして羽根がつけましょうぞ、である。

失点ごとに白粉や墨を顔に塗る遊び方も、まだ色気以前の私には面白いとは思えなかった。

近頃になって、羽根つきのそもそもが悪魔払いであったという故事来歴を知って、のどかな音ののどかな遊びと昔をなつかしむ方法と会得したが、ともかくこれは現代の子供だけの遊びでないことだけは確かである。古典はインテリ向きの読みものであるように、正月の行事は概ね大人向きのものだ。

それを立証できるのが、この正月を迎えるにあたって、私が心掛けたのが姪を飾ることであったといえるようである。

正月三日は、会社も休み、新聞も毎日は来ないし、一人で仕事をするのも馬鹿らしく、つまりなんとなく手持無沙汰で困ったものだというのが正直な私の感慨なのだが、数えでいえば六つになる姪に、せめて綺麗な格好はさせてやりたいと思い、庭先で羽根つきの真似もさせてみたいと思うのである。

双六も、平仮名のカルタも、姪と甥のために買いととのえ、福笑いも家中で嬉しもう、それも姪たちを中心にして、とこう考える私の心の中に、季節を持たぬ正月を過した幼い頃の悔があって、姪たちには日本にいる正月を満喫させたい殊勝さがあるのならいいが、前にいったような大人の古典趣味からのものとしたら、姪はさぞ迷惑なものに思うことだろう。

そんなことはヌキで、私が卒先してこの正月に絶対やろうと思うのは、凧あげである。

おひなさま

返らぬ愚痴は、戦災で失ったものどもである。もう十四年の昔を、あのときあれだけは救っておきたかったといっても、馬鹿々々しいみたいなものだけれど、女の保守性は仕方のないもので、桃の節句が近づく度に、わが家では焼いてしまった雛人形の話が出る。女の子は私一人だから、その雛人形の主というのは私のことだ。

「佐和子のおひなさまはねエ……」

私の母は、孫娘の雛人形の前で、こう呟いてやめないのである。

確かにそれは名品なのであった。私の祖母は趣味の豊かなひとで、常に傍に置くものには一つ一つ故事来歴つきの名品を備えていたが、女の孫では初孫にあたる私が最初に迎える桃の節句に、京都の人形師に特別注文して念の入ったものを調製させた。それも内裏《だいり》雛だけが特製なのである。高さ一尺に近い、かなり大きな人形だった。

若い頃の私の母は、およそそうした情緒的なものに趣味を持たないひとで、祖母が繰返していった人形師の名前も覚えていない。人形の衣冠束帯や十二単衣についても、かなり有職故実にのっとってあった筈なのだが、祖母が口伝えにしようと熱心に語ったのも、当時は関心のないまま右から左へ忘れてしまった。

だから、母がいう佐和子のおひなさまというのは、彼女が自分の眼で見て記憶している人形の外観ばかりについてなのである。

「本当に、いい顔をしていた。男雛も女雛も、肌の色から鼻の形まで、品というものが違っていた。人形の良い悪いは、その容貌の上品下品できまるものだそうだけれど、あれだけ品のいいおひなさまは何処の家のを見てもなかったわよ」

いささか我が家の仏は尊しのたとえに似て、決して人にきかせて具合のいいものではないが、戦後すっかり手許不如意になって、夫には先立たれたひととしては、昔を偲ぶぐらいの楽しみは残してあげねばならないと、私の一家は母に限って返らぬ愚痴なるものには寛大なのである。

ところで、私は、といえば、なくなったものに対して想像の世界でたのしむことは誰にも迷惑をかけぬことだと思うから、母の態度を声援するばかりでなく、自分自身もともに酔うこと吝《やぶさ》かでないのである。

私は祖母からの隔世遺伝で、私の母よりは趣味が豊かなのである。その証拠には、私のおひなさまに関する記憶でも、私の母と私とでは程度が違う。私は、あの人形がヒキ目カギ鼻という上代雛の代表的な顔だったということを知っているし、天冠につけた瑤《よう》珞《らく》の一つ一つが、手細工で彫物をしてあったのまで覚えている。玉眼が、左右不均衡にえぐられていて、そのために人形とも思えぬような豊かな表情であったのも知っている。

しかし、今追憶してみると、私が幼い頃にこの人形たちと迎えた桃の節句は、あまりにも人形中心であったような気もする。幼な心に、私は私のおひなさまは名品だということを知りすぎていたのだ。早熟でもあったから、私は雛祭に、女の友だちとお人形あそびをしたことはない。私の周囲には大がい大人がいて、この人たちは例外なく人形の立派さを讃えていたものである。そして私も、言葉なく私のおひなさまに見惚れていた。

私の祖母にしてみれば、女では初孫になる私に最高級品を贈りたかったのは無理のないことであった。まさか孫がそのために、無邪気で可愛いい桃の節句を迎え損ねることがあろうとは想像もつかなかっただろう。が、とにかく事実は、上等の雛人形のおかげで私のお節句は厳粛なものになっていて、子供の遊びという気楽さは失われていた。

人形の品格というものについて、数年前に私が興味を持って博物館通いなどしたのも、無意識の裡に私のおひなさまの厳粛な記憶が働いていたのかもしれない。人形の歴史を調べながら、名品といわれる数々を詳《つぶ》さに見て、私は焼いてしまった雛人形が本当に上等のものだったということを知ったのだが、しかし美術品を子供のものとして与えるのは大人の誤ちなのではないかと疑い始めてもいた。

終戦後、何年か私はおひなさまのない桃の節句を迎えた。家の中には人形など買う余裕が家人の心にも財布の中にもなかったのである。学生時代、アルバイトで得た収入で、私は始めて雛人形を買った。焼いたおひなさまの記憶が、私に安物を買うことをしぶらせたので、私は奈良の一刀彫の雛人形を買うという逃げ方をした。掌にのるような小さな立雛である。二百四十円だった。当時の私にしては大金であった。

が、それを自分の机の上に飾ったとき、私に始めて仄々とした桃の節句が訪れたのだ。それは、そのときの私に最も相応したおひなさまだった。分不相応のおひなさまを持って、子供心にも圧迫を受けていたのだなあと過去を省みたことである。

兄が結婚をして、私の嫂に当る人は幸せにも疎開で人形を助けていて、それを持って嫁入りしてきた。その最初の雛祭には、私は羨しいと思いながら、まず平均点の内裏雛を見て、どこかで落胆するものがあった。母が私のおひなさまを追憶するのを、嫂に気をつかって止めたほどである。

が、嫂には私の焼けた人形がどんな立派なものであっても、ひけめを感じないものがあった。それは彼女のおひなさまに付随する追憶である。美術品として誇れなくても、彼女は彼女の人形たちを愛しいものに思っていて、その情愛は過去の私が持たなかったような強靭なものであった。それをこそ私は、あらためて本当に羨しいと思った。

「佐和子のおひなさまはねェ……」

今年も母は、それを繰返すだろう、そして嫂は、もう何十年も有吉家にいたひとのように、一緒になって目を細めて、母の話をきくだろう。彼女は、今彼女が守っているささやかな家計に、夢を托しているのだ。いつの日か、自分たちの力で、娘の雛人形にはそんな名品を買ってやろう。彼女はそう思っているのである。

嫂が持ってきた雛人形を飾った雛壇の前で、近所の女の子たちと遊んでいる姪を見ると、私はふと涙ぐんで彼女の幸福を希わずにはいられない。親の夢は、それでよし。しかしこの子には、分相応の幸せの中で、正常な成長をさせたいと思う。

そして私は、当分の間、例の一刀彫のおひなさまで桃の節句を祝うつもりである。

桜の花と想い出——お花見のこと

三月と四月は日本舞踊の発表会シーズンである。去年も今年も台本の依頼を受けたが、まず賑やかに美しくという注文には季節の花を配するのが定式で、背景に桜を持ってくると舞台が派手だつ。時代考証の必要もあって江戸時代の花見というものを調べていたら、意外に面白い発見があった。

江戸に幕府が生れてから始めのうちは、花見というのは安土桃山風の雅《みやび》やかなものであった。桜の木の下に緋毛氈《ひもうせん》を敷き、静かな数人の集《つど》いで三十一文字《みそひともじ》を短冊にさらさらと書き流して、花の下枝に結び吊し、風流閑雅《かんが》に酒を酌みかわすといった類のものだったらしい。こんな趣好には糸桜の周囲五間以上ある大木に限るとされ、文化六年に出版された「卯花園漫録」の中には三十三桜として次の地名があげられている。

鳴子の浄円寺、麻布の長谷寺、小石川の伝通院、大塚の護持院、駒込の海蔵寺、小石川の蓮華寺、御厩谷、谷中の延命寺、広尾の天眼寺、早稲田の五智堂、牛込の保善寺、谷中の養福寺、小石川の牛天神社頭、目黒の祐天寺、高田の穴八幡、谷中の経王寺、東叡山慈眼堂、同願王院、同等覚院、青山の梅窓院、東叡山護国院、千駄谷の仙寿院、青山の最勝寺、牛込の光照寺、東叡山寒松院、同清水、駒込の吉祥寺、滝ノ川弁才天、雑宮の八幡社頭、田端の与楽寺、根津社頭、湯島の天沢寺、広尾の光林寺。

読者の中で右のどれかに近いお住居の方があったら、昔の巨幹の今の姿を探しに出かけられたら面白いと思ったもので、全部書いてしまったが、ああくたびれた。私は杉並の堀ノ内に住んでいるので中野区鳴子坂の浄円寺は近くだから、花の盛りには出かけてみようと思っている。もっとも今から三百年も昔の記録だから、三十三本の大方は枯れたか朽ちたか、でなければ二代目三代目になっているかもしれない。暇を見て、この三十三ヵ所巡りもしてみたいものだと思っている。

ところで、こうした名木一本桜の賞翫《がん》のしかたは、江戸ッ子の性質には不向きだったから、すでに三代将軍家光の頃から並木桜の下で花より団子と酒をガブ飲みし、三味線で唄ったり踊ったりする花見の習慣が、江戸庶民の間に生れていたようだ。歌の俳句のというガクはなし、川柳へさえ手の届かない人たちが桜を口実にしてから騒ぎに出かけるという工合に、花見が洒落でも風流でもない大衆の娯楽になったわけである。

八代将軍吉宗の時代には、もうすっかり、一本桜は人気がなくなり、花見の場所は寺や神社から離れて、市街から日帰りで行けるような向島、道灌山、飛鳥山、御殿山など並木桜のあるところへ移行した。四五人の気心の合った人たちが出かけるというより、落語の「長屋の花見」にもあるように、団体で賑やかに繰出した様子である。そして幕府は、このような花見を奨励し、ぐれん隊や酒乱の武士などは積極的に取締った。武士たちは酔った町人にからまれても、このときばかりは斬り捨て御免を封じられていたようである。それを物語る逸話も見つけたが、ここでは割愛しなければならない。

ものごころつく頃、私は常夏《とこなつ》の国ジャバにいたので、春夏秋冬の季節の移り変りには今もって事象をとらえるのに弱く、小説を書いても夏以外の季節の描写には実に苦労をする。春と秋の区別を、私は日本から取寄せた子供向きの絵本で覚えたが、それによれば春は桜が咲き、秋は紅葉が色づくという。この最も単純な公式が、いまだに私の脳裡から消え去らないのだから三つ子の魂は怖ろしい。梅桃、菜の花……ねじり鉢巻で考えても春の花はこのくらいしか考えつかないのだから、なさけない。

桜の花にしても、この年して、ものの本で昔の花見の状況を読んで面白いと思うほど、私の生活へ入りこんでいないのである。しかし戦争の始る年の二月に日本に帰ってきた私の一家は、下谷の上根岸に家を構えたので、上野の山の桜には懐しい想い出がある。もう非常時で、花の下には花見酒に浮かれる人々はいなかったが、父につれられて散歩に出たことは昨日のようによく覚えている。

寛永寺坂を上って、寛永寺の境内を通り抜ければ上野の杜《もり》、反対に右に折れれば谷中の墓地があって、その桜は染井吉野という品種だと雑学に長じていた父は説明してくれた。谷中の延命寺、養福寺、経王寺が三十三桜の内と知っていたら、きっと廻ってみたことだろうに、流石の父もその知識はなかったようだ。そのかわり上野の秋色桜の講義は二度も三度も聞かされた。例の「井戸端の桜あやふし酒の酔ひ」をものした秋色女の物語である。彼女が孝女だったということより、

「井戸の傍に桜が咲いてたんだ、酔っぱらいがそれにつかまってゲロでも吐いてたんだろうな。秋色女史は、その酔っぱらいが井戸に落ちたら危いと詠《うた》ったんじゃないんだよ、酔っぱらいのおかげで桜が散るのが惜しいと詠《よ》んだんだよ。どうだ佐和子、いいだろう」

こう云った父の言葉が、耳の底にはりついている。小学生の私には、何がいいのか、当時はさっぱり分らなかった。

今ならば意味も分るし、よさも分るが、父が死んでから十年たって迎える春は、酒好きだった父を偲んで、私は花より酔っぱらいを案じる解釈につきたいと思う。江戸ッ子なみに、私は風流よりも人間本位で花を愛したい。

三十三桜の旧蹟めぐりも、一緒にたのしんでくれる友だちがなくては出かける気がないのである。

月の一日には赤飯を炊くといったら、

「へえ？　今どき、そんな家があったのか」

と呆れられた。

人が今さら呆れるところから見ると、私の家はどうやら祝い好きの寄り集りなのかもしれない。

赤飯は家族それぞれの誕生日にも炊き、この日はその一人を中心に団欒《だんらん》することになっているし、それも祝わなければならないのだという一種の義務観念さえ持つようになっている。

それというのが日本の家庭には、亭主の友だちがくれば奥さんは女中がわりに気を使い通し、息子の友人がやってくれば、息子の部屋へ食べ物を運び、奥さんの友だちは奥さんの居間で、手軽く店屋のものを取って井戸端会議の二次会を開くという有様で、一家団欒の機会に乏しいものだから、外国生活の多かった我が家では、何かと理由をつけて家中で祝う日をもうけたものらしいのだ。

私の兄貴の奥さんなどは、オヨメに来た当座はこんな家風に大分面喰ったものらしいが、当節は彼女が音頭とりで、

「×月×日はK子のお誕生日です。お忘れなく」

などと、その十日も前から警鐘を鳴らすのである。

そうなると、ああそうだ、ではお菓子の一つも買わねばなるまいと、一家のことにはあまり関心のない叔母ちゃんこと私なども、あらためて気をつかわされるのである。

この習慣、やりつけない人には仰々しく聞こえるかもしれないが、やりつけた者には楽しい家の行事である。私のような家政無能者は、お小遣いを節約して、まとまったものを買って贈ろうぐらいの智恵しか湧いてこないが、我が家のおばあちゃまこと私の母と、アニヨメとの祝う日を待つ様子には、見ていて実に微笑ましいものがある。

お中食に、つい面倒だからと母が罐詰を開けようとすると、

「ああ待って下さい。それはT雄さんの試験が終った日に開けます」

とアニヨメが止め、

「S子さんたちの結婚記念日までに、これを仕上げてあげようと思うのよ」

と、母が炬燵《こたつ》布団の表を縫い始める。

家計の一部をやりくったり、労力でもっと祝う方が、お金で物を買って贈るより、ど

のくらい高級で心がこもっているか分らない。こんなに人を祝う機会が多いために、私の家では嫁姑のアツレキが深刻なものにならないのではないかとさえ思う。

まったく、母が長男夫婦の見合いの日、結婚の日、それが何年目に当るかを覚えているのには感心するほどで、却ってアニヨメの方が祝われてから、あらそうでしたか、などとキョトンとしている。が、その夜晩く帰った兄を、

「あなた、今日は何の記念日だか忘れたんですか」

と詰問しているのだから世話がない。

私の小説が、たまに批評家から褒められたからといって、アニヨメは晩の食膳に私の好物を整え、私は彼女の新しい髪型が似合うといって、流行のヘアピンを買って帰り、嫁と小姑の争いなども、我が家では無縁でいるのである。

兄貴たちの夫婦喧嘩の最中でも、弟の祝いには不祝儀面が並べられず、たまに母とアニヨメの空気が険悪になっても、小さな姪が幼稚園へ上る日になれば、家中が微笑でそれを解決してしまう。逆に、まずいことが起ると何か名目をもうけて祝うことを考えようというのが我が家の平和政策なのである。どなたさまにもお勧めしたい。

祝うということは、いいことだ。祝われる者も当然いい気持になれるが、祝う者も実に豊かだ、実に楽しい。

宗教では、仏教には花祭やら法事その他わずかな例外を除いて家庭的行事はないのに

ひきかえて、キリスト教には家の中で家族をあげて祝う日が多いのは、信仰が個人に結びついている証拠なのだろう。神道などが、国家的行事ばかりであるのに較べればそれが分る。

私が大好きなキリスト教の行事では聖母披昇天の祝日と、十二月二十五日のクリスマス。

聖母の披昇天には、私もどうぞよろしくと祈ればいい日で、お祝いの仕方は何をどうしてもいいのだそうだけれども、十二月二十五日は純然たる家庭行事である。クリスマスには雪景色が付きものになっているのも、しんしんと降りこめられた家の中で、おじいさん、おばあさん、おとうさん、おかあさん、子供たち、一家全部が炉ばたによって、しめやかに救世主の降誕を祝うのがいかにもふさわしいと思われるからだろう。

日本のキリストのキの字も分らぬ連中は、クリスマスとはキャバレーに行く日ぐらいに思っているようだが、世界のどこにもクリスマスにどんちゃん騒ぎをする国はないそうで、クリスマスの意義を考えれば、そんな筈はないのである。

その分、キリスト教国では復活祭には夜を徹して騒ぐ。それというのが、キリストが復活すれば、さあ何をしてもかまわないというわけだからである。

さて、右の習慣を、祝いごとあれかしと手ぐすねひいている我が家がのがす筈はない。雑誌からクリスマス本来の祝い方を書いた記事を切抜いてアニヨメは兄貴の前で朗読し、この夜は早く帰れ、家族が一つ食卓に集る日である、とデモンストレーションを行ない、ややサイノロの傾向にある兄貴は、当日は夕食前に帰るという寸法である。祝うことは、いいことだ。一家和合の秘訣である。

＊注　サイノロ　サイノロジーの略。妻に甘いこと。またそのような男性をさす。妻（さい）にノロケることと「サイコロジー（心理学）」をもじった俗語表現。

赤い花

幼い頃を常夏の国で過したせいか、私は寒さに対して抵抗力を持たない。冬から春まで背をかがめて暗い気持で過すが、そのかわり夏が来ると俄かに精彩を取戻してしまう。まったくのところ、夏は、私の季節だとさえ思っている。

春の末頃から、よく、夏は何処へ行くのかという質問に遭ったが、私にはまだ来ぬ夏を想像して直ぐに避暑まで思いつく余裕がなかった。

「私、夏には至って強いんです、ええ。避暑になんか出かける必要がないんです。暑ければ暑いほど元気になるんですよ。血圧が低い体質だからでしょうね」

聞く人によっては、別荘も避暑の習慣も持たない身分の痩せ我慢に聞こえたかもしれない。

が、本当に正直に言って、私は夏が好きだ。太陽が遠慮なく灼くように照りつけてくるのも好きだし、そのとき木の下に出来る影の濃いのも快い。緑の色も、花の色も、夏は原色に近づいて刺戟的になるのも、自然が私と同じように活力を取戻した証拠のように思えて楽しいのである。

私は子供のころに詩のようなものを書いていて、それは今から思い返せば全く「のようなもの」程度を出ないのだが、中で一つだけ吾ながらいいことをいいきったものだと嬉しくなる一節がある。それは、

花は、赤く咲け

というのである。ただそれだけなのだが、私はこの頃なぜかしきりとそれを思い出して、折につけ口ずさんでいる。

花は赤く咲け
花ならば赤く咲け

これは明らかに私が南国育ちであることを示すものだ。

花の名は覚えていないけれども、ジャバの花々の多くは赤く咲いていた。花弁の肉が厚く、赤さは生々しい熱帯の花である。表面がてらてらと光っていた。ガーベラの花弁のように艶消しの赤でなく、紅椿のような陰気な赤ではない。いかにも灼熱の太陽を真向から受け止めて、決してたじろがない花の色であった。私は、日本に帰ってしばらくしてから岡本かの子の小説に「花は勁《つよ》し」というのがあるのを知ったが、花が美しいものであるという常識を蹴って勁いといいきった岡本かの子の心情がひどくはっきり理解することができたのも、私にジャバ育ちという生活があったからではないかと考える。

岡本かの子の小説には、他に「河明り」の中で、シンガポールの叙述に素晴らしい個所があった。

それは、「芝生の花壇で尾籠《びろう》なほど生《なま》の色の赤い花、黄の花、紺の花、楮《こうぞ》の花が花弁を犬の口のように開いて、戯《ざ》れ、嚙み合っている」という文章である。「尾籠」といい、「犬の口」という表現は、実際に見た人でなければ表現が大げさに思えて素直に受け取れないかもしれないが、私には実に息止るような素晴らしい表現力で、この件りを読む度に今更のように岡本かの子の豊かな文章に心うたれる。

こんなことを書く私に反撥を感じるひとがあるかも知れない。岡本かの子の小説が強烈でありすぎるために、避暑する読者があるように、熱帯の花やめざましい赤い花を毛嫌いする人も多いだろうと思う。そして私はそんな人々を清楚なものが魅力とするということを充分知っている。

色も匂いも強烈な夏は、見た目も涼しい装いが好ましいといい、華美なプリントが店先に氾濫したり、原色のどぎつい服を着ている人たちに眉をひそめる人々がいる。花ならば百合や鈴蘭が好きだと答えると、いかにも趣味のいい上品な育ちが偲ばれるというものだが、そんな人たちに私はこう話しかけてみたいと思う。

「いかがです？　真夏ぐらいは、太陽の季節の中で思いっきり色彩を味わってみてはいかがです？」

白い花や淡色の花々には、優雅なものがあるのだし、それを認めないというのでは決してないけれども、四季の中で、あるとき急に羽目を外して、別世界の色彩に遊んでみてもいいのではないだろうか。

盛夏、着ているものも、しとどに汗を含んで、暑熱からの逃避を願うときには白い花は魅力的だが、思いきって空を仰ぎ、太陽と同じように私たちも生命みなぎっていることができるとしたら、赤い花はその強い色彩で私たちをいよいよ励まし力づけるだろう。若者ならば、私は後者を選ぶべきだと思っている。夏には。

花——待ち遠しい秋の色

✝白いハギと「酔芙蓉」

春から初夏にかけて花のたえまがなかった我が家の庭も、八月はばったりと緑濃くなって、咲く花も夏ハゼなどのすっきりした白が目にまぶしいばかりだったが、ようやく待望の秋がきた。それにしても、この季節にいつも思うのは、ついこの間まで咲いていた春の花々との比較である。

秋の花には、春咲く花のように天真らんまんな開き方をするものは少ないようである。これから庭に咲くものを順を追って書いてみよう。

まず、萩（ハギ）の花——。

花も小さいし、葉もびっしりと枝についているので、どんな盛りも花盛りという形容が当らない。朝早く（寝ぼすけの私は滅多に見たことはないのだけれど）露を含んで重そうに庭面につくばって咲いているところが一番風情があって面白い。不思議に紫紅色の花よりも白いハギの方がはなやかである。私の祖母がこの花を好んで下手な短歌を幾つも作っていたのが思い出されて、私には懐しい。

芙蓉（フヨウ）――これも朝早く、夢のような開き方をする花である。咲きかけはほの白く、次第に薄く紅を帯びて夜は桃色に染まって、しぼむ一日花だ。それを丸一日じっとながめていたいものだ、そんな暇なときが来ないものかしらと願っていたが、今年は念願が果せそうである。これは秋の花の中では数少ない大きな花だけれど、春の花にはこういうたおやかさはない。

八重咲きの芙蓉は白から紅変するのが鮮やかなので酔芙蓉という別名があると何かで読んだことがあったが、すぐ植木屋さんに頼んでおけばよかったのに今年は間にあわない。残念である。出産まで、そういう花を見ていい気特になっていたかった。惜しいことをした。

秋の花の特徴はもう一つ人工を受けつけにくいところにあるような気がする。たとえば春の花は咲いている木や草を移し植えても、なんとかさまになるけれども、秋の花はそうはいかない。その証拠が我が家の庭だ。まだ家も庭も新しいものだから、ススキも紫苑（シオン）もどうにも格好がつかないのである。他に考えても水引草や吾亦紅（ワレモコウ）など、やっぱり植えたてはだめだろう。秋草は、庭になじむまで十年の歳月は必要なのではないだろうか。

私の家では門の横の小庭と、小振りのお茶庭にそれぞれ二、三株ずつススキが植わっているが、今年はどうした加減か伸びに伸びて、あれよあれよという間に私の背丈を越してしまった。巨大なるススキである。小さな庭だから、ひょいとみるとススキしか見えないほど派手に育ってしまった。これから穂がおどり出たらどういうことになるのか空おそろしい。

こういうこともあるから一概に秋の花は風情があるとは、いいきれないのだ。実は夏の最中から、この育ちようではと思案投首したのだが、刈り取るのも惜しいような気がして今に至ったのである。今年はさぞおどろおどろしい月見ができることだろう。お団子もススキにふさわしい特大型にして、野球のボールぐらいのを作ろうかしら。

お団子といえば、秋は花の他に木の実や木の葉が色づいて本当に美しい。華道の方からいえば、これも花の仲間入りをさせられるのだろう。サルトリイバラや、紫式部、梅擬（ウメモドキ）など、みんな実の美しい秋の花である。実ものは山歩きのときなどに折り取って帰り、活けておくと、生花ほど手まめに水をやらなくてもいつまでも色が変らないから、不精者の私などには大歓迎の花なのである。お花の腕がなくても、天然自然に形よく枝と実のバランスがとれているから、一輪ざしに投げ入れても一人前の形がつくところも私の気に入っている理由である。

秋も深まれば木の葉も色づいて、咲く花も種類がぐっとふえるけれど、九月はその先ぶれだから、庭はなかなか色とりどりという具合にはならない。待たれる季節——というべきかもしれない。

〽季節には季節の花を

秋の花といえば昔は菊を第一としたものらしいけれども、近ごろは菊とカーネーションは年百年中花屋の店頭にあるので季節感が失せてしまった。ニューヨークにいたころ、花を贈られたことがあって、それには花を長生きさせる薬というのが添えられていた。灰色の粉末で、つぼの水に混ぜると、暖房の部屋の中でカーネーションが十日でも二十日でも枯れないのである。いつまでたっても活き活きしているのである。いつまでたっても活き活きしているので、おしまいには薄気味悪くなってしまった。菊を見ると、どうもこのことが連想されてならない。

やはり花は、季節季節にふさわしい花の咲くのがいい。九月には数が少なくてさびしくても九月の花が咲く方がいい。

海の色

一九三六年、一九三八年、一九三九年、一九四一年の四度、私は赤道を渡っている。日本とバタビヤ、日本とスラバヤの往復二回である。父の任地へ赴く船の旅であった。一番最初が小学校へ上る前で、最後が戦争の始まる年の春、だからこの四度の記憶は、遠く霞んだものから、かなり鮮明なものへと、四通りあるのである。そして四種類の船旅の記憶を通して、強く私の心に灼きついているのが「海」なのだ。

海——。敬愛する作家、岡本かの子女史の作品には多く「河」が主題とされ、武蔵野に生れ多摩川のほとりに育った女史の生い立ちを物語っているが、私にとって女史の河に匹敵する「水」性のものとは海に外ならないようだ。

虚弱な体質に生れついていた私に、最初の健康の緒口を与えてくれたのは海の潮風であったし、始めて荒い外気を肌に受止めたのも海の上であった。私たち一家の歴史に、区切りをつけたのも海であり、両親の希望を育んだのも海である。私に故国を憧れさせたのも日本にいて外国をかなり正確に夢みえたのも、私が海の上で生きた時間があればこそであった。

そこで、私の数多くの記念すべき事件も、海と関連している。しかも、その海は、その都度違う色をしている。

冬の寒い日、神戸を出立して太平洋に滑り出したのが私にとって第一回の航海であったが、天候不順、風も強く曇り空の続く海は、黝《くろず》んでいた。子供心に、故国を離れることの重大な意義を感じて、慄然とした記憶がある。ようやく凪いで、人々が寛いでいるとき、甲板から夜の海を見て、黒耀石に月光が当るような美しさに、声をあげたのも覚えている。当時、病弱多感な少女であった証左だろうか。

小学校三年生、母が弟を出産するために母国へ帰り、私も随いて戻った。香港沖で、晴天下、海の色が良上質の紫水晶に等しい色をしていたことが母にも私にも共通の記憶として残っている。海の深度と、陽光の関係で海の色に様々ありと知り、それから数日、朝に昼に海を見て、色の変化を母と娯しみあった。日本へ帰る途の喜びを更に豊かにさせるものであった。

翌年、父のいるスラバヤへと、再び赤道を越えたが、チェリボン丸という小さな船でのひどく日数かけた船旅に、景色をじっくり味わうことができた。夕陽の沈むときでパラオ島に到着、島を囲むサンゴショーが、赤い陽光を様々に吸収して、海は万華鏡のように華やかだった。南洋が宝庫だと謳われていた当時、私はそれが目に見えるように思ったものだ。藍を主調としたバックに、ありとある中間色が互いに嚙み合わずに漂っていたのである。

セレベス島のメナド港も美しかった。私の記憶の総ての中で、この風景以上のものはない。海が本当の瑠璃色をしていた。深い底まで明るく澄みきっているような気がした。カヌーのような小舟が、あちこちに浮んで、海がまるで湖のようにロマンティックだったのを覚えている。青という色のバリエーションを、それまでの船旅で私はかなり知った筈であったのに、この世ならぬ色があることを私は心が洗われるように感じたものだ。まだ戦争も起らず、平和な静かな島の、静かで平和な海なのでもあった。

最後の船旅は、すでに非常時に入って、日本人の心に余裕が失われ始めていたために、少女の私にも何か慌ただしいものが去来していたようである。海というものが、感傷的でなく、ジャバと日本を繫ぐ実際的な道に考えられた。早熟だった私には、もう故国というものに対してイメージを描いていたし、それに対する憧憬というか希求というか、切ない思いに心は追われていて、もはや珍しくもない海の上の生活を味わう気がなかったのでもあった。海の色が朝毎に違うことにも、新鮮な喜びを感じなかった。それが最後で今もって外国へ出る目当てのない今の私に、残念でならないことの一つである。

ふと、どこでもいい、海の見えるところに行きたいと、病的に海を恋うる私である。都会の喧噪に疲弊しているために、遠い海の記憶が大濤のように私を呼ぶのか。泳げない私に、海は水でなく、色として、強烈な魅力なのでもあろう。様々な色彩を包合している海の実体が、女の誰もが持つ母性に似かうものとも思えて、私には永遠の憧れである。

新女大学より　勤倹貯蓄を旨とすべし

最初に楽屋をさらけては申し訳がありませんが、実はこの「勤倹貯蓄を旨とすべし」という表題を書いたところへ悪友が現われて私を連れ出してしまった――と、まあ思し召せ。翌朝眼をさまして家族と顔を合わせてから、「ああ、きょうが『新女大学』の締切だ」と呟きましたら、忽ち総攻撃に遭ってしまいました。

「なあに、あれは」

「浪費癖があって、いまだに独立できないあなたが勤倹貯蓄を人に説くなんて、おこがましいにも程がある」

「はっきり言いますが、あなたにそんな資格はありませんよ」

母が私の部屋に入って、書きかけの原稿を見て、呆れて、一家全員に報告して、一家全員で呆れ返っていたらしいのです。

私は一言もなく、頭を掻き、それから部屋に戻って、さてと考え、その結果やっぱり書こうと図々しく思いきめました。例によって解題《げだい》と本題《ほん》を並べるに際して、昔の「女大学」の一項をそのまま書き写すことを考えついたからです。

一《ヒトツ》人ノ妻ト成リテハ其家《ソノイエ》ヲヨク保《タモ》ツベシ。妻ノ行イ悪《ア》シク、放埒《ホウラツ》ナレバ、家ヲ破ル。万事倹《ツツマシヤカ》ニシテ費《ツイエ》ヲ作ルベカラズ。衣服飲食ナドモ、身ノ分限《ブゲン》ニ随《シタガ》イ用イテ奢《オゴ》ルコトナカレ。

昔の人は、やはりいいことを言ったものだと思います。勤倹貯蓄には「人ノ妻ト成リテハ」という但し書きがついているではありませんか。ここにおいて、まだ「人ノ妻ニ」なった経験のない私は自信を持ち、責任を持たずに、講義をすることができるのであります。

それにつけて思い出すのは、これも楽屋話になってしまいますが、最近私が汗水流して苦労に苦労した事件です。まったく迂闊な話なのですが、ごく気楽な気持で出席してほしいと知人から頼まれて、テーマも聞かずに出席した座談会が、ある銀行のパンフレット「貯金のすすめ」に掲載されるものだと分ったとき、私はすっかり蒼ざめてしまいました。

「私はお金を使うことが大好きで、したがって貯金は大嫌いなんです。貯ったらいいなと思うことはありますが、貯めようという気は起したことがなく、ですから貯ったこともないのです。本当です。実際、私のように仕事を持っている女には、買いたいものを買ったり、パーッと意味もなく金をつかうというレクリエーションがなければやりきれないんですよ。貯金というのは、働かないひとがするものなんじゃないですか。つまり御亭主の収入を家にいて受取る奥さんなどが、心がけるものなのではないでしょうか。私には資格がありませんから帰らして下さい」

必死でまくしたてたところ、司会役の某氏夫人はまことに鮮やかに裁いてしまったものです。

「まあ有吉さん、いいことをおっしゃって下さいました。私どもでは、御家庭の奥さま向けのPRを最近の方針としていたんです。そのお話、もっと聞かせて頂けません？」

そこで私はだらしなくその座談会に腰を落着け、そうなれば根がお喋りですから、出席者中一番の饒舌を弄する結果となってしまったのです。が、本人の心中は懸命なるものがありました。私は、この私自身が貯金できないという性格であることに、そのときひどく劣等感を覚えてしまったのです。その座談会の出席者は、私以外は全部自分が働かないで旦那様の収入を受取っている奥さま方だったからです。いわば私の日頃の理想像たちが集まって、それが、「でも有吉さん、家の中で足りないお金のやりくりをしているのは本当に詰らないわ。あなたのように、やりたいことをやって、それが収入になるなんて羨ましい」と口々におっしゃるのです。

私はナサケなくなりました。

「とんでもないことです。私は芯が怠け者なので、自分が働いてお金をとるというのは大嫌いなんです。早く引取り手が出てきてくれないものかと思っているんですが」

「あらあ、有吉さんが結婚なさるなんて。およしになった方がよろしいわ」

「そんなひどいことおっしゃらないで下さい。私は怠け者で働くのが大嫌い——」

「ああら、怠け者に奥さん業は勤まりませんことよ」

じゃ私はどうしたらいいんです。未婚の女性を前にして、既婚者たちが口々に私から結婚の資格を剝奪するのです。私は憤慨し、興奮すればいよいよ弁舌を振う結果になって、一人で空廻りをしてしまい、帰り道は自分の舌を八ツ裂きにしてしまいたいようなみじめな気持になっていました。

そして、私は未練がましくその日の他の出席者たちの生活と意見というものを、幾度も思い返していたのでした。

誰もが口裏を合したように、御主人の収入では足りない、足りないとこぼしていました。それでいながら家計簿が赤字になっていないのは、「借金しないでいけるギリギリの生活」を同時に誇りとしていたことで知れました。私などの文法では「足りない」ということは「赤字になる」のと同義語なのですが、「人ノ妻」ともなれば、こんな矛盾したことを喋ってもすむものらしい。

更に考えてみましたが、あの奥さんたちは私と違って「貯金のすすめ」に出ると知って出席した人たちなのだから、口では貯金などできないとこぼしていたけれど、実は代表的なへそくり夫人としての自負があったのに違いない。

更に考えられることは、彼女たちがその自負心をオクビにも出さなかったのは、彼女たち自身が本当に御主人の収入は貯金するに足りないと信じているからに違いないということです。

救世軍ではありませんが、信ずるものは救われる、救われてしまった人間ほど強いものはありません。

「ああ足りないわ。また今月も何と何が買えなかった」

「一度でも有吉さんのように、パーッと使ってみたいものだと、きょうはつくづく思ってよ、あなた」

こうねちっこい調子でやられたら、世の夫たるもの敵いっこないはずであります。

私は、あの座談会に出席した奥さんたちは、あの通りのことを御夫君にも言っているのに違いないと確信しました。

その瞬間、私の脳裡にインスピレーションが閃きました。

山内一豊《やまのうちかずとよ》の妻――。貯金と女に続いて必ず連想されるミセス山内は、きっと日頃これと同じことを口にしていたのに違いない。

「あなたの薄給では、とてもやって行けません。ごらん下さい、私のこの姿を。派手なもの一つ買うことができません。月末は火の車に乗っている想いでございますよ。女と生まれて、あなたの妻となったばかりに、足りない生活の中で繕《つくろ》いものに追われて暮らさねばならないなんて——」

足りない、足りない、足りない、足りない……。足りない、足りない、足りない、足りない……。

毎日のようにこう愚痴られていたればこそ山内一豊氏は、自分の収入では買いたい馬も買えないのだなあと顔が蒼ざめるほど悲しくなったものでしょう。

「どうなさいまして、あなた。お顔の色が悪いようですが」

封建時代の妻にとって夫は唯一の収入源ですから、体が悪くなったら早いうちに手当をした方が安くつくし、間違いがない。が、そういう本心が相手に知れてしまってはミもフタもありません。ミセス山内は優雅に問いかけました。

するとと情にはもろい男性のことですから、ホロリとして本心をさらけ出します。

「思い内にあれば色が外にあらわれるというが本当なのだな。そんなに僕の顔色は悪いか？」

「ええ。何か御心配ごとがおありでしたら、どうぞおっしゃいましな。私は、あなた様の妻ではございませんか」

　いきなり体が悪いのかと訊いては、男性を動物視したようで彼の自尊心を損ねるものです。山内夫人のこの辺りの心配りの細かさは、すばらしいものであります。

「それならば言うが、実はきょうあるところで売りに出ている馬を見たのだ。いい馬なんだよ。武士にとっては、いい馬を持つことは名刀を持つと同じ大切なことだ。この馬に僕が乗ったら、上役も僕の真価を認めて、抜擢昇進させてくれるに違いない。それなのに、毎度君に苦労させているように僕は薄給取りだ。この馬を買えないような甲斐性なしかと思うと本当にナサケなくなったんだ……」

　封建時代の男性を追憶して、私がもっとも懐しく思うことは、彼らには「男の意地」という実に強固な活力源があったことです。その男の意地を持っていた男が、これだけの述懐をしたのですから、一豊の奥さんは考えなければならなかった。

　で、何を考えたかと申しますならば、これは利殖という問題だったのです。

　馬子にも衣裳というけれど、日頃ウダツの上らないこのひとも、見事な栗毛の馬に乗せたなら、確かに実力以上に見せることができるかもしれない……。へそくり夫人はそう考えたのです。上役が抜擢昇進させるに違いないと一豊君が言った言葉を、月給が上ることだと即座に翻訳していたのでした。

「その馬を買うにはどれだけのお金がいるんでしょう」

「昭和に換算すれば、まず二万円ほどのものだな。あの馬の値とすれば決して高くはない。いや半値ぐらいだ」

「……それならばお買いなさいませ」

「借金しろと言うのか。質草もないのに、貸してくれる相手はいないよ。ああ、酒でも飲みたくなったな」

「いいえ、自棄酒《やけざけ》ほど不経済なものはございません。おやめ下さい」

「じゃ、どうしたらいいと言うのだ。お前には男の、こういうときの辛さは分らないのか」

「とんでもございません。心中お察しすればこそ、禁酒をお勧めするのです。そのかわりには、私が……」

ミセス山内は鏡台の抽出しから、きっちり二万円を出して、ミスター山内の前に置いたのです。

「こんなこともあろうかと実家から持って参っておりましたのが、ちょうど二万円ございます。あなた、妻というのはそれほど夫のことを考えているものでございますよ。あだやおろそかには思し召しますな」

なんという、うまい演出だろうと思います。第一に鏡台からお金を出したということで、かくしておいた金というみみっちさが、すっかり美化されてしまっています。第二には、必要なお金とキッチリ同じだけの金額がうまい工合にあったということ。これ即ち山内夫人の手許には二万円以上あったという証拠ではありませんか。

しかし男性は感激すると冷静な判断力を失うという浪花節的性向があります。山内君は二万五千円と言ってサヤを稼げばよかったなどとは決して考えなかったのです。それどころか、足りない足りないと言いながら、こんな大金を内緒で持っていたのか畜生メなどと、妻の日常を猜疑することにも思い到りませんでした。彼は、ただただ感激し、「ありがとう、君こそ賢夫人の最たるものだ。三百年たっても『婦人公論』で話題にされるだろう。ああ、貞女節女の、亀鑑とは君のことだ。そうだ、それに違いない」と感涙にむせんだのです。

さすがの夫人も、女性の良心にとがめてくすぐったそうに俯向いていたに違いありませんが、それがまた一層効果的でありました。

「僕の奥さんは実に慎ましいんだ。そんなときでも誇らしげな顔はしなかったよ」

後年、そのとき買った馬が夫人の思惑通りに当って、出世した山内一豊氏は、若いものを集めてはこうした「精神訓話」をしたものでありましょう。しかし家に帰れば相変らず夫人は「あなた、やっぱり足りませんわ」と愚痴っていたものに違いありません。それを山内一豊氏は再び信じたものかどうか、残念ながらその記録は残っていませんが、足りないというのは、ほしいものが買えないという意味であること、女性の欲望には果てしがないので、夫の収入は永遠に「足りない」ものであるということまでは考えなかっただろうと思います。

それというのが、妻を信じている男性でないかぎり、人前でそんな「のろけ話」はしないからです。そして彼自身の口から出ぬかぎり、誰がこんな話を知ることができたでしょう。もし山内夫人が自分の口からこんなことを言ったとしたら、当時の道徳には反しましたし、人々の反感を買って、到底昭和の現代までその名を留めることはなかったと思います。そのころ「貯金のすすめ」誌というものがあって、その座談会に出席したとしたら、彼女は口を極めて働いている独身女性を羨み、いかに足りない生活の中で、自分は悲しみに打ちひしがれているかを、幸福そうに語ったに違いないのです。

お金を持っているということは、絶対に他言すべきことではないのでした。もし山内夫人が、貯金通帳を一豊氏に見せていたなら、一豊氏は怠け者の亭主に終始し、一生ウダツがあがらなかったろうと思います。妻の貯金は、考えてみればモトは彼の稼いできたものなのです。それを貰って感謝感激したのは、それが思いがけぬものだったからに他なりません。足りないという愚痴を信じていたからこそ、彼は買えないと思っていた名馬を得て奮起一番し、出世街道をバク進したのでした。

戦後、貨幣価値が暴落したとき、日本人は誰もが貯金というものに懐疑しました。きょうの一万円は、あすの一万円ではないということを見たからです。最近女のひとたちが株に興味を持ち始めて、へそくり夫人が利殖夫人に変化していると週刊誌は報じていますが、その原因も理由も本当によく分ります。しかしその夫人たちは、おそらく御夫君には株をやっていることをひた隠しにしているだろうと思います。でなければ御損です。旦那さまが、「そうか、僕には投資しないのか」とガックリきてしまっては大損です。

「人ノ妻」は勤倹貯蓄を旨として、事あるときは山内夫人に倣って夫に投資する心構えがなければいけないと私は思います。株と違って、これは煽《おだ》て方次第で利廻りがぐっとよくなるはずですし、せめて結婚したのなら夫に失望せずに生きたいではありませんか。株屋の黒板に目をこらすよりも、一人の男性の動きに注目していた方が、かりに危険株を買ったようなハラハラする思いがあっても、ずっと幸福だと思うのですが……。

ここまで書いたところへ、編集のKさんが原稿とりに現われました。まだ枚数が欠けているので不満げでしたが、読み終ってから彼は鬼の首でもとったように大声で叫んだものです。

「有吉さん、あなたの浪費癖の原因が分りましたよ」

「あら、どうして」

「つまり貯金ができない女だと分っても、結婚を申し込むような甲斐性のある男性を待っているんでしょう」

この頭脳明晰ぶりに、私は開いた口がふさがりませんでした。男はなんて頭がいいんでしょう。女が、そこまで考えて行動するものですか。

「いやあ、そうに違いありません。いや無意識の裡に、そんな意識が働いているのですよ。なるほど」

Kさんは、自分の説に自分で感心して帰って行きました。男性の言には素直に従う私は、Kさんがそういうのならそうかもしれないと悲しくなり、あらためて私の講師としての資格を反省しました。

私の浪費癖

算術が決して不得意な学課ではなかった筈なのに、近頃の私は年々歳々計算というものにうとくなっているようである。

財布の中に、いくら入っていたか、そこから何と何にどれだけ使ったか、残りがどのくらいか——まるで分らないのである。

こう云うと、

「結構な御身分ですねえ、つまり使うだけ入ってくるというわけでしょう」

と皮肉な受け方をされて困るのだけれども、私は経済的な意味でいけば間違いなく貧乏人なので、そんな御身分である筈がない。

予定というものをたてて、予算を組んで、今月は何と何を買いましょう、どことどこから収入があるから、残ったら貯金しましょう、と思わないこともないのだけれども、思うばかりで実行の段になると、たとえば銀座四丁目から七丁目まで歩いて、洋服布地を探すとして、さて七丁目で気に入った柄を見つけたときには五丁目あたりの靴屋さんで散財してしまっていてお金が足りなくなってしまっている。しかも、その靴は予定にはいっていないという始末。

銀座を歩くのは週に二度三度という激しさだが、大がい用事が歌舞伎座と新橋よりの出版社の二つにあって、近いところだからと歩いてしまうような時である。ところが私は生れついて落着きがなく、目的に対してマッシグラという精神に欠けているので、その歩く間はキョロキョロキョロキョロ、みっともないほど並んだ店のウインドを覗くのだ。

何時何分という約束が目の前に迫っていても、アラこの扇子の模様いいな、と思えば鳩居堂《きゅうきょどう》に入って手にとってみるし、目についた縞柄なら似合うかどうか、その布地店の鏡で写してみないと気がすまない。

こんな私と一度行を共にした人が、

「おどろいたなア、大学を出て、小説でも書こうというインテリの態度じゃないですよ」

と呆れたが、インテリなんてレッテルはどうぞひっぱがして下さい、である。

銀座に出たら、パラシュートスカートや、マンボスタイルのお嬢さんたちの仲間入りがしたい。オツに知性美なんて澄ましかえるのは嫌だ。

植民地的だと銀座を慨嘆する憂国の士に、私は御苦労さまですと云いたい。大胆なデザインのまっ赤なブラウスや三寸二分のハイヒールは、銀座以外の場所では浮上って徒らに他人の好奇心の的になるだけだが、そんな格好をしてみたい欲望は、実はどんな女の中にも潜んでいるのだということを私は知っている。まあせめて銀座で、思いきった格好をさせて下さい、女が大胆な服を着るのは道義の頽廃を現わすのではなく、着ている人自身がめそめそした気分をふっとばすのに最も効果的なのだから。

銀座を颯爽と歩くお嬢さんを、目引き袖引き、

「スカートが短かすぎる。あれで当人は得意のつもりだろうか」

と冷笑する輩は、きっと毎日うじうじと詰らない出来事に屈託して、若さをカビさせてしまうか、人生の楽しさに気付かずに年をとるか、そんなところだろう。

私はバカみたいな浪費癖があって、それを自らも娯しんでいる。本音を吐くと、一度でも湯水の如く金を使って遊んでみたいのだが、湯水のような大金を持つ可能性はどうもなさそうなので、だから計算や予定なしの使い方で、なんとなく無尽蔵な財布を持っているような気分でいたいのであろう。

買いたいものを見つけて、飛込んで、手にとってみて、さて財布と相談すると買えなかったということになっても、右のような気分でいると、大してみじめにならずにすむのである。

ところで、銀座の最大の魅力は、何万円、何十万円という毛皮を売る店の隣に、百五

十円のイヤリングを売る店が並んでいるということではないだろうか。すごく高価な品物を吟味するだけ吟味して、買えずに出てきた足でその二三軒先の洋品店に入り、八十円のハンカチを買えば、なんだかオコリが落ちたような気分にもなれるのである。

着るということ

もう数年も昔のことになるが、仔猫を溺愛していたことがある。黒地に白斑の牝で鼻が高く、だから猫族では美貌とはいえなかったが、瞳が実に愛くるしく、家の中では私について歩いて、たとえば私が手洗いに行くと扉の前で前足を揃えて待っていたりした。したがって、彼女が流行病であっけなく死んでしまったとき、私の悲嘆は家中がびっくりしたほどであった。私はおいおいと声をあげて泣きながら、埋葬には当時私の及ぶかぎりの力をつくした。

猫用の棺に納めるとき、紅絹《もみ》で作った首輪は新しいのに変えてやろうと思い、涙をあらたにしながら取りはずしたのだが、トタンに私は息を呑んでしまった。首輪をはずした猫は生きていたルルの面影を失って、単なる動物の屍に一変したからである。

このことを思い出したのは、つい先日医学にたずさわる人と雑談した折、人体解剖の話に及んで、人間を単なる物質と見るから感傷もないし、気味の悪い思いもせずにすむのだ、という説明をきいたあと、

「ですがね、死体の小指の先などに繃帯が巻いてあったりすると、ドキッとしますよ。指輪なんぞはめてあると、もう全くいけません。大げさですが、卒倒しかねませんな」と彼がつけたしたからである。

生きていたときの名残りが、意外に不気味に科学者をおびやかすというその話から、私は逆に私なりの会得をしていた。

新年号の随筆に向かぬ話だとヒンシュクされては恐縮なのだが、なんとかの一里塚というから、ご海容いただいて、さてこれから私の衣裳哲学をご披露しようと思う。

カミュだったか、「人間はだれでも、どんな人でも、死ぬときは動物のように死ぬ」と言っているが、右の二つの例と結びつけて、着るものが人間にとって、どんなに重要なものか考えられないだろうか。

生きている間、私は着るものを楽しめるかぎり楽しみたいと思う。そして、どんなものでも着こなしてやろうと思っている。赤くてケバケバしくて、人が避ける色も、いちがいに下品だとけなされる色組みも、私は自分から進んで着ようとしている。趣味が悪いとか、人の目をおそれて、黒なら上品である、グレーなら目にたたないと、若い身空で昔の国定教科書のような味気ないものをオツに澄まして身につけるような狭い生き方はしたくないのである。

流行のスタイルを追うことが、軽佻浮薄のように取り沙汰されたりするけれども、バランシアガやジバンシーの、まるでとんでもないデザインや、豪華な毛皮が着こなせるものなら、これは大した話なのだし、その真似だけでもしてみれば、それなりに贅沢の精神には近づけるはずだと私は思う。

日本の経済状態や国際的地位から見て、女が流行を追う姿を嘆く憂国の士には、どうぞご心配なく、と私は言いたいのだ。憂うべきことは、もっと他に沢山あるはずだ。こんな小さな島国なのだ。どっちへ行ってもつきあたる。何が足りない、これが足りない。そのみみっちい中で、心を豊かにすることは、社会保障と同じように必要なのだ。どうせ逆立ちしたってもモトは知れていて、私たちにイブニングドレスが何枚つくれるわけでもない。日頃着るものの中に流行を大胆に取入れて、それで大胆に生きることを学べば、日本の女たちはもっと逞しくなることだろう。実際、大胆な柄やスタイルを着ることによって、女の度胸がすわってくることはだれにでも経験があるはずなのである。

ところで、洋服の活動性を持たない着物の場合では、贅沢の精神がちょっとちがってくるように思われる。

それは、洋服は洋服ダンスにぶら下がっていては意味のないものだが、着物はタンスから入れたり出したりするだけで、袖を通さなくても楽しめるという点だ。

面白いことだと、常々私は考えているのだが、なにか古典と現代生活との対比のようではないだろうか。手間暇をかけて模様を描き染色した反物は、仕立てられると職人たちのオブセッション（執念）が匂い立ってくるようで、私はその深さがたまらなく懐かしい。

洋服では自分が生きていることを感じるのだが、着物には、人々が生きていた、そして今も生きているということを強く感じるのである。

及ぶかぎり数多くのものを、深く、楽しく着たいものだ。

鏡と女

結婚してようやく一年ちょっと過ぎたばかりだというのに、おこがましくも媒酌人というこ とをやった。主人のところの社員の結婚の頼まれ仲人である。

花嫁さんはテレビにも出たことのある美しいひとで、白いウェディングドレスに白いベールを冠ったところは、お人形さんのようだった。馴れたものでメーキャップは人手を借りず、目ばりもアイシャドウも遠目の効果を考えた堂に入ったものだった。

式のあと、控室に入って、撮影室の用意が整うのを待つ間、お嫁さんは新郎側の親類や知人への挨拶に忙しく、お婿さんの後で頭の下げっぱなしだった。やがて、「お待たせしました。どうぞ」と係の者が呼びに来たので、私はお嫁さんの後について、長い廊下を歩き出した。

と、急にお嫁さんが立止ったのだ。大きな鏡の前であった。お嫁さんのすぐ後には介添の人が裾を持って従っていたのだったが、それも立止ることになった。他の人たちはぞろぞろと通り抜けて先に撮影室へ入って行く。

だが、実に長い間、彼女はそこで動かなかった。眼もとの魅力的なひとだったが、それは近視の賜物だったらしく、鏡に顔をすり寄せて、前にバックした髪をなおし、眼の表情を様々に変化させてみたり、唇紅の具合を確かめている。美容師さんは居なくなっていたし、彼女の化粧品はバッグの中で、それは姉さんが持って彼方へ行ってしまった。だから彼女が化粧を直すためには、美しくマニキュアした爪の先しか使えなかった。眼頭を押え、眼尻を軽く叩き、小指の先で唇を擦って紅を押えてから、彼女は慎重に鏡の前から一歩一歩退って全身の様子を確かめていた。

鏡の中の一生一度の晴れ姿は、おそらく幾度見ても見飽きることはないだろうと思われた。あるいは、どこか満足のできないところがあって、それで彼女は鏡の前をなかなか離れられなかったのかもしれない。ともかく、そのときの花嫁には、裾を持ったまま苛々している介添さんのことも、ぼんやりつっ立っている媒酌人夫人のことも、まるで念頭には浮ばなかったようだ。鏡の前の彼女は一生一度の記念撮影のために、化粧に毛ほどのミスもあってはならないという必死の思いから、やがて忘我の境に到ったのではあるまいか。

鏡と花嫁――この日、私の印象に一番強かったのは、この光景である。

私自身は化粧というものをしない。鏡を見るのは髪を梳かすときと、唇紅を使うときだけ。それでも充分てれくさくて、早々に切上げてしまう。女として欠けるところがあるのではないかと時折反省するくらいである。

けれども私は化粧している女性が好きなのである。女のひとがお化粧しているところを見るのは、また大層好きだ。

「こんにちは」声と一緒に上って、勝手知ったる人の住居をどんどん奥へ、そのひとの居間に通ると、たいがい思った通り鏡の前で、「おや、いらっしゃい」と迎えてくれる知人がある。

このひとは物心つくかつかないかで、もう鏡の前に座っていたのではないかと私は思うことがある。五十を過ぎて何年かになる筈だのに、日に何辺でも風呂へ入り、何辺でも化粧して倦きない。と書けば有閑マダムのようだが大違いで、人一倍忙しい人なのである。仕事のやり方もスケールも男勝りの事業家なのだ。

ハマカ特製の豪華な三面鏡の前には、十数種類の化粧品が並んでいる。クレンジングにアストリンゼン、それからホルモンクリームで、次が化粧下のクリーム。なんとかいう水白粉を三色ほど塗って、ここまでは全部高級舶来品なのだが、次に使う紅だけは日本古来の紅なんだそうで、それを御自分の好みの柔かさに油で溶いたものを頰と瞼の上にのばす。それからが粉白粉で、パフではたいてはガーゼで拭い落し、また叩く、また拭う。それを何度か繰返してから、眉墨、眼ばり、アイシャドウ、口紅——だいたいの順がこういう工合である。こう書いたのより二、三種類は多いと思って下さればいい。彼女の指が勢よく顔を撫でたり叩いたりしている間、私は彼女の背後に座って、用事があれば用事を、用事がなければ無駄話をしかけるのだが、彼女はきつい眼をして、鏡の中の自分の顔を厳しく見守りながら、私の相手はほんの少しのぬかりもない。可笑しい話なら大きく口をあけて英雄豪傑のような高笑いをするのだけれど、眼ばかりは鏡の中を見詰めたままで、眼だけは笑っていないのである。

男勝りと評判だけど、私はこのひとを女の中の女だと思っている。

なんという芝居であったか忘れたが――男と男が誓約するときは金打《きんちょう》と云って刀と刀を鯉口切って刀身を打あわせるのだが、「男と女の金打は」と云って御殿女中が懐中から鏡を出し、「刀と鏡」を云って相手の男の刀身に当ててチャリンと鳴らし、密約を交す場面がある。

錦織りの布を三ツ折にした中に小さな鏡がはめこんである懐中鏡。これが女の魂だといわれると、本当に肯きたくなる。

これも芝居だが「京人形」という所作事の中で、左甚五郎がモデルの傾城そっくりに彫り上げた人形の懐に鏡を入れると、とたんに人形が身心しなやかになって動き出す件りがある。情感豊かな美しい舞台だ。

私も着物を着る度に、鏡はハンドバッグの中などに投げこまず、江戸風の懐中鏡を買って胸許へしのばせたいものと思うのだけれど、どうも思うばかりで実行できないのは、懐中鏡などというものは当節そんじょそこらで手に入らないし、古いものでは気味が悪いというところからである。しかし、万一それが手に入っても、いざとなると自分にてれてしまって使いえないような気もする。お白粉もつけない私は、その鏡で何を見たらいいだろう。七段目のお軽のように人の手紙を覗き見する、というのはどうだろう。

まず手に入るまでは、こんな工合に想像力を駆って、いくらでも楽しめるというものである。

好みによっては極端に嫌うひともあるようだけれども、私は女のひとが指にマニキュアするのを美しく羨しいものに思っていた。どうして羨しいかというと、私には筆を持つ仕事があって、そのとき気が散るのは大変に困るから、ペン先の文字のすぐ近くに刺戟的な色や光があってはいけないので、これまで幾度も爪を染めたいと希いながら果せないでいたのである。

顔に似合わず神経質だから、原稿用紙の罫の色も茶色だと工合が悪い。大好きな指輪も小説を書くときは外さなければならない。私は左手で原稿用紙の端を押えて書くので、ペンを持たない方の手でも指輪は邪魔なのである。結婚当初、艶消しをかけたプラチナの結婚指輪が目障りで全く難渋した。だがこれは外してなくしたりしては困ると思って、必死で我慢し、ようやく最近気にかからなくなったのである。この指輪は夜寝るときも入浴のときもとらないようにしているので、どうにか肉体の一部として溶け入ってしまったのだろう。

そんなわけで、色鮮やかなネイル・ポリッシュを爪に塗りつけるのは、仕事ある身にとってはもってのほかであった。私は手入れの悪い指先を眺めながら、ときどき溜息をついていた。これで女らしい丈なす黒髪を持っていてヘア・スタイルなど変えるたのしみでも持っていれば、まだしもそのついでに美容院で爪の手入れをする機会があるのだが、爪だけで美容院へも入りにくく、また忙しくてそういう時間もなかった。いつか、いつか、と機会を待つだけで、たまに赤く染めてもその日のうちに除光液の御厄介になってペンを持ってしまったのである。

子供ができると分って、仕事は早く切上げなければならないと思い、せっせと書き溜めしているうちに、七カ月に入るとピタリと筆が動かなくなってしまった。書くという動作も辛く、原稿用紙に向っていても頭の中に何も湧き出さないのだ。かねて覚悟はしていたから、それほど驚かなかったけれども、出産後もこのままだったらどうしようかと不安だった。しかし当面は無理なことをして胎児に影響があっては一大事と思い、潔く筆を措いた。

私は家庭的な女ではないから、そうなるとやることがなくなってしまった。おなかが目立っては、主人のホステス役も休業になった。暇になると、碌なことを考えない。恰《ちよう》度《ど》サリドマイドの話題でどの雑誌も大きな紙面を割いていたから、することがなければ考えるのはそればかりである。それでなくてもヒステリックになりやすいときだから、これには全くまいってしまった。

そこで思いついたのが、編物である。それから美容院通いであった。もうペンを持つ必要がないから、爪をどんなどぎつい色に染めても心配はなかった。時間を気にせずに、でんと美容院の椅子に坐って、指先を人任せにしているのは、まことにいい気持だった。ききめがあるとは思わなかったが、ついでに美顔術もやってもらった。夢のような気持だった。

地味なマタニティドレスを着ていたので、爪は思いきって赤く染めた。それで編物を始めたときの幸福感は忘れられない。男の子か女の子か生れて来るまで分らないから、純白の毛糸を選んで、真紅に染めた指先で編針を動かすと、なんだか白雪姫の母親のような気分になった。白雪姫のお母さんは編針で指を刺して雪の上に美しい血を滴らせたが、私は白い毛糸の上で舞い動く己が指先の紅に魅せられて恍惚としていたのである。

胎教というものは確かにあると、私は今になって信じている。生れたのは女の子だった。彼女は可愛く、そして白雪姫のように美しい色白な肌を持っている。（ここまでお読み下さった方々にお詫びを申上げます。この一文は要するにこれを書きたいがためでありました）

ＮＯＢＯＤＹについて

十八年前のある日、突然、坂西志保先生から御連絡があり、ロックフェラー財団のフエローシップでアメリカへ留学しないかというお話を頂いた。それまで坂西先生とは面識さえなかったから、ひどく面喰ったものだけれど、当時の私は国外逃亡への志しきりだったから、前後も考えずこの棚から落ちてきたボタ餅に飛びついてしまった。

私のどういうところがお気に召して、こういう橋渡しをして下さったのか、今となっては坂西先生のお考えを伺うすべもなくなってしまったが、そのとき先生が沈着に私を言いさとすように、仰言《おつしや》った言葉が、今でもはっきり耳に残っている。

「外国へ行けば、もうあなたはＮＯＢＯＤＹなのです。これだけは忘れないで下さい。ＮＯＢＯＤＹになることに意味があるのですからね。日本でどんなに有名であろうとも、外国で暮すとなれば誰もあなたが有吉佐和子だとは気がつかない。ＮＯＢＯＤＹとして扱います。それが耐えられなくなった日本の有名人の例を私は幾つか知ってますから、特に注意して言っておくのですよ」

私にとってNOBODYになるのは、実に望むところであった。当時、テレビはNHKしかない時代に私は日曜の人気番組にレギュラー出演者として登場していたため、道を歩くと人にじろじろ見られ、もう我慢が限界に来ていたのだ。

空路、ニューヨークに飛んで、留学先の大学から出迎えていた教授と学生が、おそるおそる私に近づいて、

「もしかしたら、あなたがミス有吉ではありませんか」

と言ったとき、私は大声で叫びたいほど嬉しかった。私はこの日からNOBODYになれたのである。教授は時折、自分の知人に彼女は日本の有名な作家ですと言って紹介してくれたが、この御親切ほど私に迷惑なものはなかった。同級生は私より十歳も若く、私が東洋人であることさえ意に介せず、私の英語がもどかしいと傲然と私の存在を無視することがあり、そういうとき私は痛快だった。きっとこういうときプライドを傷つけられた人がいるのだろうと思うと、笑い出したくなった。

NOBODYとしてニューヨークで暮した一年間と、帰り道のヨーロッパ旅行が、私には青春であった。二十四歳で文壇に出てしまった私は、思えばそれまで青春とは縁の遠い生活を周囲から強いられていたのだった。

一年後、日本に帰ったとき、しかし驚くべきことだが私は前より百倍も意志的に作家になろうとしていた。外国でNOBODYであった一年間に、私は日本で小説書きとし

て一生を送る計画を綿密に立てていたのであった。私の作家生活の基盤はこうして築かれていた。

それ以来というもの、息苦しくなってくると、金魚が酸素を吸いに水面に口を出すように、私は外国へ飛出してしまう。四年に一度ぐらいのわりで、日本から居を移して北京に住んだり、ハワイに住んだりしているのは、十八年前に坂西先生から「NOBODYになることですよ、外国へ行くのは」とさとされたのを今も従順に守っているからだということになる。

坂西先生には帰国以来、しばしばお目にかかる機会があったが、先生の方がいつもお忙しくて、ゆっくりお話する機会がなく、アメリカ大使館のパーティで、ライシャワー夫人の前で、

「日本の女流作家は亭主をキック・アウトしなければ大物になれない」

と、きついことを仰言り、当時結婚していた私はうろたえて、今のところその意志がないと答えたら、ライシャワー夫人が大いに同情して下さった。

離婚した後で坂西先生にお目にかかっても、前に仰言ったことは忘れていらしたのか、もうそんな話題が出ることもなかった。

患者の心理

江戸時代、大名行列を横合から割って向うへ走り抜けた者は、無礼として斬捨御免になっていた。が、例外があった。産婆である。今でいう助産婦さんが、陣痛の起った妊婦の家に駈けつける場合には、大名行列を突っきっても、お咎めがなかった。江戸時代の川柳に、こうした事実がはっきりと記されている。この時代の、私が大好きな法制の一つである。

子供が産れるということや、病人の介抱というのは、人間にとってどれほど大切な仕事かと思う。

私は躰が弱くて、しばしば入院しては看護婦さんたちの世話になっている。お医者さんもなくてならない職業だが、医師の検診によって病名がきまり入院している患者の相手は主として看護婦さんである。患者は心身ともに弱っていて、病床で寝ている生活はいよいよ気持を滅入らせてしまう。碌なことを考えない。

そこへ威勢よく看護婦さんが入ってくると、ほっとする。たった一言でもいい楽しい会話が交されれば一日が仄々する。忙しい看護婦さんをつかまえて愚痴をこぼしながら、ああ悪いなあ、この病院に入院しているのは私だけではないのにと反省していると、相手は親身になって、

「癒りますよ、大丈夫ですよ。すぐ元気になれますよ」

と真顔で言ってくれる。

ある意味では病人は幼稚園の子供と変らない。医師と看護婦さんの様子で一喜一憂するのだから。

何年か前に微熱が一カ月以上続いて入院していたことがあった。血液検査もレントゲンの結果も異常がない。薬も注射もやめてしまい、

「神経かホルモンのバランスが崩れたのでしょうから、ゆっくり静養して下さい」

と医師に言われた。

しかし、どこも悪くなくてただ寝ているのは退屈だ。高熱でうんうん唸っている方がまだ楽だろうという気がした。お医者さまを信頼していても、不安が募ってくるともう死ぬのではないかという最悪の事態へ考えが飛躍してしまう。

そういう愚痴の相手は、どの看護婦さんも迷惑至極だったろうと思う。

一人の看護婦さんが、ある日、決然として言った。

「死にませんよ、私は従軍看護婦もやって、死ぬ病人を幾人も看てきました。そういう

人たちの顔は見ただけで助かるかどうか分るものなのです。あなたの顔は、死ぬような顔じゃありません」

私は一言もなかった。が、この強い励ましほど私を救ってくれた言葉はなかった。その看護婦さんは、それまでの全人生を賭けて私を励ましてくれたのだから。その人から、従軍看護婦時代の逸話や思い出話を聞くより、どんなにその人の看護婦としての仕事ぶりが色鮮やかに見えたか。私は、恥じ入っていた。重病でもないのに、悩んだり、愚痴ったり、怒ったり、喚いたりしていた私の情緒不安定が、この一喝にあって、やがて治るようになった。

今でも、病気になったり、心弱くなったりすると、この看護婦さんの言葉や、口調の激しさを思い出す。戦争で野戦病院に担ぎこまれた人たちのことを思えば、私がどんなに熱を出そうと、具合が悪かろうと、贅沢なものだと思う。戦争中は、薬だって碌になかった。銃声の中で、死んで行く傷病兵を看護していた看護婦さんの目からみたら、このおそろしいくらい平和なときに、ただ老いてきたために躰のあちこちが不調を起して病院に行く人など、結構な身分だと思われても仕方がない。

だが、黙ってニコニコと愚痴の相手をしていて、優しくなぐさめてくれる看護婦さんも本当に有りがたい。私のように虚業としか呼べないような仕事をしている人間には、看護婦さんという直接生命を守る職業は崇高なものに思える。

江戸時代の大名行列の場合も、そういう職業に対する敬意のあらわれだったのだと思う。

病後

一月の末から八十日間入院していた。病気はここ四年越し悩まされていた直腸周囲炎で、今度が五度目の手術である。肉体的にもいたみきっていて、ほっておいたら余病が出て抵抗力のないまま二、三年で死んでいただろうと恢復期に入ってから医者が教えてくれた。それを驚かないほど、精神的には病気続きと五回の手術にすっかり参ってしまっていた。

幸か不幸か去年と今年は外国にいる予定で仕事は減らしていたから、あまり方々へ御迷惑をかけずに観念して寝ていることができたけれども、二回の腰椎麻酔の副作用で頭痛が止らなくなったり、七十本の点滴注射で血管がつぶれかけたり、営養注射が効きすぎて頭の動きがダルになってしまったり、切ったところの治療の他も決して楽ではなかった。

病院では思ったより聞きわけのいい患者だと医者にも看護婦にも褒められたが、私としては今度こそはこの病気とも縁を切りたいと思い切なるものがあり、もう一つには半ば絶望し、悲嘆の淵に沈み、何年も前からたてていたプランが崩れ去ったのを未練がましく思い返しつつ呻吟していた。

これまでの手術のあとは、いろいろな事情で落着いた休養というものがとれなかったから、今度こそは完璧に治癒するまで辛抱強く頑張るつもりである。だから長期戦の覚悟で、入院するときにはベッドで読書するときのためにと沢山の本を運びこんだ。

「病気というのはお恵みよ。ゆっくり休みなさい」とは、ある忙しい作家が見舞いに下さった言葉だが、これは叩いても死なない丈夫な人々の誤解というものである。私自身もゆっくり休むつもりで本を持ちこんだのだけれども、どこも悪くなくて八十日間寝ているということだったら、お恵みで休めて本も読めるのだが、体が悪く大手術で疲れはて、強い薬でフラフラになっている病人には、何よりのお恵みは恢復というものであって、病室で寝ている時間は休息でもなければ読書の時間にもなりはしない。

具合の悪い間に、しかし全く活字と無縁でいたわけではない。新聞は克明に読んだ。

それから週刊誌。

なにしろ退屈は退屈なのだから、毎朝新聞をひろげて広告が出ていると、それを全部買ってきてもらう。丹念に隅から隅まで読む。おかげで橋蔵(注)の結婚の経緯については、該博なる知識を持つに至った。

週刊誌をくだらないというのは、やはりよほど忙しい生活をしている人たちだという発見もあった。難解な本や、長時間続けなければならない読書は出来ない状態になってみると、週刊誌は好箇の読みものであり、私は丹念に同じ記事を二度は読み返した。

やがて待望の恢復期に入った。森鷗外の短篇を、二つ続けて読めたときは、大声をあげて叫びたいほど嬉しかった。それで調子にのって三十枚ほどのものを三晩かかって書いたら、頭が割れるような激痛が起って、医者から私が病人であることを忘れてはいけないという説諭を受けることになった。

健康が傷口より早く恢復したので、じっと寝ていられないし、二カ月余も滞在してみると病室には飽き飽きしてしまって、外へ出たくて仕方がないのだが、あまり歩けるわけではないので出ても出かける先がない。そこで病院の近くにある美容院へ出かけたが短い髪は洗ってしまうとそれきりなので、何しろ時間を殺すのが目的だから、髪も爪も染めてもらい、ドライヤーにも入った。あげく、週刊誌的内容にふさわしい髪型になってしまった。

入浴できるようになってから、右と同じ目的で銭湯へも出かけた。かれこれ十年ぶりである。場所がら、粋なお婆さんたちが多く、生粋の江戸言葉に当世風の英語が混る早口の会話を聞いて、おおいに楽しんだ。私は長湯のできない体だが、この人たちも早くて、同じ時間に顔を合わして退院までには大分なじみができた。テレビに出るのをやめてから七年になるので、もう顔は忘れられていて、こういうときにはまことに具合がいい。やはり当分はマスコミに対して忍者の精神でいようと思う。

営養注射と限られた行動半径のおかげで、養鶏場の鶏よろしく肥り始めたのは退院のメドがたった頃であった。長期入院で同情のかたまりになって入ってきた見舞客が失望の色をかくさず、元気ですねえ、病人のようには見えない、と云うようになった。何かの会に出かけても、病気を知らない人たちが、丈夫そうになりましたねえ、血色がいい、と云う。血色がいいのは毎日の点滴注射に増血剤が入っているからで、肥っているのも、薬のせい、実は今日も病院から出てきたのです、と云っても、もはや誰ひとり、おだいじになどという挨拶はしなくなってしまった。

直りかけてくると、俄然みんながいたましげに見守っていてくれた頃が懐しくなってくる。私は病気なのよ、と声を大にして叫びたくなってくる。直ってきた証拠なのであろう。

しかし、医者からみれば、もう一息という今が一番大切な時期なのであるらしく、私の闘病態度にゆるみが出ているのを看破して、東京にはいらっしゃらない方がよろしいですね、という診断を下された。けだし名医である。近頃は治療と注射がすむと、寄席から新劇まで観ものを漁って飛び出してしまっていた。

肥る理由の一つには、旺盛なる食欲が起っている。夜中に空腹で眠れない。それで眠くなるまで食べ続ける。こんなことは妊娠していた頃からたえてなかった現象である。

食べすぎと、営養注射によって、私の知能の方は肉体と反比例して減退の一途をたどっている。原稿を書くのがつらい。読書は惰性がついたのか週刊誌がいまだに面白く、困ったものである。これから出かける湯治の先で、この傾向がいよいよ強まったらどうしよう。不安で夜も眠れないと医者に訴えたら、全快したら前よりモリモリ書けますよ、うけあいますよ、と調子のいいことを云って下さる。妊娠していたころもよく思ったことだけれども、このまま書けなくなってしまうのだったら、どうしよう……。しかし今は食物の美味を嚙みしめる余裕もないほど、がつがつと食べている。

（注）橋蔵：二代目大川橋蔵（一九二九―八四）。俳優。テレビドラマ「銭形平次」で人気を博した。

預り信者の弁

「江口の里」という小説でカトリック教会と外人神父の物語りを書いたものだから、以来ひたかくしにしていた私がカトリックの受洗者であることがバレてしまって、今になって慌てている。

小説を書くようになる前から、私はカトリック信者である自分に自信が持てなくなっていた。教会が示す戒律や規則や信者の義務を完全に果すことがしんどくなっていたのである。根本的にはその規律のよってくる原因が摑めていても、凡俗の私には細則が患《わずらわ》しくて、ものごとをやりかけては、ハテこれは罪になるかならないかと考えるのがかなわなかった。罪というものを一つも犯さずに一生を過したとしたら、間違いなく天国には行きつけるだろうが、その人生は随分味わいのないものだろうというフラチな考えも芽生えていた。

その頃、フランスに労働司祭が現われ、法王庁の彼らに対する態度は、学生であった私に不安に似たものを覚えさせた。教皇の勧告文から、私は老婆心というものを感じてもいた。

罪を犯すことを懼れていると、小さな悪いことをせずに天国へ行けるかもしれないが、思いきって大きな善いこともできなくなるのではないだろうか――この疑義が大きくふくらんで、やがて私は矢も楯もたまらぬ気持で所属教会の神父に破門してもらえないものかと相談を持ちかけたものである。

その神父さまは実に妙な顔をして私を見守っていたが、「教会を離れる人々は黙って離れて行くのに、あなたのように破門されたいと願い出るのはまことに珍しい」と前置してから、あらためて公教要理を説いた。それによればカトリック教会が破門をするのは、教義に異論を唱えて信者を惑わせるもの、聖堂のカリスを盗んだもの、聖堂を汚したもの、に限られるというのである。マルチン・ルーテルぐらい偉くなければ、あるいはジイドぐらいの作家になるのでなければ、私は破門されるわけにはいかないのだった。人殺しをしても、自殺をしても、教会は信者を破門しない。手軽く聖堂の器を盗んで売りとばす道が残っていたが、どうも私の趣味に遠すぎる手段である。

遂に個人的に尊敬している水谷九郎神父の許に飛込んで、私の気持をルルとしてぶちまけたところ、神父さまは少しも騒がず「あなたは破門されたいと願ったときから、よりよいカトリック信者になったのです」と憎いことを云われた。

それからの私は、水谷神父の預り信者であることを自称し、カトリック信者の肩書は神父さまの本棚に一時お預けしてあるつもりになって、教会と絶縁状態を続けている。いや、「教会と」と云っては誤りである。「カトリック信者たちと」と云い直した方がいい。もっと詳しく説明すると、もう自分の魂は天国に行くと思いこんで「救われてしまっているカトリック信者たちと」私は手を切ったのである。

もちろん人間的に立派な人たちがカトリック信者の中には多勢いる。だが、一般世間がカトリック信者に抱いている通念は、「冷たい独善主義者たち」であり、「天国行きの特等車に乗った顔をしている種族」であり、「慈善好きの有閑階級」であり、あるいはまた「ひどく頭の悪い保守家たち」である。そして残念ながら私は右の「　」の中に囲われている通りのカトリック信者を多勢知っているのだ。このひとたちと同じ私もカトリック信者かと思うと落胆のあまり、「あなた方のおいでになる天国なら、私は参りますまい」と憎まれ口を叩きたくなる。

げんに、ある申し分のないカトリック信者について、「あの人は神に近いだけ人間に遠いのですよ。しかもあの方の神さまにね」と喝破した人がいた。人間から嫌われる人間が、カトリック信者の中に比較的多いのは、他人との協同生活というものを性格的に嫌う人が、神と二人っきりになる味を好んで信者になっているからだろう。私のように人間が好きで好きで、種々様々の性格がからみあう人間社会で苦労することまで楽しいと思える人間には、そんな信者の多いところでは息苦しくってかなわない。

私がカトリック信者であることを一時棚上げして世間に飛び出した理由は、いともムツカシゲに云えば云えるが、底を割れば右のような次第である。聖堂の中でロザリオを爪ぐって祈るのは精神統一に役に立っても、直接の世の中には何も響かない。身辺には焦眉の急と思える社会悪が蠢《うご》めいているのに、信者の魂だけが救われていていいものかどうか。私は多少の障害を敢えてしても、大きく行動して大きく稔らせたいのだ。

この一文を不遜とか傲慢であるとして批判される信者諸兄があれば、敢えてお受けするつもりである。そして最敬礼して、今度はこちらからお願いしよう。「とにかく私はそのつもりで行動しています。御心配ならどうぞ私の分を天主さまにお祈りして下さいませ」

そんなことより、布教の最初の地である長崎に、原子爆弾が落ちたことを、私は意味深く考えるのである。原爆の脅威は、あれから十四年たった現在も消えていない。いまも一日おきの輸血を続けて生きている罹災者たち——私は書いたものが活字に印刷されるという現在の私の特権を、いつか大きく活用してそのひとたちの代弁者になりたい。そのためには当面、カトリックの肩書きは消して一人の作家としての実力を蓄えるしかないのである。

最も身近な読者

私の兄夫婦には二人の子供があって、これが年子で育てるのには大変だったが、今年から二人とも小学校へ行くようになったので、私の嫂はようやく一息つけることになった。レジャーマダムになった彼女は、英会話と編物のレッスンを始めたのだが、最近私はもう一つ彼女の新しい習慣を発見した。

夕食がすみ、子供たちが寝てしまうと、彼女は茶の間の一隅に坐って、黙々として新聞を読むのである。その読み方は、実に、黙々とでもいう以外に表現のし方がないのである。

何をそんなに熱心に読んでいるのか――。私でなくとも興味は持つ筈で、彼女の目線を追って、彼女の手許をのぞきこむと、それが小説欄であったのにはまた驚いた。

私の家では、新聞に関して各人各様の好みがあるし、私の必要もあるので、五種類の新聞が朝な夕な配達されているのだけれども、嫂の小説を読む態勢というのが、この五種類を一度に抱えこんでいて、それも朝刊夕刊一時に揃えているのだから凄い。

「いったい幾つ読んでいるんですか」

と訊いたら、

「とうとう八ツになっちゃったわ」

という返事であった。

誰の何、何新聞の誰の小説、それにあれ、と指折り数える中に、私の小説もはいっていた。近頃流行の、

「申し訳ない」

という言葉は、こういうときにも使えるのではないかと思った。

「八ツがゴチャゴチャになりませんか。筋が混線することはない？」

「八ツとも、みんな違うのよ。混りようがないわ」

「でも、それだけ読むのは大変でしょうね」

「そうよ。本当に大変よ。でも、一日でも脱けると分らなくなるから」

もともと掃除でも裁縫でも台所でも、やり出したら黙々として丹念に仕上げる人だから、驚くことではなかったけれども、それにしても敬服した。念のため、その八ツの梗概をきかしてもらったが、主人公の動きは実に正確にとらえていた。登場人物の名前だけは混乱しがちであったが、奇妙な姓名だけはよく覚えていて、私は自分の小説に登場する人々の名前について、いつも無造作であったことを反省した。

ともかく私は、僭越ながら新聞小説を書く作家を代表して彼女に礼をいい、あらためて作家有吉佐和子の顧問になって頂きたいと申し入れた。

この申し入れは、ごく簡単に一蹴されてしまったけれども、その理由が面白い。

「私は作家の生活に興味を持ちたくないのよ。あなたが御飯を食べ、電話をかけ、忙しく出かけて、疲れて帰ってきて、テレビの前で寝転んでいるのを見ているだけで、もう沢山なの」

彼女は私の御飯を整えてくれ、喉がかわいたといえばお茶を淹れてくれるが、家族の一員としてごく自然にそういうことをしてくれているのであって、そういう私との生活を負担に思うから顧問になることを拒絶したのではない。ここのところは説明した方がいいかもしれない。

彼女が私の兄と結婚したのは、当の私も作家になるなどとは夢にも考えたことのない頃であった。私が小説を書き出したのは、彼女が結婚して三年目ぐらいからである。

私が職業作家の道を歩き出すと、有名な作家の噂話がよく食卓での話題になるようになった。私自身もその頃はそういう話をするのが面白かった。それまでそういう類のものに全く興味を持たなかった私の母まで、雑誌のゴシップ欄で読んだ知識を、そういう機会に披露するようになった。

しかし、二年もすると私は煩わしさを感じるようになった。家人に文壇通になられるのは、あまり愉快なものではなくなってきた。おまけに週刊誌が氾濫し始めて、どの雑誌にも同じような文士の消息やゴシップがのるようになると、また自分もしばしばそういうところへ顔を出すようになると、ますますうんざりしてきた。心身ともに、そういうものの刺戟に疲れて、弱ってくると、聞いているのにも耐えられなくなった。

去年一年間、日本を離れていた期間は、そのノイローゼを癒すのには実に役にたった。私は健康を取戻して帰ることができ、帰ってからはその健康を保つために、規則正しい生活をするようにしている。そうしてみると、前のように人の噂話が気になることもなくなり、自分でも人の噂をする趣味がなくなった。この変化を自分だけのものと思っていたら、家人も文壇やジャーナルに前ほど興味は持たなくなっているらしいのを発見した。彼らは完全にそういう類の話題には飽きたらしいのであった。

私の嫂も例外でなかった。作家の噂より、作家より、彼女は作品が一番面白くなって、それで新聞八本の連載の他には、月刊誌も三つ四つ連載小説を読んでいるのである。小説を読む習慣は、結婚前からのことで、別に私が作家になったからではない。読む連載の数が殖えたのは、新聞自体が小説の掲載本数を殖やしたからで、自然現象なのである。もっとも、流石に週刊誌の小説には全く手が廻らないとは云っていた。

嫂が作家としての私の顧問になることを拒絶したのは、こうした経緯があるのである。いみじくも、彼女は、はっきりと云ったものだ。

「私は作家の生活に興味を持ちたくないのよ。作家としてのあなたと、つながりを持ちたくないのよ」

小姑の私とは前々通りにつきあってくれるというのだから、私には何の文句を云う筋もない。彼女は私の日常生活を見過ぎて、ゴシップ的興味を全く失ってしまっているのだ。しかも彼女は、私の作品の殆どを、頼まなくても読んでくれている。私にとっては有難い身近な読者なのである。

本を語る

わが文学の揺籃期　偶然からの出発

小学校二年生で私が有島武郎全集と夏目漱石全集を読了したと言っても、ひとはあまり本気にしてくれないかもしれない。だが私が文学というものに接していた極めて短い時期、読んでいたのがこの二文豪の作品群であった事実は、私が満五歳から十二歳まで当時は蘭印と呼ばれていたジャワの首都バタビヤ（現在のインドネシア、ジャカルタ）とスラバヤで過したという特殊な状況に裏付けられている。

病弱だった私は、日本人小学校に週に二、三日も出席すればいい方だった。家で寝ていた早熟な子供は自然と読書に熱中した。親が早教育主義をとっていたので、学校へ出ると知っていることしか教わらないから一層つまらなく、子供同士で遊ぶ習慣も喜びも持たなかった。日本から絵本や御伽噺など年齢相応のものを取寄せていたが、そんなものより別棟の社宅にいる若い人たちが読んでいた大衆小説の方がずっと読みでがあり、ふりがながついていたから漢字はどんどん覚えた。これを読んでしまってから、父が座右に置いていた前記の全集に手を出し始めたわけである。

親馬鹿がそういう娘を手放しで賞讃したので、私は有島武郎や夏目漱石は社宅の娯楽室にある本より上等のものだということを知り、すっかり得意になった。分るかと訊かれたときには昂然と胸をはって「分るわよ」と答えた。どんなにこまちゃくれた嫌な子供だったろうかと、当時を想像すると私はぞっとするのだが、分ったかどうかは別として、登場人物の名前もプロットも情景も、今もってあまり忘れていないし、漱石の「行人」を読み終ってから感動のあまり、その巻を抱いて芝生の庭を一人で歩きまわっていたのを思い出す。あれはまあ、何にどう感激していたのだろう。

私の父は学生時代から有島武郎の家に出入りしていた数人のグループの一人で、その中には後に社会党代議士になった原彪氏などがいた。有島先生が亡くなる七日前に書いて頂いたという書やサイン入りのホイットマンの詩集などを大切にしていて（これは今でも私の家にある）自分は有島武郎の門弟だなどと言ったりしていたが、文学作品としては夏目漱石の方が好きだったように思われる節があった。外国生活の多い半生であったが、父はどこへでもこの二つの全集は持ち歩いていたようである。

小学校三年になって、母の読み終った「キューリー夫人伝」を手にとってから、それまでは読むだけだった私の読書態度が一変した。私は世界的な科学者たらんことを志し、それを両親に向って宣言し、親どもは再び喜んで、科学書をどんどん日本から取り寄せてくれるようになった。私の父方の曽祖父は長州三田尻の藩士で松下村塾を出てから維新前後に京都に上り、西陣で当時最新の織機技師の元締めをしていたらしく、明治天皇西陣行幸の際に先導の役をつとめ、紋付の袖が機械に巻きこまれ、それがもとで死んだ。祖父は明倫校に学び建築家になって、幾つかの満鉄ビルを設計していた。私の母の従弟はビタミンAの発見分離に成功した科学者だった。こんなわけで私にも理科系の才能があるに違いないと両親は口々に言った。以来、大学に入るまで私は文学とは全く無縁の少女時代を送ることになる。

試験管やフラスコを並べて、煙を出したり何かしていた時期は、しかし戦争で中断された。私は母の郷里和歌山に疎開し、和歌山高女は校舎の焼けあとで芋畑を作っているというので終戦まで転校せず、蔵の中にある母方の祖父母や伯父たちの蔵書を手当り次第に読むことになったが、そこには小説に類するものは少なく、哲学書と漢書に洋書ばかりだった。祖母は娘時代に実家の兄と共に神戸のイギリス人の家に預けられて勉強していたので、私はこの時期に彼女から英語の手ほどきを受けた。一抱えもある大きな英国皇室史がテキストだった。十八世紀風の発音と文法を習ったことになる。漢文の方は、日本に帰った小学五年生のときから花崎采琰先生にいらして頂いて、孝経と日本外史を白文素読していたから、どうにかとりつけた。しかし一番興味を持って読んだのは難解な言いまわしの多い哲学の本だった。伯父は父と同じ東大法科出身だったが、哲学書をむやみと蒐めてあった。

　こうして、どちらかといえば硬派の読書続きだった私が、自分でものを書く契機としたものは、東京に帰って歌舞伎にとり憑かれたことだと言えるかもしれない。外見は美しい植民地から荒廃し始めている非常時の東京に帰り、敗戦を迎えて更に故国の幻滅を深めていた私に、それは強烈な美に対する意識を呼びさまさずにはいなかった。科学にも哲学にも、こういう妖気はなかったと私は考えた。当時、歌舞伎の専門誌として「演劇界」があり、俳優論を毎月募集していたので度々投書するうち編集長であり劇評家であった利倉幸一氏に呼ばれ、歌舞伎好きの外国人とのインタビューという連載記事を書くことになった。書いたものが活字になるという喜びを私は満喫しながらこのアルバイトに精を出した。企画は毎年変ったが、学生時代から三年も続けて連載を書かして下さったのだから、利倉先生が私を物書く道へ手引きした最初の一人だと言えると思う。

　しかし小説を書く方は、まったくの偶然から出発した。大学卒後、入った出版社に「白痴群」の同人がいて、たまたま同誌が経済的危機に直面していたため、同人の頭数を殖やす必要にせまられ、私は会費徴集を目的として勧誘されたのである。

　そんな事情とは知らずに「君は小説が書けるよ、きっと」などと言われて、そうかと思い、生れて初めて書いた短篇が、その「白痴群」始まって初めて朝日新聞の同人雑誌評に取上げられ、高山毅《つよし》氏に激賞された。私はびっくりし、その後、音をたてて変っていく私の周辺に驚きながら書き続け、ある日ふと自分はどうなるのだろうかと立止った。その時点で『紀ノ川』を書いた。文字通り背水の陣であった。

その直後にロックフェラー財団の招きでアメリカに留学した。筆を止めて何も書かずにいた一年間が、私に自覚をもって作家となることを決意させていた。帰国の途次ロンドンで、私が最も尊敬しているクリストファー・フライの門を叩き、二週間通いつめて私がある種の開眼をしたことについては、もう書く紙数が尽きたから、いつかの機会にゆずることにしよう。

我が家のライブラリアン

本というものを、他の家ではどういう工合に整理しているのだろうかと、ときどき私は吐息まじりで考えることがある。というと、いかにも私が夥しい蔵書に囲まれて暮しているように聞こえるだろうが、決して人に自慢するほどの蒐集はしていない。必要に応じて買う本。広告を見て欲しくなって注文するもの。知人の作家たちから贈られる単行本。出版社からの寄贈。月々本屋が届けてくる全集もの。叢書の類。そういうものが、次第に書庫からのさばり出て、廊下、居間、書斎、座敷などに本棚を作り、また棚から下りるとベッドの頭に積み重なり、次第次第に手もつけられない状態になってくるのだ。

子供の頃、家にある書物は全部、父や兄の読了したものだと考えていた頃、彼らは実に偉大な人々に見えたものであった。同じような考えを私の娘も持ってくれるものなら、こうした現象も悪くはないのだが、しかしそれならばやはり本は金の背文字を整然と並べて書棚に納っているべきである。ただ今の乱雑ぶりでは、母親が必ずしも読んではいないという事実を間もなく看破されてしまうであろう。

家を建てたときには耐震耐火の書庫を作ってあったのだが、それは忽ちにして狭くなってしまい、棚の上には奥と手前と二重に本が並べられた結果、奥の方には何が入っているのか見当がつかなくなってしまった。時たま私の母が調べものを始めて、それで謡曲全集が二セットあることを発見したり、三冊の「花の本」を抱えて出てきたりする。入用があってその都度買ったものが溜っていたのである。

ときどき不思議なことも起きる。つい先日は親類の者が座敷に泊って、枕許の百科事典をしげしげと眺めた揚句、二十四巻と二十七巻と三十四巻が二冊ずつあることを発見した。道理で全部が棚に納まりかね、三冊はみ出て横にねていた。しかし、どうしてそんな余分が出来ていたのだか、さっぱり分らないのである。

かと思うと、確かに有った筈の本が、確かに有った場所から忽然として消えてしまっていることがある。原則として、人に本は貸さないことにしてあるし、家の者は母と私しか書庫には入らないので、二人が運び出さない限り、なくなるわけはないのだが、それがないのである。これを不思議と云わずして、何を不思議というべきか。

更に不思議なのは、深更にわかに読みたくなった本を探すときには、決してそれが見当らないことである。私は親不孝だから、そういうときには老母を叩き起して一緒に探してもらうのだが、二十四孝の筍と逆に天が感ずって有る本もその夜だけは私には見えなくしてしまうのか、とにかくその夜は見つからず、いらいら、ぷりぷりと寝室に戻って、週刊誌を二度ほど読み返して眠ってしまう。すると翌日は必らず、「どうしてあのとき分らなかったのかしらねえ」と、母も不思議そうな顔をして出てきた本を見せてくれるのである。

書庫の中でさえそうなのだから、まして書庫の外にある本については、もうどうする術もない。たしかあのときあそこで読んで、あの本と一緒に片附けた、などというあやふやな記憶で探しまくり、そのとき上のものは下になり下のものは横に押しやられ、それで母の記憶までごった返しになってしまう。ともかく本を探すときは、何かこう切詰ったような気分で、見当らないとなるといよいよ狂い立って探すものだから、一応の秩序も何もその度に滅茶々々になってしまうのである。

舟橋聖一先生が二年ばかり前に書館という建物をお建てになった。伽羅の会の集りでお招きを受けると、この建物の中の新しい応接間が供待ちで、それから母屋の方へ御案内下さる段取りなのだが、そのときこの書館の中を通り抜けることになる。初めてそれを眺めたとき私は呆気にとられた。広い客間の中に金属製の書棚が図書館の中のように整然と並び、しかも本という本が総て克明に分類されて、私の家のように目白押しでなく悠々と本屋の書棚のように並んでいるのであった。これならば、どこに何があるか一目瞭然であり、探すにも迷わず苛立たず、時間も浪費せずに実に能率的であろうと思われたが、私などが真似をすることはできない。何しろその書館だけで、書庫を含めて私の家全体より大きいのであるから。第一、いくら本の始末に困っているとはいえ、私があのくらいの書館を作ったら、本はほんの隅っこに積まれるだけで、随分みっともないことになってしまう。それにしても書館とは、なんという雅やかな呼称であろうか。

最近はまた井上靖先生が書庫を建て増しされた由、週刊誌のグラビヤ頁で拝見した。どうしてもそういうことになるのだろうと思ったことだが、私のところは増築するとなれば書庫だけではなくて、実は私の書斎と子供部屋の方が切実な問題になってきている。ありていに云えば、子供を産む予定のない独身時代に建てた家なので、子供ができてからは書斎が彼女に取上げられてしまい、やむなく寝室に大きな机が割りこんでいるというのが現状なのである。書斎は数寄屋まがいで、およそ幼児の部屋にふさわしくなく、寝室はなおさら書斎にふさわしくない。仕事の興を殺《そ》がれることは全く参ってしまう。

雑誌社から書斎の写真をとらしてほしいという電話が二度三度あったが、

「あのオ私、書斎がないんです」

と云うと、二の句が継げないらしくそのままになってしまった。作家としては、まことに不面目だが致し方がない。子供のために恥をしのんでいるのである。

増築するには第一に経済的問題がある。第二に地所的空間的問題がある。第三に老いたる母の気に入る方角と月日が問題である。順に云えば、経済的にはこの四年間に五回手術をし病気ばかりで出費が多く、その上外国へちょくちょく行くのでこれも大きな出費であり、昨年と今年はそのために仕事も減らした。二部屋も建増す以上は、がっしりと永久性のあるものにしたいし、それにはもう少し働いてからでないと無理なのである。第二の地所は、まあ大丈夫なのだが、そのくらいなら別の土地に能率的な家を建てた方がいいのではないかと考えてしまうので、ますます難しい。更に決定的なのは、私の父の死後未亡人になった母が手持無沙汰から易や方角に精通して、私の年まわりで事を運びたがり、今年はまだ無計というところに入っているので造作も旅行もいけないんだと云う。旅行の方は云うことをきいていないが、老いた親のことだから半分は従うことにしている。もっともお金があったらそんなことに頓着せずさっさと家を建てているかもしれないのだが。

というわけで、本は次第に私を威嚇し、主人顔で横柄にどこの部屋にでも納り返っているのであった。そしてその前で私は度々ヒステリーを起し、買ったばかりの本が数日にして見えなくなり、数カ月たって忽然と姿を現わすという不思議はいよいよ頻繁に起るようになった。

しかし、もともと本を買うのが好きなのは私より母の方が上廻っていて、彼女の一存で購入されているものも随分多いのである。ときどき書棚に見なれない古本がずらりと誇らかに並んでいることがある。彼女が買った本には待遇が違うからすぐ分ってしまう。

「どうしたの」

「あ、あれ。買ったの」

という馬鹿みたいなやりとりがあって、そしてそれが後に結構役に立つから、私としては文句は云えない。仕事の上で買いたい本が出てきて、ちょっと口に出すと、

「それなら家にあるわよ。この前買っといたの」

と云い、そういうときは決して本の方でも雲隠れしないことになっている。ひょっとすると我が家の本どもは、主の私より彼女の方に好意を持っているのかもしれない。まことにまことに怪《け》しからぬことではある。

古書と新刊の両方を扱う本屋の小僧さんが、この母と大変な仲よしである。母の方では、若いのにこういう高尚な仕事に打込んでいる感心な青年、ということで特別目をかけているし、その感心な青年から見れば私の母はなかなか結構なカモにうつるのであろう。こういう本は、お役に立つと思いますが、と実にしげしげと現れ、すると母はほいほいと買っている様子である。悪いことではないから、私もおうような態度で見ていなければならない。

それにしても、あまりにも本がのさばっていて不都合なので、ある日私は一計を思いついた。国訳一切経を売り飛ばしてしまえばいい。そうだ、そうしよう。

それは百五十巻の余もあって、書庫の一番奥の棚を四段も占領しているのであった。だいたい一切経などというものは、仮りに私が重罪を犯し終身の刑を独房もしくは絶海

の孤島で送らなければならなくなったとしても、それよりはもうちょっと分り易い本を持って出かけるだろうと思われるものである。これを買うことを思いついたのは母よりも私が先であった。それは戦前の我が家にあって、両親の尊厳をバックアップしていたものの一つであったが戦災で焼けてしまった。あんなものを東大法科出身の父が読んだとは思えないのだけれども、どういうわけで持っていたのだろう。しかし、ともかくそういう思い出があるものだから、私はお金が沢山入ったら一切経を買いたいと深い考えもなく思っていたのであった。それを云ったとき母はたちどころに双手をあげて賛成した。冗費の多い私には手綱をしめてかかる母が文句なしにこういうことでは賛成し、高価な本で私が迷っているときなどは積極的に買うべきだと力説する。

しかし今となっては、いわば無用なものは整理して有用な書籍を一望のもとに納める方が賢明であると私には思われた。それである日、例の小僧君が来た折に、彼の前で母に提案してみた。

「必要ないことはないでしょう」

と、案の定母は渋い顔になったが、本屋の彼は目を輝やかした。

「そうですか。いつでも頂きます。いい値になっていますよ」

すらすらと買値が口から出た。購入したときはいくらだったかと訊くと、母の記憶力は冴えたもので、八年前には八千円だったと怒ったように答えた。

「随分値が出たのね。六倍以上になってるわ」

「ええ、それにこういう本は新刊が出ませんし、出たところで値は下ることないんです」

値段をきいたときは心が動いたが、やりとりしているうちに、私はすっかり売る気をなくしてしまった。なんとなく株の売り買いを連想して、悲しくなってしまったのである。古本で儲けるのは、ちょっと辛い。

「やめとくわ」

本屋の店員はがっかりして帰り、母は満足して機嫌を直した。老齢ながら彼女には断固たるライブラリアンの風格がある。

そういうわけで、我が家の書庫は当分の間、絶望的な様相を続けることになる。

岡本かの子『生々流転《しょうじょうるてん》』

私は自分の少女時代を省みて実に子どもらしくない日々であったと残念でならない。本ばかり読んで暮していた。それも大人の本ばかりを。原因の第一は病弱であったこと。近ごろの私からはだれも想像し難いだろうが、私は小学校には半分くらいしか出席していないのである。すぐかぜをひき熱を出し無理は禁物で、親も先生も私の健康にばかりはらはらと気を使っていた。だから私は家で寝ころんで、本ばかり読んでいるということになる。

原因の第二は外国生活である。日本に帰ってきたのは小学校五年生で、それから間もなく日本は第二次世界大戦に巻きこまれた。

それまでは外国で両親が日本から取寄せる書物や、社宅に備えつけてある全集物に端から手をつけた。だから鷗外全集、漱石全集、菊池寛、吉川英治、有島武郎、等々は訳もわからずに小学生時代に読んでしまった。不思議なもので当時はわかるはずもない情緒を、それから何年かたってハタと思出したり、わからなかったところがハタとわかったり、だから子どものときの読書には親があまり気を配らなくてもいいのではないかと今にして思うのだが、しかし矛盾しているようだが子どものときにこうしたものを読みすぎた結果は、私をたいそう小生意気な少女に仕立ててしまっていた。

当人は小説というものは小学校で卒業したつもりになり、女学校に上がると同時に一層わかりもしないのに哲学書を抱えて歩くというイヤミな女の子になってしまった。カントとかショーペンハウアだとかベルジャエフとか、マルクス・エンゲルス全集などを読んでいたのだから、今思い出すとおかしくて仕方がない。そのころはもっともらしい顔をしてページに赤鉛筆でしるしをつけたり、いいと思った文句はノートに書きとって暗記したりしていたのに、きっと何もわかっていなかったためだろう、今となっては何一つ覚えていないのである。

もし私が女学生時代に岡本かの子の著作に出会っていなかったら、私は本当に変てこりんな女の子になったままで、そして将来小説を書くようにはなっていなかったに違いない。

『生々流転』は女学校の四年生の春になって始めて読んだ。それが私の最初に触れたかの子女史の作品である。あの時受けた強烈な感銘は忘れることができない。私はその奔放な筆と、豊麗なイメージと、開くページからわき立つ熱気に当てられて茫然《ぼうぜん》としていた。

これが小説だろうか、と私は懐疑し、そのまま現在に至っている。小説にあるべきストーリーもプロットも、そこではそれほど重大なものではなかった。私は自分が怒濤《どとう》の中に立たされているように感じていた。かの子女史特有の文章を借りるならば、私はしばらく「痴呆《ちほう》して」いたのに違いなかった。

そのときから私は姿勢を正して小説を読むようになったといえる。が子どものころに読み散らしたものを改めて読み直しても、私はかの子の作品のように「いのちがけ」の小説にはその後も出会さない。

それから十年、私は岡本かの子にとり憑《つ》かれて過ごした。かの子女史の書遺したものは数が決して多くはないのだけれども、私は彼女の随筆も、小説とは似ても似つかない安っぽい短歌の類も、一つ残らず読み漁《あさ》った。かの子に関する思い出話の類も、雑誌から切抜いてスクラップするという熱の入れ方だった。『生々流転』はいうに及ばず、『食魔《しょくま》』などは幾度読み返したかわからない。

私はかの子文学を理解するために彼女の捧《ほう》じている大乗哲学にも踏入らねばならなかった。私が仏教に関する知識を多少は持ちあわしているのは、このときの読書のおかげである。私は『生々流転』を読んで以来、貪婪《どんらん》な知識欲を持つようになっていた。

近ごろになって私は岡本かの子の作品に出会ったのが、私が常人の健康を取戻しかけたときであったのを幸運と思うようになった。私はおかげで一挙にバイタリティをものにしてしまったような気がする。

男性社会の中で

　これからトレーニングにかかろうかと思っていたところです。ええ、昨年大病しまして、医者からとにかく運動不足がよくないと言われたものですから、十一月から一念発起して体を鍛えだしました。始めたらきわめて体が快調なので、やめられなくなってしまった。それで、もともと体の弱かった私が常人以上に丈夫になって、この六月に一か月間中国を駆け歩いても、なんともなかったんです。日中の最高気温が六十一度なんて、信じられないくらい暑い所へも行きましたが平気でした。

　日本へ帰っても疲れを感じないし、これは大丈夫と思って、「週刊新潮」に連載の『中国レポート』を十二回分まで一気に書き上げたら、ガタッと来てしまった。夏風邪をひいたのね。やはりちょっと思い上っていたのか、とにかくもう病気にならないと過信していたものですから、ショックが大きくてじたばたしてしまいました。それに、全力投入で作品を書き終えたあと寝こんでしまうことは、これまでにもしばしばあったんですが、今度は書いている途中でしょう。経験のないことだったし……。

でも、やっと治りかかって来ました。ただ、私は身長が一六六センチありますので、五十六キロくらいがベストなのですけれど、今は五十キロそこそこに減ってしまっています。トレーニングにも精を出し食べるものも食べて、体力を回復したい。その上で、当面の課題である『中国レポート』に打ち込まなくては。

今のところ、四月に出した『和宮様御留』（講談社刊）が、予想外の好調を続けています。従来男性によって書かれてきた、幕末維新史の定説に挑戦するつもりで取り組んだ作品で、かなり専門的に突込んで書いてありますから、どうかなあと思ったのですけれど、幸いにも多くの方々が読んでくださっているようです。読者の意識がそれだけ高まっているのでしょう。書くほうも、間の抜けたものは書けない、心しなくては、と実感させられます。

このあと、九月には『悪女について』が出ます。それから、友人のカトリーヌ・カドゥーと共訳した『最後の植民地』（共に新潮社刊）も出る予定ですし、今年は本が多いんです。

『悪女について』を書き上げたのは、実を言うと去年の十二月でした。この四月から、毎週一回、週刊誌とテレビの同時進行ということで、興味を示してくださった方も多いようですが、連載と放映が始まった時、作者の中では小説は終っていたのです。

私はこれまで、週刊誌に小説を書いてあまり成功したことのない作家なのです。少くとも自分ではそう思っています。もうそろそろ週刊誌の小説はやめようという気もありました。それで、「週刊朝日」に『悪女について』を連載するに当って、週刊誌に書く作品としてはこれを最後にしようと思ったのですけれど、最後まで週刊誌はうまくいかなかったでは、悔いが残ってしまう。ここはなんとか一つ、週刊誌の小説として新分野を開拓してから引退しようと思い、あれこれ知恵を絞ってみたんです。

芥川龍之介の『藪の中』は、御存知のように盗賊の多襄丸、彼に犯された妻、その夫と、三人の人物の陳述によって構成された小説ですね。私は『藪の中』の九倍、二十七人の登場人物に、富小路公子という一人の〝悪女〟について語らせる形の小説を書きました。連載に際して読者は、一回に一人、毎週違った人物が語る話を読むことになるわけです。新しいパターンなので、成功しましたかどうか。私自身は、書きだしたら気持が非常に乗りまして、もしテレビの制約がなければ、五十人に語らせることもできたでしょう。となれば、その記録はなまなかなことでは破れないだろうから、それを考えるとちょっと残念なのですけれど。

『恍惚の人』とか『複合汚染』を書いたもので、私に関して一般的に、社会派の作家であるとか正義派だとかよく言われます。ですが、私はレッテルを貼られると、すぐ剝がしたくなってしまう性分なのです。『悪女について』という題からして、既成のイメージを壊すのにふさわしいでしょう。その上で、これこそ小説だというものを書いてみようと思って、作り上げた作品なのです。

　おそらく読者の方たちは、さっと一読しただけでは富小路公子なる〝悪女〟をめぐる真相について、わかったようでわからない印象を受けるかと思います。この作品が、〝悪女について〟語る二十七人の物語だからなのです。つまり、公子自身についてよりも、彼女となんらかの形で関係した人物たちが公子をどう受け取ったか、というサイドから書いている。二十七人の一人一人は公子を語っているつもりでも、実は自分自身を語っているんです。それは、読者についても言えると思います。公子という女をどう感じるかは、二十七人の人物たちと同じように、読者自身の問題でもあります。作者としての私の狙いは、そこなんです。読んでみて、公子についてわからなくなればなるほど、私としては面白いですね。こちらの狙いが的中したわけだから。

　公子は、ずいぶんと嘘をついたり人を騙したりもしているようだけど、さて、あなたは彼女を〝悪女〟だと思いますか。それとも、〝可愛い女〟ととりますか。そんなような気持を楽しみながら書いたのです。

　冷静になって考えてみると、公子はずいぶん悪いことをしています。でも、それは女だったら誰でもやりたい、あるいはやってみたかったなと、潜在意識で感じていることだと思うのです。そうした悪を全部描いてみたつもりです。悪の楽しみを、読者の方々が私と一緒になって味わっていただければうれしいですね。

ところが、公子は悪女じゃない、いい女だという男の読者が意外にも多いので、茫然としてしまいます。たとえば、妻子ある男のところへあなたの子を妊娠したと、女が乗り込んで来たら、男はどうにも困ってしまうでしょう。男の首を押えるには最も効果的な方法だと思うのに、そういった場面は忘れてしまうらしいのね、不思議なことに。しかも公子は何人もの男と愛し合っていて、二人の子供はどの男との間にできたのかよくわからない。それでも、男にとってはいい女なのかな、悪女ではないのかな、という気がします。男の人たちって、よっぽど人がいいのかしら。

でも、男が可愛い女だと思ってくれるなら、悪女としては成功しているんでしょう。とにかく、嫌な女だと思われたら、悪女の悪女たるゆえんが失われてしまうわけですから。男の人にとっても、惚れぼれするような女に出会って、自分も幻惑される可能性があるという後味が残れば、結構夢があるというものです。美人で金持だから、付き合っても男が金を払わないですむ、なんてことも世の男性には大きな魅力の一つかも知れません。なにしろ、この頃お金にみみっちい男性が多いようですし。

『悪女について』は、この男性中心の社会を、いわば逆手に取った女の話だと言えると思います。その男性中心の社会を男女平等の社会にしようと、正面から訴えかけて来るのが、フランスの女流作家ブノワット・グルーの『最後の植民地』というエッセイです。『最後の植民地』を読んで、私は深い感動を覚えました。友人のカトリーヌ・カドゥーとも、何度もこの本をめぐって話し合いましたし、日本でも是非とも出版してもらいたいと思っていたんです。けれども、いつまで待っても誰も翻訳しない。そこで、カトリーヌが手伝ってくれるなら一緒に訳してみよう、ということで始めたのです。

カトリーヌは、一言で言えば優秀なジャパノロジスト。社会科学系統の専門家で、私とは『複合汚染』がきっかけで知り合うようになりました。ちょうどフランスでも〝複合汚染〟が社会問題になっていて、彼女が私の著書に興味を示してくれたのです。水俣病の被害について、フランスのインテリたちの間に知識を広めたのは、カトリーヌたちの仕事なんですよ。

訳すに当ってまず困ったのは、題名をどうするかでした。原題は〝Ainsi Soit-elle〟といって、これはフランス語のアーメン〝Ainsi Soit-il〟のil（彼）を、女性形のelle（彼女）にひっくり返したものなんです。日本では、アーメンを「かくあらしめ給え」と訳しておりまして、男性形・女性形の区別もないから、原題を日本語に直訳しても意味が通じません。あれこれ迷いましたが、本文中に「近代社会の《最後の植民地》」という表現がありまして、これが内容からいっても一番ぴったりするのではないかと思ったのです。黒人は独立を勝ち取り、労働者《プロレタリア》は団結した。抑圧され、従属し、孤立した女性が解放さるべき《最後の植民地》だ、という意味がこめられているわけです。

私は、この本は日本の知識人必読の教養書だと思っています。男とか女とかにかかわりなく、人間として知っておくべきことがたくさん書いてある。著者のグルーは、「フランスがカトリック教会の長女であったとすれば、アメリカはフロイトの長女であった」と、女性を抑圧する力を分析しています。なぜそうなのかは本を読んでいただくとして、日本においても、法律上はともかく、明治維新以来の「男系の男子これを継承す」という思想は、今日でも厳然と生きておりますね。その辺の意識を、男も女もまず変えるためにも、この本を読むことをお勧めしたいのです。読めば、必ずや考え方の根本が変わることでしょう。世の中が、新しく見えて来ると思います。

『最後の植民地』の最大の特徴は、なんと言ってもデータが豊富なことにあります。世界中のデータが叩き込まれているんです。今までに、日本で出た婦人運動に関する本を見ると、たいがいは日本とヨーロッパとアメリカの三つの地域の女性についてしか、比較していないのですけれど、『最後の植民地』には、それこそ地球上あらゆる地域のデータが集めてあるのね。少くとも、物識りにはなりますよ。

たとえば、中東やアフリカのイスラム教の影響が強い地域では、今もって、女性に対してどんなに悲惨な〝手術〟が行われていることか。妻が夫以外の男と交わるのを防止するために、あるいは女が快感を覚えると淫乱になるという理由で、何千年にもわたって〝小さな娘〟の切除手術が行われているのを、みなさんはご存知ですか。あのクレオパトラだって例外ではなかったのです。著者の言葉を借りれば、それなのに人々はどうしてクレオパトラの鼻の話ばかりするのでしょう。

これを、私たちが文明の程度の差のせいにすることはできないと思います。二十世紀においてさえ、教育やスポーツは女性を不妊にするとか、少女のマスターベーションは貧血を起し、精神障害に苦しむことさえあると主張する医者や心理学者がいるのですから。発想や議論のメカニズムは、中東やアフリカの場合とあまりにも似ているんですね。しかも、世界中の侵略や飢餓には黙っていられない、〝人道主義者〟はたくさんいても、悲惨な何百万人の女性たちについては見て見ぬふりをしている。人権に熱心な国連さえ、この習慣を禁止しようとはしないのです。こうしたことを知ると、私たち女性は、自らの胸に痛みを覚える。人間の尊厳に痛みを覚えます。著者は、私たち一人一人が中東やアフリカの切除手術をされる女たちと繋がっているのだと、自分に言い聞かせなければならない、と精神的な連帯を呼びかけています。

そう、著者のグルーは、ショッキングなデータを挙げながらも、深い愛情に裏付けられて読者に語りかけているのです。女性運動の本というと、ただもう男性に対して敵意を持ったり、私どもはこんなにまじめに真剣に取り組んでおりますみたいな感じのものが多くて、女だって息苦しくなってしまう。男にしてみたら、敬して遠ざけるのも当り前ですよね。まあまあそうお固くならないでって、言いたくもなるのですけれど、この本はそこのところが一味違います。ノーマルな愛を語るについて、あまりに男性が優位であると、かえってアブノーマルなものになることを、読み終って男も女も了解することでしょう。

この本の特徴は、豊富なデータだけではありません。学者ではなくて作家が書いたものだから表現が巧妙で、ユーモアに溢れています。言語体系が違いますので、フランス語の原文にあるしゃれたイメージを全部が全部、日本語で伝えられなかったかも知れませんが、雰囲気は充分感じ取れるのではないかと思います。私自身、訳しながら何遍吹き出してしまったことか。

一例を挙げると、「女性の司祭など、絶対あり得ない。茄子《なす》が雲雀《ひばり》のように飛ばないからといって、それが不正ではないように、これは女性の排除ではない」という神父の発言を引用して、やんわりと切り返す。「比較の選択に於いても、恐らく不正はないのであろうが、ひばり神父が、我々の天性を野菜に比較するのは、キリスト教的な考え方である」というように。

フランス流のユーモアだわね。イギリスだと、ずばっと刺し込まれて痛くなるようなユーモアになると思うけど、フランスのは、どこかほんわかしています。

男にしても、この本を読めば、女より常に優れていなければならないなんて、がんばらなくてもいいんだと気が楽になるのじゃないかしら。だいたい、男と女を比較する場合には、優れた男と馬鹿な女を比較するのよね。「女性のベートーベンを挙げてみてくれないかね。女のデカルト、女のピカソがいたかね、どうだい？」なんて。「自分の股にも同じ蛇口が突き出ているということだけで」、勝ち誇って女を見下すのです。馬鹿な男に限って、こんな言い方をする。でも、実際には、男にも女にも優れた者はいるし、馬鹿もいる。そして、その比率は同じようなものだっていう、当り前の事実に気付かされると思います。

ともかく、『最後の植民地』は決して、ウーマン・リブの書物ではないけれど、読めばウーマン・リブを理解できる。過激に男は横暴だなどとわめき立ててもいません。ただ、ウーマン・リブという一つの社会現象がある。それはなぜ起らなければならなかったのか、その本質はなんなのか。マスコミは、リブの奇異な面だけしか取り上げていません。どう理解していいかわからない、という人も多いことでしょう。そこを、わからせてくれるのがこの本なのです。私が優れた教養書だというゆえんも、まさにそこにあります。私自身、訳して大変いい勉強になりました。（談）

嫁姑の争いは醜くない

私の書いた『華岡青洲の妻』という小説が、発売以来いろいろな雑誌に取上げられ、何故多くの人がそれを読むかと、さまざまに分析されているようである。小説に限らないが一度外に発表したものが、どのように受取られても、それで作者は何を釈明すべきでもないし、私も何一つ弁解したいとは思わない。だが私にとって一つだけ不愉快この上ない扱われ方というものはある。それは今日の浅薄なマスコミが流行語のように使いまくっている「家つき、カーつき、ババヌキ」という文句と、私の小説の主題が結びつけられることだ。

嫁姑の関係と、そこに生れてくる深刻な争いは、作家にとって永遠の主題だと私は思っているが、私はこの二人の女の争いが、醜いものだとは決して考えていない。さきごろ私は日本の外科医で国際的な名声を持つ方の書かれた一文に接したが、そこには華岡青洲の偉業をたたえたあとで私の小説にもふれられてあり「事実はそうであったのかもしれないが、私はやはり美談として、そっとしておいてほしかった」と記されてあった。

青洲の偉業のかげに、嫁姑の醜い争いがあったなどとは考えたくないというお考えで、私は一人の外科学の権威がかかるロマンティシズムをお持ちであったかと大層感動したのだが、しかし私自身は嫁と姑の争いを醜いものとは考えることができないのであって、二人の女が争ったからといって、青洲を助けた美談がいささかも傷つくとは思わない。

その理由の第一は、人間には種族保存のために生殖する能力があり、男にとって妻を持つのは、愛情は別として人間全体から見れば子孫を作るための営みなのである。そして妻は、やがて母になり、子供が成長して配偶者を持つときを迎える。こうした繰返しは人類ができてこの方連綿として続けられてきた。嫁と姑といえば封建時代の匂の強い言葉だが、一人の男の母と妻という関係は、古今東西にありふれたものなのである。母という血縁の者にとって、子供の妻は永遠の他人であり、しかもその他人を迎えなくては子供に次の血縁を生み出させるわけにはいかない。嫁と姑の間にある生理的、感覚的な不快感は、奪う者と奪われる者などという簡単な間柄が原因ではなくて、大自然の厳しさというものなのである。愛の花も咲けば嵐に散ることもあり、しかし後に果実が結ばれる。人間も大自然の法則に従って生きているのだから、嫁と姑の軋轢、また当然の出来ごとだと言わなければならないだろう。

女はつい自己中心的なものの考え方をしがちなので、自分ほど姑運の悪い女はないと思ったり、姑の方でも自分ほど嫁運の悪い女はないと思いこんでいるのが大がいなのだが、ちょっと外の世間を見渡せば、まず殆んどの嫁姑が同じ対立関係にあるといって間違いない。賢い人々はそれを決して口に出さないで、それぞれの方法で処理をしているだけだ。ここには一般的な解決の具体策がない。だからといって、そんなことで離婚沙汰をひき起すのは大自然との闘いに敗北したのであって、それこそ醜態というものだろう。

姑嫁の争いを「醜い関係」と男どもが思っているのは、また別の意味で大きな間違いである。「仕事」というものを私は生きている間は手放すことのできないものと定義づけているが、母親にとって子供を育てるのは仕事であり、妻にとって夫はまた彼女の仕事の対象である。華岡青洲のように一つの仕事に生きた男は、母親にはこよなき生甲斐であっただろうし、彼の研究が人体実験を必要としていると知ったなら、母親ならば自分の躰を使えと言い出すのは当然だったろう。まず私がそんな勝れた男の子を持ったなら、私も必らずそうしたと思うし、母親なら、そんなことは誰でもやれる。そして、そのとき彼の妻はどうするか。

もし、青洲の妻が冷然として夫が母親に薬を飲ませるのを見守っていたとしたら、私はその方がずっと怖ろしい話だったのではないかと思う。彼女も飲むのでなかったら、妻は人間的に許されなかったろう。

男と生れたなら世のため人のために生きぬいてほしいものだと女は理想の世界でそれ

を願っている。青洲の妻となった加恵が、姑と共に実験台に上ったのは、女としても実に本懐だったと言うべきだろう。こうした憧憬というロマンティシズムが私にあの小説を書かせたと言うこともできる。

言葉を替えて言えば、母と妻とは「一人の男」という仕事の場で激突する間柄なのである。一般的に言って家庭の主婦の仕事場は台所だが、母と妻とが同時に台所に入って包丁を手にすれば切り結ぶ事態が起るのは、必然なのだ。しかし同じことが社会に出た男同士の間ではもっと日常的に起っているではないか。社長、あるいは部長という一つの椅子を争って二人の男とそのファロワーたちが権謀術数の限りを尽すのは、会社員なら誰でも顔を顰《しか》めながら見たり聞いたりしている筈である。私に言わせてもらうなら、争いの醜さから言えば男同士の方がよっぽど醜いし、いやらしい。小説に書くさえ筆のけがれだと思うくらいである。彼らは手段を選ばないし、節度さえ失って、権勢慾、金銭慾、名誉慾の亡者となって取乱しているのだから。これに較べて嫁と姑の争いは勝ったところで何の代償が与えられるわけのものではないのだから、ずっと純粋だと言うことができるだろう。

『華岡青洲の妻』は私が劇化して上演したが、満員の観客席の中で、男たちは女二人の争いをやりきれない表情で見守っていたのに、女の観客は朗らかに声をたてて笑い転げていた。それぞれに思い当ることがあり、しかし客観的にみると、それがなんとも可笑しいので、深刻な物語は女性観客によって喜劇に転化されてしまっていたのである。私の書いたものが彼女たちのストレス解消に役に立ったかと思うと、小説にも面白い効用があるものだと私は自分で感心している。

嫁姑の争いは、しかしあくまでも内緒話である。中国に家醜不揚外という言葉があり、アメリカにもファミリー・トラブルは公開しない不文律があるのは、それがその方が賢明だという生活の知恵から生れたものだと考えるべきだ。公けの場所で姑や嫁の悪口を言う女がいたとしたら、それは莫迦だ。ある週刊誌が数組の嫁姑に『華岡青洲の妻』の読後感のアンケートを集めたところ、「私どもでは、あんなことございません」と判で押したような味もそっけもない答が戻ってきた。当り前の話である。私は小説を読んだ人々の口から「私のところも、大変なんですよ」という話を、もう耳にタコができるほど聞かされている。が、そのどれも公開は憚る。

それにしても老人問題が社会的な大きな問題になってきている折から「ババヌキ」などという言葉を面白半分に扱うのは、マスコミも自粛すべきだろう。現実に自分の母親が疎外されたら、子供は誰でも悲しいし、まして当のお年寄りはどんなに辛い思いをなさるだろうかと思うと、私も眉をひそめずにはいられない。嫁姑の問題は、別居とか経済的自立などという形では解決がつかない。若いものが「いたわり」の精神を失わないのが、この問題に当って一番大切なことだと思っている。人間の共同生活に忍耐はつきものなのだ。何も嫁と姑に限ったことではない。嫁と姑とは、どの家の場合でも両者の非常な努力によって本然の争いを避けたり、かわしたりしている。戦争よりも平和を維持する方がずっと難しいのはベトナム戦争をひきあいに出すまでもない。しかし、多くの賢い女たちは、家の平和のために忍耐と努力をこれからも続けてゆくだろう。

原作・兼・脚色の弁――「地唄」

小説と戯曲を殆んど同時に書き始めていた私は、この二つが発想の原拠において全く異るところから、互いに仕事の上で抵触することがないのだと常々公言していました。戯曲が小説的になったり、小説が芝居めいたりするようなことが、このために起ることはないと云いたかったのです。

ところがです。今度はからずも、この二つを故意に抵触させなければならない羽目に立ってしまいました。私の小説「地唄」を自分で脚色することをお引受けしてしまいましたので。

人によって、今までの言葉を返した無節操を非難されるかもしれませんが、私どもの年齢で自分の言葉に一々自分を縛っておくのは、むしろ傲慢の沙汰のように考えましたので、皆さまが芝居になると思うものなら、一つ自分でもそうなるかどうか、やってみようという気でした。

結果は、これを観客の方々にお任せするよりありませんが、劇化の過程で度々くすぐったい思いをしたことだけ告白しておきます。

原作者に遠慮する必要がなく、思いきった脚色のメスが振える筈でしたが、事実は原作者がやたらに、つい最近彼女が書きあげた長篇小説（地唄を第二章とする）にこだわり、人物や構成について必要以上に口を出すのです。短篇「地唄」の劇化を引受けていた脚色者にとっては迷惑至極でした。

普通、脚色者が原作者に会うのは、台本を書く前と書き上げて後のことですのに、この度は常住坐臥、二人は鼻の突き合わせで、そのシンキクサイことと云ったらありませんでした。

私の阿国

小説を書き始めるとすぐ「出雲の阿国」を書こうと思いついたのか、「出雲の阿国」を書きたいから小説を書き始めたのか、自分でもよく分らないくらい、阿国は私の躰の中で育ちに育っていた。根が芝居好きで、その方面から世に出た（と自分では思っている）ので、これはどうしても私が書かなければいけないと思い込んでいた。幸いにも、そして思えば不思議なことだが、「出雲の阿国」を主人公にした本格的な小説が私の前には書かれていなかったので、つまり私以外には書く人がいないのだと不遜にも確信して筆をとったのだった。

「出雲の阿国」については、いわゆる一等資料の記録は殆んど皆無であって、その代りにはこの上なく俗説が豊かだったから、作家としては思うさま自分の想像力を飛翔させる天地が与えられた工合だった。しかし私は、演劇史の専門家から指摘されるような誤ちは冒したくなかった。少くとも学生時代にはその道の専門家になることを志していたのであったから。

当時の貴重な記録である公家の日記類は読めるだけ読んだ。時代は中世から近世への移行期だったから、支配者たちの転変ただならず、それだけでも華麗な歴史絵巻になる。私は思いきってそれを小説の背景にした。豊臣秀吉も徳川家康も、遠景の人物として登場し、しかし主役は常に阿国であった。そう書くことはまことに痛快だった。私は、いわゆる歴史上の人物の英雄談や出世物語や、あるいは栄枯盛衰については、知識を得たいと思うけれど、作家的興味がそそられることがない。私は、もし織田信長を書かなければならない場合に立ったとしたら、彼の乗馬を育てあげた男の方を主役にして書きたいと思うだろう。華岡青洲より、私は彼を大成させた母や妻に関心があった。出雲の阿国はすでにして有名な名前だったけれど、何も伝わっていないし、権力者に引立てられた能役者のような栄光も持たない。たまたま彼女の卓抜した演出と踊りが世にもてはやされた一時期はあったにせよ、生れたときも無名で、死ぬときもまたひっそりと死んで行った庶民だった。私にとって絶好の素材だったのだ。

阿国は現今の史家の類考するところでは大和の興福寺所属の芸能集落出身とされているが、これとてそれを立証する物は何もないし、だから否定しても問題にならない。出雲の大社町にある阿国の墓も、史家は冷ややかに否定しているし、私もかなりあやしいとは思うのだが、これが阿国の墓だと土地の人たちが信じているものを、そうではないと言える酷さは持てないのである。その墓が、阿国の墓だと言い張るのは、私が小説を書くのと本質的には同じことではないか。

私は誇らかに阿国の出身を出雲斐伊川《ひいがわ》のほとりと定めて、鑪《たたら》の物語と結びつけて小説を書き始めた。季節は秋で、豊かな稔りを苅り入れている人々の中で、阿国は水汲みをしているのだが、書いてしまってからは、どうもこのところは洪水の後の、貧しい農村を書くべきだったのではなかったかと今でも迷っている。斐伊川の氾濫で収穫を失った農民が、やむなく唄や踊りで京へ現金収入を得る道を辿った方がよかったのではないか。もっともそうすると、川上から鑪の流す砂と、水汲みの足拍子から阿国の独得の踊りが生れるという大事なところを書き損っているかもしれないので、書き直す気にもなれないのである。

私の小説を読んで下さって、踊りたいと仰言った舞踊家が数人あった。

「でも、あんなこと出来ることでしょうかしらね」と、私がいたずらっぽく訊いてみたら、例外なく眼が宙に浮いて、文章に書いてあるような足拍子は出来ないということに気がつかれたようである。私の阿国は、あくまで私の小説の世界の住人なのだ。戯曲化されるときに、まったく別のものになるが、それはまた当然のことなのである。

慶長年間の文献などに直接当って、この小説の中で私がユニークな説を打ちたてているのは次の二つの点である。伝介の「糸より」を、随分詳しい演劇書でも、延年という注釈しかついていないが、私はよく調べた結果、自信をもって糸よりは女ぶりであると解釈することができた。延年の舞でも稚児が女になって糸繰りをする所作とされている。日本最古の女形の名が糸縷権三郎である。また評判記に「男が女になり、女が男になり」と記されているのは、阿国の男装に対する伝介の糸よりのことではないか。もう一つは阿国歌舞伎を遊女歌舞伎と峻別して、前者を小規模な個人企業とし、後者を遊女屋という大資本を背景にしたものにしたのも得意の設定である。いつの世もそうであるように、小企業は大企業の出現によって立ってゆかなくなり、阿国も四条を出て行かねばならなくなる。おそらく史家にも異論はないだろう。

日本における「ケイトンズヴィル事件」

こうして筆をとり原稿用紙に向っても、まだ私は夢を見ているような気がする。しかし、それは夢ではなくて現実であり、十月七日から十六日まで紀伊国屋ホールで上演される『ケイトンズヴィル事件の九人』は、切符の発売は八月二十五日からだというのに、すでに予約注文が殺到していて、八月十五日現在で、もう半数を売りつくしてしまっているのだ。

どうして、こういうことになったのか。

それは私も今、ちょっと立止って静かに考えてみる必要があると思うので、これまでの経緯をざっと書いてみよう。

私がダニエル・ベリガン作『ケイトンズヴィル事件の九人』がブロードウェイのライシアム劇場で上演しているのを見たのは去年の六月だった。ベリガン兄弟については、アメリカでは007みたいな人気者だったし、ついその前にキッシンジャー誘拐未遂で再逮捕されたばかりというホットなニュースもあって（この事件は最近無罪判決がおりた）私の興味をそそった。

ケイトンズヴィル事件というのは、一九六八年にアメリカ合衆国メリーランド州のケイトンズヴィルという町で実際に起った事件であった。兵役事務所へ九人のカトリック教徒が白昼堂々と出かけて行き、徴兵書類を外へ運び出してガソリンをふりかけ、火をつけて燃やしてしまった。事前にマスコミに通告しておいたから、彼らはテレビカメラの前でそれだけのことをやっておいて、それからパトカーが駈けつけるのを待ち、逮捕連行されたのであった。

戯曲『ケイトンズヴィル事件の九人』は、そのときの裁判記録にもとづいて被告の一人であるダニエル・ベリガンという神父が裁判劇にまとめ上げたものである。このときの主犯はダニエルの弟であるフィリップ・ベリガン神父だったが、彼は前にも過激な反戦運動をやったかどで（バルティモア事件と呼ばれている）今も獄中にいる。

さて私は劇場に出かけて行き、大入満員というのにまったく運よく二人分の切符を手に入れることが出来たので、長く前からの友人であるエリザベス・ミラーさんと一緒に入場した。

シロートの書いたものだからとタカをくくって気楽に腰をおろしていた私は、すぐに私の認識が間違っていたのに気がついた。開幕早々から迫力があり、面白く、息もつかせない、それは素晴らしい詩劇だったのだ。私はときどき涙が出るほど笑い転げながら、この戯曲の底の深さに感動していた。

私は小説書きだけれど、ひそかに劇作家であり演出家であることも自認していたから、休憩なし二時間で一息にこの芝居が終ったあとは、興奮でしばらくは席を立つことが出来なかった。同行のミラー女史にやっと会えたとき、私たちは異口同音に「なんて素晴らしいのかしら」と抱きあっていた。

私は日本にこの芝居を持って帰りたいと言い、エリザベスはすぐ賛成し、その晩は私のホテルで晩《おそ》くまで喋りまくり、各々の部屋に別れてからも私は眠れず、そこで日本に手紙を書くことにした。

一通は「世界」の編集長であった海老原光義氏に、戯曲の内容を綿密に書いて知らせ、是非ともこれを翻訳し掲載させて頂けませんかと申し送った。もう一通は、私の親しいある新劇団の代表者に同じ趣旨でこれを上演することを正式に申し入れた。そのときは自分で演出するなどという大それた考えは毛頭なかった。

ニューヨークで私は十九の劇場をまわったのだけれど、演劇界は荒廃し、病めるアメリカを反映しているというのが私の印象だった。スター主義の「アプローズ」などという低俗なミュージカルが大入満員で、ろくに唄うことも踊ることもできない女優が主演して客を集めている一方、性と裸の氾濫で、ブロードウェイはまっ暗だという気がした。その中で、ただ一つ『ケイトンズヴィル事件の九人』はアメリカ人の良心がまだ死んでいないことを毅然として証明していたし、演劇としても名実ともに勝れた出来ばえだった。

日本におけるケイトンズヴィル事件に、最初に道を拓《ひら》いて下さったのは「世界」の海老原氏だった。パリの宿に、氏からの返事が待っていて、内容的に「世界」の読者にふさわしいものと思うから、直ちに翻訳にかかってほしい、掲載する、と簡潔で実際的な文章だった。私は感激し、エリザベス・ミラーに手紙を出し、共訳を依頼した。ベリガンさんの英語は平明だったが、明らかに詩劇だったし、アングロサクソンのイディオムや、現代アメリカの新造語が大部まじっているようだったので自分の貧しい英語力には自信がなかったからである。

「世界」の新年号に掲載されたとき、読者からの反響は大きなものであったにもかかわらず、新劇界からは何の反応もなくて私は落胆した。私が申し入れた劇団からは間もなく正式に、お断わりを頂いた。理由は私にはまったく納得が出来なかったが、断わられたものは仕方がない。それにしても、他の新劇人は何をしているのだろうかと、私は舌打ちし、いらいらし、やがてすっかり諦めてしまった。

この戯曲を翻訳することによって私の得たものは大きかった。私はアメリカ建国の歴史を詳細に勉強し直すことができたし、法律について、その用語について、学ぶことが実に多かった。これで自ら足れりとするべきかと私は私に言いきかせ、新劇に対する期待も野心もすべて失ってしまっていた。

日本におけるケイトンズヴィル事件は、しかし、この春の終り頃、まだまだ肌寒いときに突然第二景を迎えた。私は見知らぬ三人の青年の来訪を受けたのである。二人は俳優であり、一人は演出家だと名乗ったが、すでに中年者の私はあいにく彼らの名も顔も知らなかった。私にとって無名の三人は、しかし『ケイトンズヴィル事件の九人』を読んでいて、深い感動から我慢しきれなくて私を訪ねてきたのだった。「僕たちにやらせてもらえませんか。貧しいから立派な劇場でやれないかもしれないけど、でもこれはどうしても上演すべき本だと思うんです」。彼らの謙遜で真摯な申し入れに対して、私の口からはすらすらと返事が出ていた。「この戯曲は、読んで感動し、上演すべきだと考えた人々は、もうすでに上演する資格があると思うのよ。私の許可ですって？　もちろんよ。ベリガン神父さまの許可だって、きっとすぐにとれると思うわ」

それから上演委員会というものが発足し、若者があちこちから集まって、メムバーはあっという間に十数人になった。私を代表者にということで、名を貸すだけという、ごく安易な気持で応諾した。そこへ十月の紀伊国屋ホールを、ある劇団がキャンセルしたという情報が入った。委員会はただちにこれを押えて、まず上演する場所は確保された。

その頃になって若者たちは思案投げ首になってきた。私が、上演すべきだと思った人には上演する資格があるといったけれど、戯曲の重みを考えると、若さと情熱だけではやっても効果が上らない。これはどうしても一人か二人のベテラン俳優に出てきてもらえないだろうか。助けてもらえないだろうか。

私もそれは尤もなことだと思ったから、もう初夏になっていたけれど、私の知っているベテラン俳優のところを（私はベテランしか知らなかったから）当ってみることにした。そう考えている矢先に前進座の中村翫右衛門氏の訪問を受けたので、この話をすると身をのり出して、「それは有吉さん、やるべきです。私が出来ることは何でも言いつけて下さい」と七十二歳の老優は私がたじたじとなるほど若く、情熱的だった。そこで勇気を出して私はケイトンズヴィルへ出かけることにした。杉村春子女史からは快諾を頂いた。宇野重吉氏を訪ねると、「あれは僕もやりたかった」と既に読んでいらしたから、話は簡単だった。それから後は小沢栄太郎氏を筆頭に怒濤のようにベテラン有名俳優がなだれこんできた。十五人しか登場人物はいないのに、なんと二十八人もの人々が集まってしまったのである。

更に、驚くべきことに湯川秀樹博士をはじめとして、美濃部亮吉氏、市川房枝女史と、思いがけない人々も含めて、超党派的にこの公演を積極的に支援して下さるということになった。すべてこの戯曲をお読みになって、人間的な共感をお持ちになった方々である。

私は今、この芝居を見ることのできない人々、もしかしたら切符を買い損うかもしれない人々のために、この本が読まれることを望んでいる。ダニエル・ベリガン作『ケイトンズヴィル事件の九人』エリザベス・ミラーと私の共訳の本は、九月に新潮社から発売になる。私はこの本を、私のために買って頂きたいと願うつもりはない。私の印税は老人福祉施設にすべて寄附をすることを明記しておく。なぜならこの戯曲は新聞では反戦劇などという手垢のついた言葉で報道されたけれど、憲法第九条で戦争放棄をしている日本で殊更に反戦劇を上演するのは意味がない。私にとって最も感銘深かったのは九人の被告はアメリカ各地や国外でそれぞれ社会奉仕をしていた人たちだったということである。日本でも社会奉仕をしていれば、いやでも法律や行政組織という壁にぶつかってしまう。私たちは、だから日本でもケイトンズヴィルへ出かけることは可能なのである。

紀ノ川紀行

†合計七年間の紀州ッ子

大和（やまと）の吉野川といえば知っている人は多いのに、その下流が紀州に入ると紀ノ川と呼ばれることは知る人が少い。

歌舞伎劇の中で最も華麗な場面の一つである「妹背山婦女庭訓《いもせやまおんなていきん》」の山の段は、舞台中央に大きく吉野川が客席に向って奔流し、それを挟んで上手《かみて》に背山《せやま》、下手《しもて》に妹山《いもやま》と対峙させ、久我之助《くがのすけ》と雛鳥《ひなどり》の二人の悲恋を描き出しているが、実際の妹山は吉野川に、背山は紀ノ川に対する島の呼称だということを知る人も、やはり多くないのである。かく申す私も、今度の旅行でそのことを知って驚いたくらいだ。

母が和歌山で生れ育った人なので、私には紀州が縁深い。

それというのも父の仕事の都合で外国生活の長い一家だったのが、出産は日本でという家憲みたいなものがあり、その都度母は海を越えて実家へ戻ったので、私の兄も、私も、弟も、全部出生地は和歌山なのである。

私は生れてから四年間を和歌山市で、それから小学校三年生を海草郡木ノ本で、また終戦前後の二年間を同じく木ノ本で生活した。合計七年間、私は紀州ッ子であったわけである。

四才までの思い出は、殆んど無い。天才的な記憶力でもない限り、それは当り前のことだろう。ただ残念とするところは、兄も弟も母の実家である旧家の一室で産声《うぶごえ》を上げたのに、私はなんの因果か市内の赤十字病院で、それも真っ昼間に生れてしまったことだ。ある意味では私らしいのかもしれないが、私の趣味からいえば畳の上で、丑満刻《うしみつどき》ぐらいに生れたかったのである。産湯も木製のたらいでつかわせてもらいたかった。こう見るところ私の戦後派的古典趣味は、病院の純白のシーツと、看護婦と、タイルの浴室に対する反撥から生れ出たものなのかもしれない。

ところで、病院で生れたのが辻占《つじうら》となったのか、私の子供時代は今からは想像できないほどひ弱かった。ジャバにおける小学校一、二年の時期は殆どベッドに寝て過し、弟の出産のために母に伴われて帰国した小学校三年生も、やはり弱い子と見做されて他の子供たちからは別扱いにされていた。このころの忘れられない記憶は政治家であった祖父、木本主一郎の急逝と葬儀である。代議士をしていた彼の、いわば全盛期だったから、関係会社や組合から贈られたしきび(注)が当時市内にあった邸の玄関から遠く門へ、更に電車通りまで並んでいたのを、子供心にも盛大なものに眺めたのを覚えている。おかげで私は私の父の死に直面するまで、人間の死に対して事大主義で望むようになり、宗教についても誤った観念を抱いてしまった。

が、これはもう遠い遠い記憶になった。現在の私には祖父の死というものが、明治大正時代の葬送として見える。

もう一つ、この一年間の貴重な体験としては、とにかく都会人として教育されてきた私に、自然を見る機会を与えられたことだと思う。道は田舎道である。人は田舎の人々である。母がその中で、のびやかに呼吸しているのを見て、私は私の体の中に流れている東京人である父の血と紀州人である母の血の二つを識別することができた。私が後年、祖母に激しく近親感を抱くようになった理由は、このとき芽生えたもののようだ。

紀州人気質と紀ノ川と

和歌山県の北から南西へ流れる紀ノ川によって区別《くわ》けられた西部は、昔は海草郡と呼ばれ、土地の人々は河西《かせい》といっていた。今ではその殆んどが市に編入されて、木本村字《あざ》木ノ本は、木本町木ノ本に変っているのだけれども、加太線八幡前駅からの道の一つが田んぼ道であることに変りはなく、人々の表情も昔ながらに温和な個人主義者のそれである。

紀州の殿様が徳川御三家の一つであったためか、それに加えて地味は肥沃、気候は温暖、暮し易い土地柄が生んだ気風か、紀州人は一般に自尊心が高く、ハイカラ好みで因習に凝り固まる悪弊を持たない。ことに河西は平野が多いから、農家も水呑み百姓が少くて、もう三十年の昔から家屋の殆んどが瓦葺きになっているくらいなのである。各自が充足した生活を持っていたので他人に口うるさくなく、早くから個人主義に徹底していた。それだけに他国者にはそっけない気風があったかもしれない。べたべたと親切を押しつけるものはいないのである。一人々々が世の中を割り切っていてそれを他人に強制する気もない。海の幸と山の幸に恵まれた、寛《おおど》かな環境の中で、ノホホンと育つ人々が多いのである。

かなり神経質な父の性格を亨けていながら、私の大根《おおね》が楽天的なのは、七年間の和歌山生活の間に培われたものかとも思う。

さて、紀州人の進取の気性が、食べることに不足のないところから、学問の方へ伸びたのは肯けるところで、和歌山出身の漢学者、科学者は江戸時代から枚挙に暇がない。しかし和歌山人は、それを天下に誇ろうとする気もないのである。おそらく、これほど個人主義を遵奉している県人はないのではないか。大都会ではよく同県人の会を持って結束して意気を昂げているのを見かけるが、紀州人はその点ひどく淡々としている。

また一方では、ハイカラ好みが文明に対する希求を生み、学問に対する熱心さを生み、したがって教育について関心の深いことは、近頃の和歌山県教員組合の激しい勤務評定反対運動にも見ることができる。教員の質もいいし、父兄の理解もあるからだろう。例外があるのは勿論だが、和歌山県人の生活水準と知性の程度は、他県に比してかなり高いものではないだろうかと思う。一言にいって、豊かな国だからである。

紀ノ川にしても、その流れは極めて悠々たるものである。水が枯れて、川底を歩いて渡ったなどという話は一度も聞かない。碧い水まで豊かなのである。

十戦争を境にしての和歌山

戦争が激しくなると、父一人を東京に残して私たちは疎開し、私は当時の和歌山高女に転校した。東京では皆無の現象なのにそこでは家柄というものがかなり交友間で幅をきかす風習が残っているのには一驚した。私が母の実家の余光で通りがよかったのは恐縮のかぎりだったが、かすかな縁故を頼りに疎開してきた純然たる他国者たちが屢々当惑しているのを発見して、愛すべき和歌山の風にも欠点があると知り、悲しかった。富者は他に対して冷めたいのである。

戦災で市の大半は灰燼に帰した。敗戦という事実が日本国民に与えた衝撃を、おそらく和歌山が焼けなかったら、この国の人々は感じなかったのかもしれないのだが、罹災した人々は焼け残った人々の個人主義にぶつかって、あらためて紀州気質を反省した筈である。それまでの豊かな国に、日本の中の例外でなく、激しい現代が訪れ始めたようだ。が、それについて述べるには私は和歌山の現状を知らなさすぎるし、おそらくその資格は持たないと思う。

　終戦後の学生生活での思い出で、最も強烈なのは、この和高女時代に私がバレーボールに熱中したことである。昔の私を知る人は眼を瞠ったし、私自身も奇跡のように思っていた。それまでの私は、蒼白の皮膚と痩せた四肢を持ち、年齢不相応の難かしい本など読み耽って、およそ若ものらしい健康性を持たなかったからである。紀州は木の国、蜜柑山、山の蜜柑になったげな、まあるい蜜柑に、なったげな、なったげな。という唄とまったく同じ経路を辿ったかどうか、私は陽光を臆面もなく浴びて、まるいボールに力一杯飛びついていた。

　成績は急激に下降したが、私は満足していた。和歌山の土は、私が生れたとき以来置き忘れていた健康を、優等生免状と引換えに私に返してくれたからである。

　しかし、一方では戦後の農地解放と預金封鎖に出会して、祖母の家は大打撃を蒙っていた。祖父が政治に使いまくった後、この打撃は痛烈であった。

　だが、子も孫もそれを見守ろうともせず、都会へ帰ってしまったのだ。東京の私の家も、経済的生活が根本からひっくり返っていた。私たちは時折、憧憬として和歌山を思い出すばかりで、多忙と喧噪の中に巻きこまれていたのである。

　それに疲れると私は古い寺跡や仏像を訪ねて、よく奈良へ出かけたが、和歌山に足をのばそうとは考えなかった。戦火で荒れた街を見るのは、そのころは願い下げたかったのである。西国巡礼には、紀ノ川上流にある粉河寺がスタートになるように、紀三井寺、道成寺、等々、和歌山には名刹が多いので、それを訪ねてみようと思いながら、果せないでいたのが、今度の取材旅行で、紀三井寺と粉河寺に行くことができた。紀三井寺が市中にあるためか騒然としているのに、粉河寺には物欲しげな表情がなく、ここには御三家の一つという誇が残っている。文句をつけたくなるような傲岸さがあり、黙って頭を下げておきたい静寂があった。

和歌山城は、再建されて、殆んど外形は旧に復していた。真新しさに反撥を感じ、所詮昔を今になすよしもないのだと悟った。白浜と和歌浦は、関西地方では名高い観光地である。加太町《かだちよう》も、国立公園として風光明媚を謳われるようになった。今や和歌山は観光都市として生れ変ろうとしている。その景物の一つとして、和歌山城はなくてはならないものだった。

和歌山は、新時代に伸展するための絶対的な生活力には乏しいのかもしれない。地味と気候に甘やかされた人々は、近代的な工業にあまり関心を持たなかったのかもしれない。街を歩いても、商工都市に見られる活気が感じられず、ようやく見出した活路が右のような消極策である。そんな表面的なものでなく、もっと大きく和歌山は呼吸すべきだと私は不満であった。

祖母は私の中に生きている

母の実家は、荒れ果てていた。私は、古い紀州の現状をも悟らなければならなかったのである。私は、取材旅行でなければ、素通りしたいところだった。美しい記憶に終止符を打ちたくなかったからである。だが、私は終止符を打たなければならなかった。それは、終焉が、次の開始を意味するものと考えたからだ。開始というのは、私が小説を書くことである。

この前に、祖母の危篤の報を受けて、久々で河西に帰ったときは、真夏だった。黒い門の脇にある小さなくぐり戸を押して入ると、眼の前に柿の葉がまっ青だった。私はくらくらと目暈を覚え、祖母の死は近いのではないかと不安になった。

そして、その通り祖母は、いや旧家はまさに臨終だったのである。祖父の後継者として家をも継承すべき伯父は、守ることも攻めることもせずに手を束ねていた。粉河寺と同じ表情である。封建制度が支えていた「家」が、いよいよ潰え去ろうとしているのだ。私は祖母の枕頭に瞑目し、死んで行く「家」が何を残して行くだろうかと模索していた。

中風で倒れた祖母が、しきりと喋べりたがるので、それを抑えるために祖母が読んでほしいというものを枕辺で読むことになった。それは彼女の座右の書の一つである「増《ます》鏡《かがみ》」だった。英文学を専攻した私には、かなり難解な古典であったが、親族は誰も彼も

敬遠するので、それは専ら私の担当になった。ところがうっかり読み誤ると、それまで静かに聴いていた祖母が、

「佐和ちゃん、そこ、違うようやの」

と正確を強要するのである。

何度も汗をかきながら、やがて私は文法のくせを覚えて、次第に文字を眼から口へ移す操作が楽になった。

読経《どきょう》のようなものであった。私は文意を探ろうとする神経を麻痺させて機械的に読み進み、やがて一種の恍惚境にいたのである。

祖母が死んだとき、私は祖母から母へ、そして母を経て私へと流れてきているものを、私の肉体にははっきり見詰めていた。家が男系に継承された誤ちを、私は封建制度の中に認めたのである。祖父は死んだが、祖母は私の中に生きている。それこそ「家」というものだ、と私は気が付いたのだ。はなはだしく観念的ないいまわしだが、私はその発見を数行の文章では表現できない。つまりこれは小説『紀ノ川』を書く動機なのだ。

✝紀ノ川に流すフィクション

私は小説の予告を書くのは苦が手だし、大嫌いだから、この一文も書くまいとして随分抵抗したのだけれども、書いてしまった今、先に行って後悔することはないような気

になってきた。神懸りみたいないいようかもしれないが、私はどうも私のペン先の動きを祖母が見守ってくれるような気がしてならないのである。

「佐和ちゃん、そこ、違うようやの」

きっと祖母は、幾度もこういうだろうと思う。そして私は汗を流して、正確な思考と表現のための努力を続けるだろう。つらいが、やりたい仕事であり、私は、やらなければならないと決心している。

それにつけて思い出すのは、終戦直後の混乱期に加太線の電車が屢々故障して途中で立往生したことがあり、乗客はやむなく外に出て、紀ノ川に架けた高い鉄橋を歩いて渡ったときのことだ。

同じ経験をその前に静岡県の天竜川の上でもしていた私だったが、同じように線路に沿って歩きながら、見下す川がまるで違う表情なのに驚いていた。天竜川を男性とするなら、紀ノ川は女性であった。水しぶきをあげたり、滔々と音たてて流れる勇ましい川と、紀ノ川は性を異にするのである。

紀ノ川は、静かで、そして豊満であった。その水の力は底深く、総ての抵抗を包含してしまう。夜、月光にうねる川面を足下に見下すと、無気味なくらいであった。静かなものほど怖ろしい。

この旅行で、夜の川を見ずにすましたのは幸運であった。私は碧く優しい紀ノ川が大好きである。その上に、私はフィクションを流して行こうと思う。朝と昼を過ぎれば懼れていた夜が来るのは避けられないことだと知っているが、ともかく始めて見ようと思う。

（注）しきび：榓（しきみ）。関西では「しきび」と呼ばれる。関西地方では葬儀のさい、故人を邪気から守るために「門榓」（かどしきび）を飾る風習がある。

舞台再訪　紀ノ川

記憶に残っている最初の紀ノ川は、私が八歳のとき見たものである。それまで南の異郷で褐色《かっしょく》の小さな川しか見ることのなかった少女にとって、その青く静かでゆうゆうたる流れは鮮烈な印象であった。なるほど日本の川というのは、こういう色をしているものだったのかと、私は心中に深く会得していた。

二十年後、私が『紀ノ川』を書いたとき、作品のモチーフになったのが、このときの感激であったのはいうまでもない。紀ノ川は、川の名と同じように優雅で品がいい。天竜川や木曾川が見るから男性的であるのにくらべて、紀ノ川は女性であった。青い色と、満々とたたえる水、小波も立てない流れ。しかし水辺に立つと川の音は地の底からわき立つように深く、水量はそのまま水勢で、川辺に住む者を懼《おそ》れさせていた。これは女だ、という確信を持って私は筆を取り上げた。

川の流れは、また時の流れであった。私は紀ノ川に託して家の栄えと衰えを書いた。明治と大正と昭和を、ただ追うだけで、女は女と家の関係の中でどんどん変貌《へんぼう》していくのがわかり、書いている私自身も随分面白い思いをした。一番書き易かったのが明治時代で、その時代に田舎までひろがっていた興隆の気というものに私は情熱を注ぐことができた。大正時代は、今でもそうだが、なんともつかみづらく、小説の中で舞台はしばしば紀ノ川を離れることになった。父母の育った時代として、妙なところで身近だったのがかえって書きづらかったのかもしれない。

私が生れ、育った昭和は、しかし別の意味でもっと書きにくかった。そのため『紀ノ川』は第三部に入ってから虚構の世界から時折逸脱した。当時の連載誌の都合で、終戦後が駈け足になってしまったのは今でもくやまれることだが、本にするときもその後も幾度か補筆しようとしてもやりようがないのでそのままになっている。小説は書き直しがきかないというのが、以来私の座右の銘になった。

『紀ノ川』は私が作家意識を持ってから最初に書いた長編である。それだけに書いた当時の思い出は多く、それから今日までの歳月もまた思い返せば多くの感慨がある。この稿を書く機会に恵まれて今度は久々で紀ノ川上流に出かけたのだが、九度山の小さな町でも私が取材に出かけたころとは変ってしまっていた。

ただ一つ変らないのは女人高野の慈尊院の静かなたたずまいであったが、庫裡《くり》で住職が話されたのは九度山の渡し舟の沿革と、紀ノ川の水の変化であった。橋の上に自動車が走るようになった時代だから、悠長《ゆうちょう》な渡し舟がなくなってしまったのはわかるけれども、水が汚れたとしきりに嘆かれるのを聞いて私も言葉がなかった。

「昔はノドがかわけば川の水をすくって飲んだものでしたが」

「泳いでも、水が口に入ることに、なんの気も使いませなんだが」

今は違う。五条、橋本などの小都市がどんどん工業化されて、川べりの工場から汚水が遠慮なく川に流し捨てられている。町には下水というものができて、その行先も紀ノ川になった。

「どんどんきたのうなりますわ。第一、バラスがいけまへん。今に橋ゲタがゆるんで、えらいことになるんやありまへんかなあ」

バラスというのは、川底の砂利採掘が行われていて、日に何十台というトラックが紀ノ川の砂利を積んで大阪へ走り去ることを指している。そのために水が一層にごるのだ。しかも紀ノ川の砂利は無尽蔵といわれ、一度大雨が降ると、川底はすぐ元通りの豊かな砂利畑になってしまう。豊かな水と思いこんでいた紀ノ川は、今は豊かな砂利といい直した方がよくなっているのだ。

私の出かけたのは雨の多い台風の季節で、水は多く、つい先ごろ映画のロケーションで水のない紀ノ川に往生した話は想像もつかなかったのだが、しかし川の色は雨のせいもあって、私がうたい続けたような青い色ではなくなっていた。

私はしきりに雨のせいだと思うようにつとめていたが、和歌山に住む人々は口をそろえて工場の廃水とバラス採取の弊害を説く。一人がいった。「今に紀ノ川は東京の隅田川のようになってしまうのとちゃうかぁ」

『紀ノ川』の作者はぎくりとして、まさか、と反射的に打消し、すぐまた悄然《しょうぜん》とした。この川が、あの、黒く、きたなく、くさいどぶどろ水をたたえた東京の川のようになるという想像は、私には耐えがたかった。しかし考えてみれば隅田川も終戦直前までは、ともかく泳ぐことはできたのだし、昭和初年には魚も釣れたし夕すずみもできたものだったのだ。紀ノ川が同じ運命をたどらないとだれがいうことができるだろう。

折柄、映画の「紀ノ川」がハワイの日系人たちに歓迎されてロングランを続けているという知らせを受けた。彼らは川の美しさに魅せられて、今度日本へ行ったら紀ノ川を見に出かけるのだといっているそうだ。あの映画をとるときには監督もカメラマンも原作と現実の落差の前で苦心惨憺《さんたん》したものなのだ。そのときの裏話を思い出しても今日の紀ノ川の前では私は笑うこともできない。

法律はどうなっているのだろう、と私はぼんやりと考えていた。河川を守るのは、川しもに住む人々の生活を保護することだ。廃水、下水の処理は当然規制されなければならない。

やがて私は思い直した。ようやく東京都も隅田川を放っておけなくなって、乏しい予算をあやつり、川を浄化するための第一歩を踏み出している。和歌山もようやく知事の交代期に入っている。知事が新しく県政を一新して紀ノ川対策にも本腰を入れてくれるように期待しておこう。水を治める者は、能くその国を治めるという言葉は、万古不易の名言であるはずだ。水害というもののおそろしさは、何も氾濫《はんらん》に限ったことではない。『紀ノ川』を書くとき、ひそかにモデルとした家では、この春に老主を失った。荒れ果てた邸の中で、老女中がただ一人まるで死の影におびえたような表情で暮していた。旧家の終焉《しゅうえん》もまた処理のむずかしさでは、河川浄化作業と変ることがない。家はもう昔の面影を少しも止めていないのに、家から巣立った人間はあちこちで生き続けていて、事があるといかにも大儀そうに集ってくる。それで問題は少しも解決されずに、いよいよややこしくなってしまう。紀ノ川に昔の青さが失われても水は流れ続けて行くように、家が亡びても人は生き続ける。いずれそれを主題として、私は『紀ノ川・第四部』を書かなければならないだろう。

［ルポルタージュ②］

『女二人のニューギニア』より
現地人も驚くゲテ物を食う

ニューギニアの奥地で

わが畏友《いゆう》、畑中幸子さんが「ニューギニアは、いいところよ。いらっしゃいよ」と、言ってくれたので、私はこの春の東南アジア旅行の帰途、実にないげなく彼女の好意に甘えて出かけたのである。

畑中さんは、文化人類学の学究であって、すでに著書（岩波新書『南太平洋の環礁にて』）もある有名な人だが、彼女が四年計画でフィールドワークに選んだ場所は、ニューギニアのド真ン中、セピック地方のヨリアピという僻地であった。

飛行機でポートモレスビーからウエワクまで飛び、ウエワクからは小さなセスナ機でオクサプミンまで飛んだ。そのオクサプミンは今から七年前に白人のミッションが入ったところであるが、畑中さんの根城のあるヨリアピは、シシミン族の棲《す》んだところで、彼らが発見されたのは今から三年前である。

まったくの原始社会。そこへ辿《たど》りつくまで、私たちは三日も嶮《けわ》しいジャングルの中を、死にもの狂いで歩かなければならなかった。夜はもちろん野宿である。

写真の中で、衣類を身につけているのは警官かオクサプミン族で、シシミン族は男も女も、まだ織物を知らない。

こういう写真には、何の説明も必要としないだろう。（編者注・本文誌面には、畑中幸子氏撮影の写真も掲載されていた）

実になにげなく出かけてしまった私は三日の強行軍で躰《からだ》がコワレてしまい、恢復するまで、ほんの一ヵ月しか滞在しなかったけれども、畑中さんはこれから、こういう物すごいところに、まだ三年間も腰をすえて、じっくり研究調査を続けるのである。

畑中さんは、もうカタコトのシシミン語を話せるようになっていて、彼らとすぐに仲良しになっていた。

私がヨリアピで最も印象的であったのは何かといえば、それは原住民の生活よりも、学究畑中幸子の忍苦の生活であった。私はそこに、偉大な女性を発見したのである。私は敬服し、彼女の研究の成果の上ることを心から祈りながら、ニューギニアから帰ってきた。この気持は、日本に帰って文明の生活に戻った今も少しも変っていない。

※右は、一九六九年一月に朝日新聞社より刊行した『女二人のニューギニア』（連載は「週刊朝日」一九六八年五～一一月）に先立って、雑誌に掲載された文章です。

野豚《ワイルドピッグ》が猪かどうかの論争は忘れて、私たちは翌日、はりきって朝食にまずそれぞれ二片の焼肉を食べた。

「堅い。前に食べたんは、もっと柔らかかった」

「この豚はラブーン（年寄り）なのよ、きっと」

「焼き方が悪いんと違うかなあ」

昼には畑中さんが腕をふるって、パキスタン風というカレーライスを作ることになっていた。だから私は朝食のあとは、パンツを裁断し、縫っていて一切手伝わなかった。

「トマトいれようかなあ、どうしよう?」

「さあ」

「ジャガイモの代りにサツマイモ使うたら、あかんかしら」

「さあ」

「あんた熱意ないなあ」

「だってパキスタン風のカレーライスなんて食べたことないもの」

「よし、食べさしたげる。待ってなさいよ」

午前中は畑中さんは台所から一歩も出て来なかった。カレーライスを作るのに、そんなに手間のかかるものとは思えなかったが、畑中さんというのは私と違って何事でもとりかかれば、ドミノでも人類学でもカレーライスでも、熱中することに変りがないのだな、と私は感心した。人類学的に考察して、畑中さんと私とは種族が違うかもしれない、とも思った。日本に帰った今では、本当はそのことに出発前に気がついているべきだったのだと思うのだが。後悔、先に立たずという諺《ことわざ》があるが、この時点では、私はまだそれほどの後悔もしていなかったのである。

さて、パキスタン風カレーライスは、いよいよ出来上がった。私がフォークを取り、口に入れたか入れないかで、畑中さんは身を乗り出して訊《き》く。

「おいしい？　なあ、あんた、おいしい？」

私は落着きはらって答えた。

「おいしいわ」

肉が堅いのは、肉のせいであって、料理人の腕とは関係がない。カレー粉を使っているのだから、カレー料理であることは間違いない。

「だけど、これ、どこがパキスタン風なの？」

皮肉ではなく訊いたのだが、畑中さんは吹出して、その質問はもっともだと言った。

「ニューギニアでは、ちょっと無理やった。日本へ帰ったら、完璧《かんぺき》なの食べさして上げるわ」

「去年（一九六七年）の夏、東京で二人でカレーライスを食べたわね」

「そう、あんたのホテルの部屋で。あれ、おいしかったわ。あんなん食べたいなあ。肉も柔らかかったし、味もこれとは大分違うた」

ホテルのコックが叩き上げた腕で作ったものと、ニューギニアで畑中さんの手にかかったものと較べるのはどだい無理というものだと思って、私は黙々と食べていた。結構おいしかった。まず第一に、材料が食べ飽きたコンビーフでないのがいい。嚙んでも嚙んでも嚙み切れない牛肉というのはあるが、豚肉でそういうのは日本ではちょっと食べられまい。味付けも悪くはなかった。畑中さんが料理上手かどうかはおくとして、ともかく私より上手であることだけは間違いない。私ならあれだけ時間をかけていたら、必ず焦げつかしてしまっていただろう。

「ああ、おいしかった」

やっと嚙みに嚙んだ肉を喉《のど》に通してから、私が実感をこめてそう言うと、

「ほんまに、そう思うん？　すまんねえ」

畑中さんが、今度はこんな具合に低姿勢なのだ。

「東京にいたら贅沢のし放題しておいしいもん食べてるのに、よう文句も言わんと思うて、私は感心してるのよ」

「まさか、私は贅沢なんかできる作家じゃないわよ。毎日の生活は地味に地味にと心掛

けているの」

思わずこんなことまで喋《しゃべ》ってしまったのは、日本を離れて、多少こんなところでも感傷的になっていたからかもしれない。途中でこれは妙なことを言い出したと気がついて、私は苦笑した。

「それに、なければないで平気なところもあるわね。子供さえいなかったら、世界中放浪してまわっているんじゃないかと思うことがあるわ。インドネシア育ちのせいかしらね」

「私も大連育ちやから、日本にいると息苦しくなってきて、ああ外国へ出たいと思うのかしれん。私らの国、あれ、ちょっと狭すぎるな、そう思わへん？」

「人間が多くて、みんな殺気だってるみたいでね」

「ほんまや、東京に帰ると疲れてしまうわ」

こんなところで意気投合して、その日は二人とも実によく喋った。食生活が豊かだと、こんなに心がのびやかになるかと思うほどであった。

しかし夜になって、残りの豚肉を全部使って、御飯より肉の方が多いような炒飯が食膳に出たときには、二人とも、もう堅い肉には感激を失い、嚙むのが面倒になり、当分は野豚はいらないという心境に一変してしまっていた。人間が贅沢にすぐ馴れるという格好の一例である。冷蔵庫というものがあれば、三日に分けて使うのだが、それが出来なくて一日で食べてしまうというのだから、こういう結果を招いた。

「塚作《つかつく》り鳥というのがいるのよ、ここには」

「なあに、それ」

「野生の鶏やな。こんな大きな卵を産むん」

畑中さんが両手の指を使って大きさを示したところを見ると、ターザンが温泉で茹《ゆ》で卵にした駝鳥《だちょう》の卵ほどもあった。

「おいしいの？」

「味は鶏の卵と変らんの。一つあれば二人分のオムレツ充分にできるわよ」

「卵かあ、食べたいわねえ」

「シシミンに取って来るように言うてあるんやけどね」

「大蛇もなかなか持って来てくれないじゃないの」

「あんた、ほんまにまだ食べる気があるのん？」

「料理次第では、おいしいものになるんじゃないかって気がするのよ。半分は興味だけどもね」

「言うとくわ、ビナイ（注　ポリスの名前）に。あれは今、どんな命令でも聞くから」

「川があるのに、お魚はないの？」

「シシミンは釣りを知らんのや。そやけど通訳やポリスたちは魚取って食べてるよ。黒くて口髭のある変な魚よ。ナマズかしらん」

「ウロコがないんじゃない？」

「それじゃメコン川にもメナム川にもいたお魚と同じ種類じゃないかしら。取らせてくれない？　食べてみたいわ」

カンボジア人も、ベトナム人も、タイの人たちも、その魚を煮たり、干物にして焼いて食べていたのを思い出した。干物といえば、プエルトリコ人もナマズの干物を食べていて、私もプエルトリコへ行ったとき食べたことがある。干鱈《ひだら》とよく似た味だった。

「よし、命令しておく。そやけど、あんた」

畑中さんは妙な顔で私を見詰めた。

「さっきから聞いてると、あんた相当なゲテモノ喰いやねえ。犀鳥《さいちよう》も鸚鵡《おうむ》も食べたいと言うし」

私は苦笑した。そう並べてみればゲテモノばかりだが、ニューギニアにはゲテモノしかいないのだから仕方がない。正直に告白すれば、私は味覚音痴なのである。美食家ではない。食べものには、ほとんど興味というものがない方である。ただ毎日のコンビーフにはほとほと閉口頓首であったのと、それと私は方向音痴、地理音痴、カメラ音痴と三拍子揃っている上に、どこへ旅行をしても日記はつけたことがないので総《すべ》ての記憶がごちゃまぜになったり、曖昧《あいまい》モコとしてしまう。ただ好奇心だけは人一倍強いので、その土地へ行くと、その土地特有の食べものを漁《あさ》るのが楽しみの一つである。

カンボジアではフランス料理も中国料理も一級品が揃っていたが、私は好んでベトナム料理やカンボジア料理を食べに出かけた。タイではアメリカ資本のホテルが多く、日本のホテルやアメリカのホテルと同じメニューが揃っていたが、私はバンコク市内の勤め人たちが食べに行く大衆食堂で、英語半分、手まね半分で、随分面白いものを食べていた。インドネシアではパダン料理に感激した。

私の場合、旅の味覚はその土地を離れては感激のないものだった。そして感激すればそれは強烈に記憶と結びつく。

だからニューギニアなら、ニューギニア特有の、日本には絶対にないというものを食べて帰りたかった。犀鳥と鸚鵡はピジン（語）では難かしくて私には覚えられず、何度も聞きかえすと畑中さんが怒るから、私はポイズナス（大蛇）だけを、ポリスの顔を見ると、とってきてほしいと頼むことにした。

季節が悪かったらしく、大蛇はなかなか摑《つか》まらなかったが、ナマズの方は間もなくポリスたちの使用人が釣上げてきて、火で焙《あぶ》ったのを十匹ほど持ってきてくれた。そんなにとても食べきれないから、六匹返して、四匹をバターで炒《いた》め直して皿に並べた。

「私は、いらんよ」

畑中さんが、顔をしかめた。私は厳粛な態度でナイフとフォークを両手に、奇怪至極のナマズのバタ焼きを食べはじめた。腹部に産卵期のハタハタのような卵がいっぱい飛出していて、嚙むとプチプチと音をたてて弾《は》ぜた。味はといえば、まあ、ナマズの味なのだろう。

「そんな泥臭いもん、あんた、ほんまにようよう食べるなあ。気持悪うなれへんのか。臭いよォ。あんた鼻もきけへんのと違う？　ああ、泥臭い。それが、おいしいん？　呆れるなあ」

畑中さんが私の食べている間中こういうことを言い続けたのだから、いかに私でも味わうというわけにはいかないではないか。一匹食べただけで、もう見るのも嫌になって、台所へ下げてしまって、この場合はコンビーフの方がまだましという事になった。

「でもね」

私は未練がましく言った。

「干物にしたら干鱈みたいになるのよ。ここは日中は虫も出ないほど暑いのだから、今度は焼かずに持ってきてもらって、開いて干して、あなたが食べられるようにして置いて行くわ」

「そんなもん、私が食べますか」

「でも蛋白質《たんぱくしつ》といっても、いろいろな種類の蛋白をとるのが躰にいいのよ。コンビーフだけじゃなくて、お魚や鳥や卵から蛋白をとらなくちゃ、躰がもたないわ」

「そんな面倒なこと、私は考えてられへんよ。ニューギニアへゲテモノ食べるのが目的で来たんと違うんやから」

だから私が作っておくから、私の帰った後でも食べたらいいだろうと言うのに、あんな気味の悪いものが干物になったところを想像しただけでも身震いがすると畑中さんは言うのである。もっとも私も日本にいたら、魚類は食膳に出ても手を出さず、同じ蛋白にもいろいろあるという叱言を始終母親から言われていた。

「それにあんた、あれはナマズとも違うんやない？」

「ナマズでしょう？　鱗《うろこ》がないし」

「ナマズやったら、髭がもっともっと長いんと違う？　こんな具合の絵を見たことがあるわよ」

畑中さんが手真似をしたので、

「それは漫画のナマズよォ」

二人でとうとう笑い出してしまった。

勉強中の畑中さんをわずらわせては悪いから、それからはテアテア（注　使用人《ハウスクック》の名前）やポリスの顔を見る度に、タケノコや大蛇をとってくるように私の口から催促をした。

タケノコは、細くて長いのを先だけとって間もなくシシミンの女性群が運んできてくれた。が、この竹の皮が、もの凄いトゲで掩《おお》われていて、剝《は》ごうとすると私の指に突きささる。テアテアを呼んで皮を剝いでもらい、先の柔らかい部分を刻んでタケノコ御飯を作ってみたが、何しろ細いので輪切りにするより方法がなく、私の料理の下手なのも手伝って、義理にもおいしいものに出来上らなかった。

タケノコとよく似たもので、草の芽であろうか、ピトピトと彼らの呼んでいるものを集めさせた。これはやはり皮を剝いでから五センチほどに切り揃え、缶詰の鮭と煮つけたが、味つけを畑中さんがしたせいか、これだけは、おいしかった。東京に帰っても、あれはもう一度食べてみたいと思う唯一のものである。

畑中さんは、それを食べているとき、入ってきたシシミンからフィアウ（注　酋長《ルルアイ》の名前）の第二夫人の出産を聞き、もう大変な興奮でピトピトなんぞの味どころではなかった。

「さあ、フィアウに言うて、女の家へ行こう。出産祝は何を持って行こうかしらん。ねえ、あんた、何がいいと思う？」

「餅米があったら、お乳の出をよくするのにいいんだけど」

「ないもののことは言わんといて」

「お砂糖や、ミルクは？」

「そうや、それが一番喜ぶ」

しかし使いを走らせたのに、フィアウは畑中御殿に姿を現わすまで一週間もかかった。狩りに出かけたのか家にはいないという返事だったり、来ると答えたが来なかったりである。

「出かけて行って談判してこうかしら」

畑中さんは落着かず、ポリスや通訳たちにフィアウが来ないのは彼らが無能で誠意がないからだと当り散らした。

私はポリスたちに、違う話題で慰めてあげたくなり、大蛇を摑まえるのは難かしいものかなどと訊いたりしていた。

すると、ある日、ビナイの方から不思議でたまらないという顔で反問された。

「オーストラリア人のキャプから、日本女性は素晴らしい、世界一だという噂を聞いていましたが、するとなんですか、日本では、女性が大蛇を常食にしているのですか。ニューギニアでは、ブッシュ・カナカしか、あんなものは食べませんが」

世界を見る目

審実不虚ということ

東京の空には残暑が重くるしかった。当時はやりの都会病に罹りかけていた私は、逃げるように汽車に乗って東北に向っていた。まさに逃避行である。丸の内のビル街が、細菌《ヴィルス》の製造工場のように思われ、自動車やバスの警笛が渦巻く銀座の騒音は、私にはさながら阿鼻叫喚の地獄に思われた。軽傷だがノイローゼであったのである。

行先は、藤原三代の遺蹟で名高い平泉である。目標は中尊寺の金色堂である。そして旅の目的とするところは都会を離れて、都会でないところへ出かけることであった。

戦争という忍従の体験のあと、急激に文明が流れ込んだ都会——東京に長く棲んで、終戦後十年、ようやく最近人々は自分たちの神経が相当に疲弊しているのに気付いてきた。日比谷公園にも、浜離宮も明治神宮外苑も、天気の良い日は、人々が、緑を恋い、自然の雛型でも見たいと群れる。群れる。スポーツも盛んになった。ボールを投げ、走る、その場所は文明と無縁な空地だった。でなければ空という、自然にもっとも近い屋上のバルコニーだった。

休暇を待って人々は海へ山へ勇んで出かけるようになった。夏ならば泳ぐ。冬ならば雪の高原に。スキーや登山の、近頃の盛んなことといったら、どうだろう。みんな疲れているのだ、都会に、文明に。人間の知恵の進歩が、人間の神経を終始緊張させ、人間の手を離れた文明が、今度は創造主の人間を圧迫している。

ところで私は、今ここで近代文明を批評する気はなかった。二年前の私の体験を、淡々と振返ってみたいだけである。

私は汽車に乗った。一人旅である。上野駅から数分後にはもう懐しい田畑の風景が心を慰めてくれた。ざわざわと、ざわめき立っていた客席は、窓の外が鄙びてくるに従って鎮まってきた。誰もが、煤煙と喧騒から逃れてほっと救われている。十数時間の長い旅であった。移り変る景色に見惚れて、都会から離れる実感に溺れることに、やがて私は感激を失ってきた。如何にも時間が長かったからである。眼を瞑って、東京を思うまいと努めた。と同時に、私は行先に対しても期待は持たなかった。全く見知らぬ国へ、何の予備知識もなく出かけたのであった。

特に中尊寺を目指したについて、深い理由などはなかった。単に知人の紹介があったからである。が、「寺」に対しては前々から強い興味を持っていた。

古都遍歴などという物々しい趣味はないのだが、奈良京都はよく旅していた。寺々を巡って、仏画仏像を見てまわるのは柄になく好きな私である。お若いのに、と呆れられたり、褒められたりしたことがあるが、私たちの世代では珍らしいことではない。シーズンの奈良は、東京の公園なみの景気である。直線と平面で空間を屹した新しい建築に囲まれて、人々は丸太ン棒が棟木になっている古代建築に郷愁を感じ始めている。趣味というより、何かもっと渇えたものを、私はこの人たちの表情から感じとってしまうのだ。同様に私の心の中からも。

私が寺に寄せる興味は、右の理由が一、そしてもう一つは、生意気にも近頃、大乗哲学などを嚙り始めたことに原因している。

一口に云って、私は西欧文化に老衰を感じているのだ。十年も二十年も前の日本人には彼らの芸術や哲学は、新しく示唆の多いものであったかもしれない。が、今日、西欧は全体的に衰微していて、私たちの前世代によって咀嚼されたもの以外に私たちを学ばせるものは何も持たない。論文ではないから例証は挙げないけれども、少くとも私は独断にしても、そう考えているのだ。

次代は富を誇るアメリカ、力を恃むソ連か、沈黙の東洋か――。

少くとも、芸術、文学、哲学からみても、私には東洋が新鮮に思えてならない。キリスト教哲学が、ベルジャエフなどによって「現代の終末」を説くに至って、急に神秘の東洋にスポットが当てられてきたが、そんな他動的に私の興味が左右しているわけではないと思う。日本のインテリの間で、随分長い間、東洋が閑却されていたからだと私は考えている。

さて、そんなことから急に、私は大乗仏教に注目し始めていた。青い素養ながら、これから先の人生をかけて、経典とも取組む気になった。難解の書をふうふう云いながら、とにかく読んでいる。解読の困難なもの、読むは読んでも意味が通らぬもの、やっと意味が通っても所謂体得の至難なもの、等々が続出してきた。

そんなとき、私は烈しく古い寺を憧憬するのだ。文字では解し得ぬことが、そこでは仏像の表情や、仏画のかもし出す雰囲気で、何かを素直に考えさせてくれるからだ。少くともそこには、都会に充満している焦燥や喧騒がない。人間の智慧が細まって鋭くなった尖先で勝負をせず、根本の太さで活用された遺跡を見るとき、魂は憩うのである。

まだ見ぬ中尊寺に、私は、だから具体的な収穫は全く予期していなかった。ぽかーッとしに行く、そう思っていた。

そして私は、夜に入って関山《かんざん》中尊寺の一坊に寛いだとき、自分のこの態度を間違っていなかったと信じた。平泉は奈良のように都会の観光客に荒らされてはいなかったし、だから迎える人々の表情は心温まるほど鄙びて素朴だったのである。そして、山中の空気は清澄で、虫が多いので蚊帳は吊ったが、早くも秋冷が迫っていた。東京の、重く、暑く、皮膚を黝《あおぐろ》しませるような濁った空気とは、全く別世界だったのである。

翌日、案内する人があって、中尊寺山内を一通り見て廻った。一通り、というにはあっ気ない短時間で、本堂、持仏堂、経蔵、金色堂《こんじきどう》から能楽堂まで見終ってしまった。くがね花咲くみちのくの富を集めて建立した堂塔伽藍は、一度火災に遭ったことを割引いて考えても、意外に小規模なものであった。やはり中央集権の時代に、藤原氏は一地方の豪族でしかなかったのだろう。八宝荘厳の捲柱《まきばしら》などの贅沢な金の使いっぷりは、聞けばなるほど見事と思うが、宇治の平等院に較べて、やはり鄙は鄙と思わせるものがあった。

しかし、それは私に何ほどの失望も与えなかった。第一、平泉には空があった。見渡す景色は山も水も、すべてなだらかな曲線である。のびのびと呼吸できる。細菌など、この澄んだ空気には一匹も泳げまいと思った。「平泉は、いい。東京に帰るなんて、考えられない」こう都会の友人に葉書を送って、土地の人々にも、そう言い暮した。「そんなにいいですかねえ、こんな田舎が」こんな返事が返ってきたが、私は糞真面目で、その不心得をさとしたりしていた。

私は毎日、何の予定もなく坊から本山に登って、寺宝や金色堂の建築を見て、見倦きなかったが、やがて興味が何時の間にか経蔵にしぼられていた。

藤原泰衡《やすひら》たちが奉献した一切経は一部を残して焼失していたが、その一部は今に保存され、二三巻が展示用にガラスのケースの中に納められてある。これこそ名高き「紺地《こんじ》金泥《きんでい》の一切経」なのだ。

初めて紺地に金泥で書かれた経文を見て、私は先ず、その美しさに魅せられたのである。紺はもともと嫌味のない色ではあるけれども、私はこの紺以上に美しい紺色を前後に見たことがない。歳月を経たとは感じられぬように鮮やかに、藍花が咲いた様に明るく、しかも味わい深い色なのである。楷書の細字で書かれた文字が、これ以上の配合を考えられないほど、燦然と輝いていた。

くがねの富を集めた金色堂がなくなっても中尊寺にこの一切経のある限り、私は再三訪れよう。何度もこう思った。

そしてその思いが、二年後の今日もまだ続いている理由を、いよいよ書こうと思う。実は、私は野望を起したのである。ケースの中の一切経だけでも読了してから帰ろうと決めたのだ。

これは、てんから無理であった。最初の一行から珍プン漢プンで、しかも私はいきなりお坊さんにハナから質問してのけたのだった。如何な高徳の僧といえども、小学生が学士院会員に向って、高等数学の質問をしたに等しく、訊き手に初歩の素養も満足できないのだから、納得させることは至難である。彼は説明の途方に暮れて、やおら奥から「仏教辞林」なるものを持ちだしてきた。これをたよりに自分でおやりなさい、というわけだ。

一切経のかわりにとんでもない玩具が、この小学生に与えられた。私は終日、この辞書をとっくり返し、ひっくり返して倦きなかった。常々、読んでいた仏典の難解な語句を次次に引き出して、それを更に細かく分析するのに、又、頁を繰って時の経つのを忘れた。

かねて仏教の奥に潜んでいる「力」を畏敬していた私に、ともすれば不審を抱かせることが一つあった。それは「諦」というものがでんと万事に安座していることだ。アキラメルことの大嫌いな私に、これは何としても承服できず、そのために夢中で仏教の信仰書など読み漁ったのだが、私はそれを、その辞書に引き始めた。

真俗二諦ということから、真諦、俗諦と分析して、やがて遂に私は「諦者審実不虚之義也」という文字に到達したのであった。

「審実不虚」実体をツマビラカにして後、虚ならざること――諦念とは、消極的なアキラメの境地ではなく、全く積極的な思索の極点に得るものなのであった。私は天啓のようにまた悟りのように、これを識り得た。

本当のことを、全部見て、知って、それから虚ろでない実体を摑んで行動することを諦と云うのならば――私は都会に戻らなければならない。何故ならそこが私の生活の場所だからだ。逃げてはいけない。避けてはならない。現実を見て、はっきり摑んで、それに対処する力を、私は自分で養わねばならない。

前後十日の余も私は中尊寺にいたけれどもこの四字を体得しただけで満足して帰れた。

云えば若い女が禅坊主を衒《てら》った嫌な趣味だと思う人もあるかもしれないが、私は爾来心して弁解《エクスキュース》を持たない人生を歩こうとしている。小説を書くなどというとんでもない仕事に、怖れ気もなく身を入れてしまったのも、これ以来である。

みちのくの思い出は、私には終生忘れることが出来ないだろう。

石の庭始末記

応仁の乱で、焼かれ、宝徳二年に再興された京都の大雲山竜安寺は、代々細川家の菩提所だが、方丈の前庭である「石庭」で名高い。

築庭の方式に不可欠な「水」を用いないので枯山水と呼ばれる形態なのだが、白い石を砕いた「白妙」を敷きつめた中に、黒い岩を点在させ、石ばかりで森羅万象を表現し、禅意を示唆しあうという深い企みが感じられて、実際見る者に、聞きしに勝る見事な庭と感嘆させている。

ぞろぞろ絶え間なく現れる観光客でも、方丈の広縁でこの庭を見るときは一瞬シーンとしてしまうほどだ。

どちらかといえば仏像彫刻の方に興味を持っていた学生時代始めて石庭を見た私は、庭についての知識は皆無であったにも拘わらず惹きつけられた。春で岩の下に青い杉苔が美しく、非情である筈の石庭が、そのために和《なご》んで見えていた。

その後、折にふれて造園美術の知識を読み嚙っているうちに、庭の作者が相阿弥という名であるのを知った。東山殿その他、京都の名庭と数えられるものの中に、彼の作品は少くないということを知った。

石庭の美に驚嘆した私にとって、相阿弥の名は記憶に深く刻みつけられたのである。二度目に竜安寺を訪れたときは秋であった。燃える紅葉が、銀杏の黄金と共に目くるめくようなつくばいと対称的な位置に、対照的に色を潜めた石庭があるのを知って、前以上に感激した。竜安寺は秋にこそ、と私は自分で肯いていた。

仲秋には親しい人々が方丈の広縁に集って、住職の点ずる茶を喫しつつ名月を仰ぐという、昭和三十年とは考えられないようなのどかな習慣があるということも知って、私はますます竜安寺が好きになった。

帰京するとお喋べりだから、感激を孤りにする床《ゆか》しさのない私で、会う人会う人に報告した。

「相阿弥の枯山水なのよ、だから……」

知ったかぶりを片腹痛しと思う人があって、にやっと笑いながら、

「小太郎、徳二郎のこと知っているかい?」

「え?」

「石の裏に彫ってある名前さ。なんだ、知らなかったのか」

軽蔑されて、今更半可通を振廻していたのが恥しくなって、一念発起、竜安寺の石庭

について積極的に調べてみた。

その結果、将軍家同朋衆の一人であった相阿弥は絵師で、築庭の事実はないということが学者の間で立証されているのを知った。しかも宝徳二年、竜安寺竣工より何年も前に、相阿弥は死歿している。

相阿弥でないとすると、さあ、石庭は誰が作ったのか――。それについて、学者の推説はマチマチで、確たる文献がないものだから現状では作者不詳とよりいえないようだ。推説の一つに、庭石の裏に小太郎、徳二郎という名が彫られていることを上げて、作者名ではないかと学者らしからぬ文学的な憶測をしているものがある。他人の名の許に発表される庭に、せめて秘かに石に名を彫りこんだのであろうというのである。

また一説に、当時四条流と呼ばれる庭師の一派があり、非常な技術を持っていたことから、彼らの仕事であろうといい、河原者であった為に名も賤められ将軍家同朋衆の名を借りるの余儀なかったのだろうとする見方もある。

そのころから、丁度私は小説を書き始めていた。仕事と名声について、マス・コミの激しい時代、いろいろ考えさせられていたころだから、石庭という素晴らしい作品が、相阿弥という他人の名で伝わっている事実を知ったことはかなりの衝撃だった。

今年、たまたまＮＨＫテレビから第十二回芸術祭参加ドラマを依頼され、局としては、「石庭」を舞台にとってほしいのだがと切出されたときは、胸が躍った。

「是非やらして頂きます」

プロデューサーの方には、小太郎、徳二郎の一件は調べがついていなかったので、私は得意で構想を述べた。相手も感激した。

テレビドラマ「石の庭」には、四条流庭師の兄弟、小太郎と末二郎が登場する。末二郎は叫ぶ。

「兄さん。私は名誉もいりません、金もいりません。そんなものは何の役にも立たないことを、私は長い戦さの間で知りましたからね。しかし末二郎は名前がほしい。名前というものは、生きているしるしのようなものではありませんか。死んでからは生きていたしるしになるものではありませんか。竜安寺の石庭に、私は私たちの名を残したいのです」

小太郎は、細川且元の娘とこんな会話を交わす。

「そなた、本当にあの石庭に名を残したいと思わないのですか」

「思いません。残したとてどうなるものでしょう。弟は名前というものが生命《いのち》のしるしだといいましたが、それならば尚のこと、残した名は墓石に刻まれた戒名と同じで、いつか人に葬られるのがオチです」

「若いくせに、ずい分悲しい考え方をするのですね」

「若いくせに、あんまり悲しいことを見すぎたからです」

庭ができあがった日、相阿弥作と披露されるのを且元の娘は発《あば》こうとするが、将軍義政に笑い飛ばされる。

「庭は相阿弥のもの。白妙は今日よりこの義政のもの。主人《あるじ》は高望みして選ぶがよい。そちもそう思うたのであろ」

石の裏に秘かに名を彫った末二郎を、小太郎は庭を汚したといって難詰する。そのはずみに、誤って末二郎は刺され、小太郎も自害して果てる。

河原者の血が流れた、汚れた庭は取りつぶすと立騒ぐ人々に、且元の娘白妙は裲襠の裾で名を彫った石を隠しながら、

「小太郎、末二郎はいなかったのだ。いないものが死ぬだろうか。まして血が流れて庭の汚れる道理はない。竜安寺の石庭は相阿弥が作った。やがて人々に賞讃されるだろう」

こう叫ぶのが幕切れである。

テレビを見た人々の多くが、実際にあったことのように思いこんでいるらしいのを知って、私は苦笑した。

歴史を信用することはできないが、歴史を読むことは楽しいと思ったことである。

黒い川

岡本かの子は女の性は水性だと言った。川にはどの川にも独特の表情があって、長く見詰めていると、その川の精が女の姿になって私の前に立ち現われ、作家である私の心をとらえて離さない。私は彼女たちにひかれて、これまでに川を主題にした小説を二つ書き、今また一つ書いている。

しかし紀州生れ外国育ちの私にとって、隅田川を見たのは戦争直前に両親に連れられて、言問団子を食べに出かけたのが初めてであった。私は十二歳だった。そのとき、すでに川は汚れ始めていた。

今度この稿を書くに当って、私はかなり上流まで出かけて川と川添いの情況を見たのだが、想像以上に川はひどく汚れていて、その臭さは頭痛がするほど強烈だった。たまに通る船は黒い水しぶきをあげ、臭気を更にかき立てて走っていた。橋の上にたって、臭い川風に吹かれながら、私は震えていた。寒い。だが、それ以上に心はもっとその寒さに凍えていた。

いったい、いつから、何故この川は汚れ始めたのか。沿岸に並び立つ工場からおびただしく放出される汚物、下水道が完備されていないので、一般家庭の汚物もどんどん投げ捨てられている。化学染料や毒性の放出物は沈澱《ちんでん》してメタンガスを発生させ、魚も死にたえた上に、川添いの桜並木まで花が咲かなくなってしまった。なんという痛ましい話だろう。

こうなるまでに、だれも、抗議をしなかった。だれも美しい川を守ろうと考えなかったという事実は、更に私を驚かせた。

私は作家だ。しかし今の隅田川から、私は作家的な感興は何も呼び起されない。臭い川から、浮かび上ってくる女の顔は、どれも卑しく、愚かで、救い難い酔いどれの品の悪い女に似ていた。私の題材になるものではなかった。私は、川べりにたたずむことさえ耐え難かった。

川を見て帰る道、私はずっと長い間考え続けていた。それは、隅田川からハアレム川を連想していたからである。ニューヨーク市の南端を横切ってハドソン川に流れこむハアレム川は、水はカッ色であったが臭気もなく、川の表情は隅田川に似ても似つかない。しかし、ハアレム川の沿岸には南部から逃げてきた黒人たちが、旧制度の遺産の重さに立上る気力を失い、次々と類は友を呼んで棲《す》み、百年後の今は強大なスラムを作り上げてしまった。そこは麻薬と殺人と売笑窟《くつ》と非行少年の棲む暗黒街なのだ。警官もうかつには入りこめないというニューヨークの恥部だ。

　黒い隅田川は、東京の恥部だ。それは汚した人間たちの低い知性と、抗議しなかった沿岸に住む人たちの無気力と怠惰と、それに何よりも長い間の政治の不在を物語っている。ちょうど、ハアレムの黒人街に、ニューヨークの多くの人々が、偏見と侮蔑《ぶべつ》を持ち、ハアレムに棲む人々も長く怠惰で無気力のまま、自分たちが立上ることを忘れて、政治から取残されたように——

　だが光明がないわけではない。ようやく、東京都もこの二、三年前から下水工事の完備と利根川の水を導入するなど、対策を立てて乗り出している。その計画通りに事が運んでも、隅田川に再び魚が棲み、都鳥が戻るまでには百年はかかるかもしれないという話もある。しかし、それは素晴らしいことではないか。この小さな国のインスタント時代に百年計画という大きな計画が生れたのは。

大徳寺で考えたこと

大徳寺の総門をくぐると、右側に、先ごろ修復された三門《さんもん》が、朱塗りの色もあざやかに聳えて見える。私はこれを見上げるたびに、大きな謎々のかたまりを眺めているような気持になる。修復完成の直後に比べれば、いくらかおだやかな色に落ちついて来たとはいえ、このあでやかなまでに絢爛とした豪華さはどうだろう。大徳寺がその純粋さを固持して来た禅の清冽な姿とは、まるで違う。はなやかな桃山時代の建築でもとは皇居の南門だったという勅使門でさえ、三門の前ではいかにも簡潔に、ものさびて見えるではないか。今日、一般に禅宗の寺院と茶道とは縁が深いが、その中でも大徳寺が、格別に茶道と深い関わりを持つ寺であることを、知らぬ人はまず少い。そこにこの三門が建っている。しかも、禅と茶との結びつきを嘲笑っているようなこのきらびやかな三門に、茶聖といわれる千利休の事件がからんでいるのだ。

創建当初の三門ができたのはいつごろか、またどの程度の規模のものだったかはよく分らないが、応仁の乱の後にいちおう竣工したものは、現在の一階の部分だけのものだったという。その時まだ九歳くらいの少年であった利休は、それからおよそ六十年経って、その上に重層の閣をのせ、金毛閣と称するこのきらきらしい姿にした。この建築には、利休は厖大な私財を投じたなどといわれているようだが、本当のところはどうだったのだろう。いつの時代にも、最高権力者の意向なしに建造物が造られたためしがない。けれども、「三十年飽参」と賞されるほどに禅に打ち込んで虚飾を捨て、身を削ぎ落すようにして、あれほど侘びに徹した茶を追い求めていたといわれる利休が、なぜこんなにまできらびやかな建造物を拵えたのだろう。そして、あまつさえその楼上に、自らの木像を飾ったというのはなぜなのだろう。また、木像の安置を奨めたといわれる当時の大徳寺の住持古渓和尚という人は、そして、木像を引きずり下して磔刑《たつけい》にし、かつてあれほど重用したこの茶人に死を命じた秀吉の狂気は、いったい何だったのだろう。

三門に添って本坊の方へまがろうとする左側に、小さな塚があって、「平康頼の塔」と記した碑が立っている。平安朝のころ、このあたりは康頼の屋敷であったともいうのだと、その碑の横にしゃがみ込んで日向ぼっこをしていた坊さんが話してくれた。観光バスの旗を押し立てて大仙院へなだれ込む一団が土埃を上げているこの一角を駆け抜けて、検非違使の装束の康頼は、鹿ケ谷へ馬を急がせていたのだろうか。俊寛らとの密議が露顕して鬼界ケ島へ追われるとき、康頼の眺めた比叡山は、今とほとんど変りのない青紫に浮き上っていただろうか。

本坊へ通じる石畳の道はやがて左へ折れて、孤篷庵へ向って一直線にのびている。この石畳が古い昔のままのものでないのはもちろんだとしても、ここに中世の帝の鹵簿《ろぼ》が居並んだ時もあったと想像することは許されるだろう。真珠庵建設のための資材を運ぶ人夫たちや、それを督励する年老いた尾和宗臨の姿を見たのもここなら、総見院の墓所へ信長の葬列が進んで行ったのもこの道に違いない。仏殿と法堂とをつなぐ廻廊の屋根を、しきりに尾を振って渡ってゆく鶺鴒《せきれい》の黄色い羽を眺めつつ改めてこの巨大な寺の持つ長い歴史に思いをひそめると、今さらながらこの寺が荷って来なければならなかった運命の複雑さに胸を搏《う》たれる。開祖妙超がここに庵を結んで座禅三昧にあけくれてから、もう六百五十年という時間が過ぎている。このはてしない年月を、寺はどのように生き続けたのだろう。この大徳寺の長い歴史の詳細については、本書が編まれたはずだから、私は私なりの空想で、その歴史の上のいくつかの節目を洗ってみたい。

寺というものは、常に何かの力と結びついている。もちろん一般には、寺は信仰の場である。しかし不幸にしてこの精神の世界は、いつも権力や財力や、そして時には文化という、とてつもない力と結んで来たのだった。けれどもそれらの力は、たいていははかなく、一時は花の開くように絢爛とはするが、落花凋落もまた早く、激しい。寺の歴史を知るには、こうした力との関係を無視してはならないだろう。

最初、ここに小庵を建てて妙超に贈ったのは、播州の守護職をしていた赤松則村（円心）であった。則村は妙超の甥である。当時三十四歳の妙超の僧としての名は、すでに高かったといわれるし、妙超の出自そのものが播州の豪族であってみればその背景となる力の強さも推察されはするけれども、それでもまだこのころは、寺として公けの存在だという匂いはいささかもない。妙超その人の日常も禅のきびしさに徹して、高潔そのもののように見える。そのきびしさの故に時の帝の帰依は深まり、やがて勅願所として寺領を下され、その高潔さの故に慕い寄る堺の有力商人たちの寄進をうけて、着々と寺は完成した姿を持つようになってゆく。天皇家から下された寺領も日を追って広がり、妙超が五十六歳でここに入寂する時には、その規模は初期の想像をはるかに越えて拡大され、五山の上に列せられていた。

この二十数年の間が平穏な時代であったのなら、寺の隆盛のすがたはごく自然なものとして目に浮かべることができる。それが、実際は、何という波瀾の渦巻く時代であることか。すでに持明院・大覚寺両統の確執ははじまっていて、妙超が小庵を結んだ翌々年には、幕府が両統迭立を提案しているし、それからというものは後醍醐天皇が隠岐に流されるやら、楠正成が活躍するやら、赤松則村まで兵を挙げるやら、建武の中興が成るやらと、天下は争乱が日常の忙しさなのだ。そして妙超は、後醍醐帝の吉野入りのちょうど一年後に入寂しているのである。一般に名僧といわれる人が長命なのに比べて、この妙超の年齢が、今の感覚からいうと割合に若いのは、波瀾の時代を生きた心労の結果もあったのだろうか。妙超が厚い帰依をうけた時の帝とは、まさしく持明院統の花園帝と、大覚寺統の後醍醐帝という、相容れぬ両陣営の旗頭なのだ。両帝がひとしく妙超に帰依して、それぞれに国師の称を贈り、この上もなく厚く遇しているのは、単に立場は異っても同じ信仰を持っていたというだけのことだろうか。大徳寺が両帝から授けられたこの広大な寺領は、何を意味しているのだろう。

もとはといえば、皇統が二つに割れたのは荘園の領有権に最たる原因があるという。その基盤をすべて領地に求めていたこの時代までの経済形態が、いま崩れようという寸前にあって悲鳴をあげているときに、後醍醐帝のもう一つの謀りごと、討幕という大目的がからみあっている。もしかしたら、大徳寺への厖大な寺領の下賜は、一つの煙幕ではなかっただろうか。たとえば荘園匿しとでもいうような。そしていざというときに、この洛北紫野の地は、北の要塞になり得たのではないか。少くとも後醍醐帝には、そのよみがあったのではないだろうか。新しい経済形態の基盤となるために勃興して来た商人たちの寄進にしても、その裏に何の期待もない浄財だとのみ信じて、果してまちがいはないものなのだろうか。花園帝は或はもっと純粋であったかもしれない。しかしこの花園帝も、対大覚寺統という立場でなく、対武家の立場に立ったときに、大徳寺の人事権を幕府から独立させるという、大きな武家への背信を実現している。

朝廷や貴族の宗教であった天台・真言の仏教が指導力を喪い、武家の時代が定着しようとしていたときにもたらされた禅宗の、わが国への滲透は急で、しかもはげしかった。持仏もなく、何よりも自己と対決して、自分の力で考えることを強いる禅が、常住死と向き合って戦を宿命としている武家に迎えられたのは、当然かもしれないが、同時に、次々と建てられた鎌倉や京の、五山をはじめとする禅の寺々のほとんどが、幕府の命に依っているのもまたやむを得ぬことであったろう。当時の寺院は僧録司という幕府の監督局の下にあって、僧の任命権ももちろん幕府が握っている。花園帝によって、「大徳寺の住職は必ず開山妙超の弟子から選ぶ」として幕府から独立した人事権を持ったということは、大徳寺が、当時の五山を越えた別格の寺であることを意味している。しかし一方ではこのために、やがて実際の格は十刹の九位から、更に林下《りんげ》という孤立した立場に立たされることになり、次に沈滞と、衰微の時期に入ってゆかざるを得なくなる。そして火災に次ぐ火災のために堂宇は失われ、再び歴史の位置に返り咲くには一休の出現をまたねばならない。もし、この独立した人事権を持ち、五山の上に列せられたままの大徳寺に、南朝側の勝利という歴史の逆転が訪れていたら、寺の相《すがた》はどのようなものになっていただろうか。

一休和尚の出現は、第二の節目、または第二の謎だと言えるのではないだろうか。しかしこの一休という存在はあまりにも多くの謎を孕み過ぎている。後小松天皇の皇子といわれる人の、そのころの生活や身分がどのようなものであったか見当もつかないが、禅の修行に入るということはただごとではない。天皇家から僧侶として寺に入る例は必ずしも少くはないが、禅の修行は、一つまちがえば一介の乞食に終る可能性もあった。もちろんどの宗派にも修行はつきものであろうが、少くとも皇子という身分の人にとって、一口に面壁九年といわれる禅の修行は、あまりにも孤独で、熾烈であったに違いなく、ここで仮初《かりそめ》の想像をめぐらすような甘さは、許されるべくもない。むしろこの一休のまわりにちらちらと現れて、その末に茶道との結実という第三の節目を作った村田珠光の幻影を追ってみたい気がする。

抹茶がわが国に到来したのは、あの平康頼が鬼界ケ島へ流されたりしていたころに宋に渡った栄西による。栄西は、禅に関して何かを語ろうとする時、わが国にはじめて臨済禅をもたらした人として無視することの出来ない存在だけれども、大徳寺の禅や妙超などに、どれほどの教化を及ぼしているのかは、私にはむずかしすぎることだろう。それより、栄西以後宋に外遊した僧や、宋から招かれた人物たちによって、単に宗教としてでなく、禅宗文化とでも言えるような形でもたらされているものが、やがて禅宗美術と呼ばれる、絵画や庭や能や茶道までを生み出していることに驚かざるを得ない。

茶そのものが日本に到来したのは古い。奈良時代にはもう移入されて、「団茶」は平安貴族や僧たちにも愛飲されているらしいけれども、栄西が生れたころには、この飲み方も内裏の特別な行事の時にしか行われていなかったほどに、喫茶そのものが忘れ去られていたようだから、栄西も宋へ渡るまでに、どんな飲み方にしろ、お茶らしきものを飲んだことがあったかどうか。茶を粉にひいて湯の中でかきまぜ、泡立てて飲む喫茶法は、栄西が渡った宋の時代に短い間行われた方法らしく、その後中国ではこの習俗は絶えている。考えてみると、栄西がこの喫茶法に邂逅《かいこう》していなかったら、抹茶は日本に伝えられることなく、世界から消えて、宋時代に変った喫茶法があったらしいということだけになってしまっていただろう。そして中国の歴史家が、どこかで茶筅《ちやせん》を発見して、往古の民俗具としてその使用法について論争していたかもしれない。

この習慣が、なぜ中国で消えてしまったのかは私には分らないが、茶を携えて帰朝の船の上にいたときの栄西は、自分がいま懐中に持っているこの小さな種子と、緑色の粉末が、百年余りのちにどういうことになるか、想像もしていなかっただろう。栄西は明らかに薬品として持って帰ろうとしていたのだ。抹茶は茶の煮出汁を吸うのではない。茶の葉を粉にして飲み込んでしまう。これはまことに合理的な喫茶法といわねばならない。栄西によると、茶の効用は明快である。苦味は心臓によく、解毒の作用もある、さらに禅の修行には睡魔をはらう必要があるが、それには抹茶が最もよい、等々。栄西が帰国後あらわした「喫茶養生記」には、このように茶の効用をのべるとともに、抹茶のたて方をも教授しているようだ。栄西は帰朝の船上で、自分の宗教的精進の成果として捧持している臨済禅を、今後の日本の思想界の中心に置かねばならぬと覚悟し、その弘《ぐ》布《ぶ》に一身を捧げる意気に燃えていた。だが、いわばねむけざましの粉がその禅と肩を並べ、のちのち「茶禅一味」というほどに哲学的な世界を創り出すなどと、どうして想像出来ただろうか。更にそれが、政治的権力に結びつき、富との取り引きに利用され、それに巻き込まれて自殺したり毒殺されたりする人間が続出するようになるとは、夢にも思わなかったに違いない。栄西だけでなく、五粒の種を貰って蒔いた高山寺の明恵も、宿酔の良薬として飲まされた実朝も、誰が想像し得たであろう。そして、その緑色の粉末が想像を絶するドラマを演じた舞台が、まさにこの大徳寺なのであり、その第一歩を踏み出させたのが、一休の前にあらわれた村田珠光だといわれるのである。

「闘茶」というものがある。抹茶が一般に普及して一種の遊技となり、茶を飲みくらべて産地を言いあてる、いわば賭け事のようなことが、本家の宋でもわが国でも、たちまち流行するようになって、「茶寄合」と称して大変な勢いで波及して行った。村田珠光の名は、まずこの闘茶を背景に浮かび上ってくる。真偽のほどは確かではないが、彼は村田杢市という検校の子で幼名を茂吉と言い、もと興福寺の末寺称名寺の、法林院という塔頭《たっちゅう》に入って僧となったが、闘茶に凝ったために寺を追われ、還俗して諸国を放浪した末、一休の門を叩いたという説がある。そしていつの頃からか、将軍義政の同朋衆能阿弥を通じて殿中茶の湯の伝統をきわめ、それによって庶民の茶の湯の中に本質を再発見して、佗茶の世界に止揚した、茶道の創始者だということになっている。一休のもとに参叩《さんこう》して得た禅の精神をもって、「茶禅一味」の思想の萌芽を作った人だということにもなっている。

珠光という人が、ともかくも応仁の乱以前にすでに京都で名の知れた人物であり、ある程度の財力もあって、頭の回転の早い、行動的な、町人の中の逸材であったらしいことは信じられる。だが、寺という精神の世界を、権力と、財力と、文化とに結びつける役割をどうして演じ了《おお》せ、茶の湯が大徳寺派の臨済禅に密接に結びついて発達する緒口をどうしてつけたかは謎である。けれども、真珠庵の東庭の、珠光作という石組と苔の美しさとを眺めながら、この謎をさまざまに推理するのはまことに楽しい。小説家の特権は、応仁の大乱の京都の町を襲ったパニックの中で、南山城の薪村に移る年老いた一休をたすけてその手をとった珠光の、荷を負うた小者を連れて炎を逃れてゆく姿を想像することも、まめまめしく一休に仕え、真剣に参禅する珠光の後姿を想像することも、師の十三回忌に間にあわせるべく没頭した真珠庵の竣工を見て、力尽きたように相ついで死に就いてゆく珠光と尾和宗臨との会心の笑みを想像することも可能なら、冷静に光る眼で義政の濫費を眺めつつ堺衆との取り引きを計算する商人珠光の打算や、さらには蓄財と名声を得るために、禅をも、一休をも、義政をも、己れの矜持をも蚕食し尽した果てに、かえって茶道の始祖と鑽仰《さんぎょう》されるに至るまでの姿を想像することも可能なのだから。

真珠庵が建てられてから、小堀遠州がこの大徳寺に登場する約百年余の間に、一休が生涯を賭けた堂宇の再建に続いて、各塔頭が続々と山内に出来上ってゆく。一休・珠光の時代に寺と結びついていた権力の主役は、足利氏から、戦国大名たちに交替している。塔頭のほとんどは歴代住持を開基とする戦国大名の創立である。禅寺は京都にここだけではないというのに、なぜこうまで争ってここに蝟集しているのか。能登の畠山義元や豊後の大友義長の龍源院、大友宗麟の瑞峯院、三好義継の聚光院、信長を葬って秀吉の建てた総見院、石田三成らの三玄院、小早川隆景の黄梅院、細川忠興の高桐院、黒田長政の龍光院、前田利家夫人の芳春院……。

私はふたたび持明院統と大覚寺統との両帝から、夥《おびただ》しい寺領が下賜されたことを思い出す。この紫野は、やはり一朝事ある場合に無視することのできぬ地だったのではないだろうか。わが手で創建した塔頭は、有事の際、たちどころに兵たちの宿舎になりうる。父の菩提を弔うため、墓参のためと言えば、いかに多くの米や金をも寄進の形で隠匿しておくことができたはずである。その中でただ一つ、真珠庵創建に関しても捐資《えんし》の目立っている越前朝倉氏が、享禄二年の三門造営の際にもまた多額の寄進をしながら、遂に自分の塔頭を建てずに終っているのは何故なのだろう。揚句の果てにはその一族から古渓宗陳という住持まで出しているというのに、朝倉氏は最後までこの寺を頼ることなく、滅亡に追いこまれてしまっている。そして、この古渓宗陳和尚が、秀吉と利休の事件の際の重要なワキ役になっているのだ。

利休の死をめぐる話はすべてが謎である。利休は本気で朱塗りの三門を建てたのだろうか。どうして自分の木像を据えるなどという慫慂《しようよう》をうべなってしまったのだろう。言われるほどに透徹した精神を持っている人が、秀吉の晩年の狂気をなぜ避けようとはしていないのだろう。利休の死は切腹を命じられたのだというけれど、刃物で死んだのかどうかという記録は何もない。激怒した秀吉は利休に死を命じただけでなく、大徳寺をも取り潰そうとしているが、その時派遣された使者の、徳川家康、前田利家、同玄以、細川忠興という大げさな顔ぶれはどういうことなのか。そしてそれほどの激怒をうけながら、千家一門の墓は利休を中心として大徳寺の山内聚光院にあり、その利休の墓自体、かつて秀吉の領地であった船岡山あたりから、秀吉の許しを得て拝領して運んで来、利休自らが生前に建てたというものなのである。この墓はほんとうに利休の墓なのだろうか。墓の中央部を十文字に抉り取っている姿に、秀吉の嫌ったキリシタンの幻影を見るのは私だけだろうか。そういえば塔頭の大名たちにもキリシタンは多い。また黄梅院に小早川隆景と塋域《えいいき》を接して眠る蒲生氏郷も毒殺されたと聞き、古田織部もやがて自殺に追いこまれていることも連想される。秀吉が三門の利休像に言いがかりをつけたという話は、又別の意味できわだって象徴的である。秀吉没後の豊臣家を亡ぼすことになったきっかけは、例の方広寺の鐘の銘の一件ではないか。秀吉の真の目的は、利休を殺すことだけだったのだろうか。

利休の死後、その子や孫は大徳寺の古渓和尚や春屋和尚にひそかに被護されて生き、やがて茶道を不動のものにして行ったと言われて来た。権力の主は徳川氏に替ったが、春屋のもとに参禅した宗旦が「茶禅一味」をいよいよゆるぎないものに定着させ、大徳寺衆の一行物が珍重されるようになった頃には、同じ堺衆の出身で、利休のかつての茶の友であった津田宗及の子が、江月宗玩という名僧として大徳寺にいる。各塔頭には相変らず大名からの寄進で茶室が増え続け、そしてその絶頂に、遠州が居り、後水尾帝を中心とする茶道の黄金期に入ってゆく。

寺という精神の世界が結びついて来なければならなかった権力や財力や、文化という力は、本来はやがて亡び、交替されるはずのものであった。しかしこの大徳寺に限って、ある時期はもっともその強さをほこりながら、また、早く激しい落花凋落のさまを見せたのは、結局は権力の主だけである。この寺を支えて来た財力は一貫して堺を中心とするものであり、その財力を背景とした茶道という文化の、このしたたかな勁《つよ》さはどうであろうか。大徳寺の持つ謎の数々の中で、この茶道という渦の芯にいる利休という人の謎は、やはり大きい。私には利休にまつわるすべての事がらが、後から作為された伝説であるように思われる。今日伝えられている利休像は、全く本人とはかけ離れた人物に豹変しているのではないだろうか。私は私の利休を、自分の小説の世界で、いつか書きたいと思っている。

神話の生きている国

出雲に取材旅行をしたときほど充実した時間の過し方をしたことは最近にない。私の旅の目的は、「鑪《たたら》」と「斐伊川《ひいがわ》」と「出雲の阿国」の三つを強引に結びつけることにあり、斐伊川は河口からさかのぼって濫觴《らんしょう》をきわめる予定にしていた。

「鑪」と斐伊川は容易に結びつく。それは最初から分っていた。鑪というのは、古代採鉄法のことであって、昔の溶礦炉や高殿や鉄穴流《かんななが》しなどがまだ残っていることは事前に調べてあった。山奥の風化した花崗岩を突き崩して、斐伊川上流に投げこむと、岩は激流に揉み砕かれ、やがて砂と砂鉄に分離する。砂鉄は沈み積もり、それが採取されて高殿の中の火を噴く炉の中で熔かれ、純度の高い真砂鉄《まさてつ》と呼ばれる玉鋼にまで成長する一方で、砂の方はどんどん川下に押し流されて斐伊川の川底を上げていき、洪水の原因を作っていた。斐伊川には支流が多く、それが一斉に氾濫するさまは想像しただけでも凄まじいが、古代の人々は、これをヤマタノオロチと呼んだのである。

スサノオノミコトがクシナダヒメ（妙なる稲田姫）を守るために、ヤマタノオロチと闘ってアメノムラクモノツルギをオロチの腹から裂きとったという出雲神話は、斐伊川に犯される農耕民族と、鑪つまり採鉄民族との闘いを象徴したものであることは云うまでもない。スサノオノミコトは農民の代表者であって、鑪はこのとき恭順の意を表するべく彼らの製品を献上したのであろう。南部鉄などは鋳物用に使われる質のものだが、出雲の真砂鉄は上質の鋼なので、戦前陸海軍の将校であった人たちの中には、刀剣に関する知識の基礎的なものとして、鑪のことまで知っている人が多い。オロチから出たものがツルギであったというのは、なかなか凝った物語なのである。

出雲風土記をひもとけば、出雲神話と斐伊川が切り離せないという常識は誰にでもできてしまう。しかし、これと出雲の阿国を結びつけるのは、歴史家には不可能なことであった。それでなくても出雲の阿国に関しては、史実として信憑性のある資料は、ほんの二、三しかなく、阿国の出身地が本当に出雲であるのかどうかも分っていない。近頃の学者の定説としては大和か洛北の芸能集落から出たのではないかということになっている。

しかし、出雲の阿国が出雲出身だということは誰も実証できないとしても、歴史学者はまた出雲出身ではないという反証もあげることができないのである。そういうところが小説を書く者にとっては自由自在に筆をとれる間隙になる。もう十二年も前から私は阿国を書くつもりでいて、彼女は私の心の中ですっかり育ってしまっていたから、私のていなければならないのであった。

阿国はどうしても出雲から出た者でなければならず、しかも鑪の血筋の者でなければならなかった。したがって斐伊川は、昔の杵築中村すなわち現在の大社町のあたりを流れていなければならないのであった。

ところが、いざ出雲へついてみると、斐伊川は私の意に反して出雲湾と百八十度反対方向にある宍道湖《しんじ》に流れこんでいるではないか。そんなことは地図を見ていたから分っていたのだが、なにしろヤマタノオロチなのだから支流の一つや二つは薗の長浜へ注いでいるだろうと実はタカをくくって出かけたのである。ところが大社町を流れている川は、斐伊川の支流ではないというのだ。いくら小説はフィクションだといっても、東へ流れている川を、西へ向けて流れさせるわけにはいかない。しかし、私の頭の中では、すでに阿国は杵築において、斐伊川で水汲みをしているのである。私は当惑し、失望し、おそろしく不機嫌になり、取材に同行していた人たちはその有様にかなり迷惑したようである。一番あわてたのが大社町の観光課長さんで、彼も阿国が出雲出身でなければならないと信じていた人だったから、「ちょっと待って下さい」と何度も呟やきながら、夢中になって古い資料をかきまわしていたが、やがて、「あった、あった、ありました」と云って出してきてくれたのが、昔の出雲の地図で、そこでは斐伊川は紛れもなく出雲平野を西へ横切って杵築中村を二分し、出雲湾へ注ぎこんでいたのであった。私は凱歌をあげた。このときの私の心境は、太陽を招き返した平清盛よりも、あっちこっちの国や島に縄をかけて、もそろもそろとひき集めてしまった強引なヤツカミヅオミヅミノミコトに似ていたように思われる。

翌朝、私は勇躍して斐伊川に添って山にわけ入った。斐伊川はうねうねと曲りくねりながら、鳥取県との県境にある船通山の鳥上滝へと私を招き寄せた。同行して下さったのは出雲の郷土史家、漢東種一郎氏である。私はスラックス姿で、険《けわ》しい山道をよじのぼる覚悟でいたのだったが、氏はおもむろに、かなりの上流まで車で行けることを告げられ、気負い立っていた私をなだめるつもりでか、道中ずっと氏の該博な知識の一端を聞かせて下さった。

これは楽しかった。まったく楽しかった。奈良や京都の古寺をめぐるよりも、話がずっと古くておおどかだから、面白いのである。出雲には神社の数が約千二百社もある。だから斐伊川に添った道でもむやみとおやしろにぶつかった。漢東氏はその悉くの由緒に精通していられたから、おかげで私は滅多な書物では得られない知識を持つことができたのである。歴史家は由来語部《かたりべ》であるから、歴史学者は名文家であるべきだというのが私のかねての主張であったのだが、漢東種一郎氏の語り口はまことにうまく、しかもときどき声のくぐもるような出雲なまりが妙なる伴奏音楽と同じ効果をあげて、私はうっとりと聴きいっていた。

このときは、まったく倖（コボレサイワイ）の多い旅であった。斐伊川の流れを変えることも、漢東氏にお会いできたことも、その倖だが、季節もよかったのだ。十月であった。他の地方は神無月《かんなづき》だが、出雲だけは神在月《かみありづき》と呼ばれ、日本中の神々が出雲大社で「公会議」を行っていたのである。だからどこの神社もたいがい神さまはお出かけになっていて、お留守だったというわけだが、中には大きな躰を恥ずかしがって社《やしろ》の中に引籠っているというシャイな神さまもあった。私はその前を通るとき、「日本人の体位は向上しましたから、そろそろお出ましになってはいかがですか」と秘かに声をかけた。

出雲大社には、神々のために宿泊施設があって、大集会が終ると「おたちの儀式」がある。神官が一つ一つのドアをノックして、「おたちイ」と叫ぶのだそうである。たいがいの神さまはこれで帰ってしまうが、中には狸寝入りをしていて、なかなか出ていかない神さまもあるので、日を経てから今度はその神々を叩き出すような行事もあるのだそうだ。帰らないということが、なぜ分るかというと、全国のどの神社でも十月集会のために神さまが出立する日と、お帰りになる日がきまっていて、それぞれに行事があり、その日取りが神社によってひどくまちまちなのである。すぐ隣の神さまは帰っているのに、こっちの神社ではなかなかお帰りがない。帰るとすぐ働き出す神さまもあれば、旅の疲れが出たのか怠けものなのか、なかなか働こうとしない不精な神さまもある。

折から松江では三つばかり学会が開かれていたが、学者たちがそのあと玉造《たまつくり》温泉や皆《かい》生《け》温泉で羽を伸ばしてから帰るらしいと知っていたので、昔も今も、神さまも学者も、要するに同じことなのだと思うと、よけいに可笑しかった。

山陰という言葉のイメージから、暗い貧しい風土を想像していたのに、実際に見た出雲は明るく豊かで、快晴に恵まれ、「八雲たつ」という歌が、実は豪放なものなのだと気がついたのも収穫であった。

倖は更にあって、古代と同じ採鉄法である鉄穴流《かんななが》しは、私の出かけた二日前から始まっていた。かなり上流に行ってから、それまで清水だった川が、俄かに血のように赤くなっているのに気がついたときは、運転手さんまで目の色を変えてしまった。水が赤いのは、花崗岩を突き崩すときに山の赤土も一緒に激流の中へ落ちるからだった。車をおりてから、私たちは畳の幅よりも狭い赤い斐伊川を伝って、遂に水源に達したのだったが、それはしかし觴《さかずき》を濫《うか》べるのは到底不可能な、最初から激しさを持った流れであった。

感激に浸りながら私たちは帰り道は別のコースをとって、安来へ出た。もう、とっぷりと暮れていた。

取材は大成功の裡に終っていたが、この旅で後々まで私に印象が深かったのは、出雲では、まだ神話が人々の暮しの中で生きているという事実であった。

語部《かたりべ》というなら、出雲の人々は子供から老人まで、すべて語部に属しているといえるかもしれない。その一例をあげておこう。

松江市と安来市の恰度《ちょうど》中間に揖屋《そや》というところがある。そこには昔、イヤヒメという美しい女がいた。オオクニヌシノミコトの息子であるコトシロヌシノミコトが、そこへ夜這いに出かけた。ある夜、まだ夜中なのに間違えて一羽の鶏がトキの声をあげてしまった。コトシロヌシノミコトはびっくりして、舟に飛びのって中海《なかうみ》を渡るとき、あわてて櫓を落してしまった。やむなく艫に腰かけて足で水を掻きながら逃げているとき、片足を鮫《わに》にがぶりと嚙みとられてしまった。コトシロヌシノミコトというのは民間信仰ではエビスさまのことで、だから彼は鯛を抱いて片足は岩の上に折り曲げたように描かれている。それはエビスさまが片足しかないからだと出雲の人たちは云うのである。

この話は、宿の若い女中さんからきいた。彼女は続けて、コトシロヌシノミコトが大いに怒って、これから先、揖屋には一羽でも鶏が入ってきたら締め殺してくれると叫び、以来人々はその祟りを怖れて、今でも揖屋では決して鶏を飼わない、鶏卵を食べないという話をしてくれた。小学校の遠足で、揖屋がそのコースに当ると、学校の先生は「明日は揖屋を通りますから、卵のお弁当は持って来ないように」と注意するというし、子供が家に帰って遠足で揖屋を通ると云うと、親たちは「それじゃ朝から卵は食べないようにしておけ」と云う。

科学教育がゆきわたって、文盲のいない日本に、まだこういうことが行われているというのは、実に有りがたいと、私は仄々とした情緒に浸りながら、聴いていた。神話が、生きているのだ。そして、まだまだ語り伝えられ、これからも生き続けるのだろう。山も川も木も石も、出雲では神話と切り離すことができない。出雲神話は、たとえば大和神話と較べてみても分るように、農村生活者と密着した物語りが多く、大和民族に征覇された後には、政権を守るために作り変える必要もなかったところから、却って庶民のものとして伝承されてきたのであろう。

出雲は、深い。というのが私の感想である。私のような作家は、小説の舞台に使ったところは、勝手にイメージをふくらませてしまうから、二度と行ってみたいという気にはならないのだが、出雲だけは、幾度でも行ってみたい。時間をかけて、取材などという露骨な目的など持たずに、その景勝を眺めながら、子供の語る神話、老人の語る神話に耳傾けて、のんびりと過してみたい。そう思っている。

出雲ふたたび

　五年ぶりで出雲に出かけた。この前は「出雲の阿国」を書き始める直前で、鑪《たたら》の取材が主目的だった。小説の構成はほぼ出来上っていて、私のお国は私の心の中で十余年もあたためられ、すっかり育ってしまっていた。そこで初めて眺めた斐伊川《ひいかわ》は、大きくて水が美しく、川下は砂が多い。これは、書ける。私は肯き、このときの旅行はまったくついていて、鑪の鉄穴《かんな》流しは始ったばかりで、畳の幅ほどになった上流は、スサノオノミコトが見たときと同じように赤く血の色をしていた。私は夢中で川べりの草を摑むようにして、急流に添って這い上ったものだった。

　今度の旅行は、そのときとは目的も趣きも当然ながら違っている。「出雲の阿国」は三年余かかったとはいえ、もう書き上げていて、去年出版されていた。この七月に歌舞伎座で歌舞伎と新派の合同公演で劇化上演されることになり、興行会社はその取材と宣伝を兼ねて旅行のスケジュールを組んだのである。お国に主演する水谷八重子(注)さんが一行中の花形であった。私はこの企画に誘われたとき、出雲には何度でも行きたいと思いながら果せずにいたので、これはいい機会だと思った。行った先で何をするのか深くも考えずに、参加しますと答えておいた。

水谷さんが絶対飛行機には乗らない主義の女優さんなので、私は東京から米子まで二時間足らずで飛ぶことになったのだが、あちらは大阪から汽車で七時間もかかって現れた。帰りも汽車だという。そのために出雲にいる時間がその分削られてこまったことになる。あわただしく松江駅から車を連ねて大社へ向うことになった。

この前は秋の彼岸が過ぎてから来たのだが、出雲は神在月《かみあり》で集ってきたのは八百万《やおよろず》の神々の他に不昧《ふまい》侯百五十年祭の大茶会やら学会やらで、出雲のありとあるホテルと旅館は大入満員だった。今度は田植どきで、観光客のラッシュも五月までとかで、どこも混まず、いい季節に行きあわしたらしい。見はるかす簸川《ひかわ》平野は早苗が青く、美しかった。「このあたりは嫁殺しの田と言います」説明してくれるひとの言葉にぎょっとして、どうしてですかと問い返したら、田が度外れて深いので田仕事の労働が大変なものになるのだということであった。農協の前では赤旗が威勢よく林立していた。農業学校の生徒たちがお揃いの作業衣を着て田植をしているのも見えた。

島根県には黒松が多い。大きな農家は北と西に黒松を並べ植えて風と西陽よけにしていて、これは築地松《ついじまつ》と呼ばれ、なかなか見事なものであった。築地松に手入れがしてあるかどうかでその農家の懐工合が分るという。一面の米作地帯には、築地松が自堕落に繋っているような家は一軒もなくて、どんなにして刈りこむのかと思うほど立派な緑の築地が葉先枝先を揃えていた。

五年前には出雲に念仏踊りは残っていないと古老たちは口を揃えて言っていたのに、この度は大女優の訪問だというので大社側も大ハッスルで出雲在の民謡舞踊から「念仏踊り」と「お国くどき」を用意していて下さった。どちらも島根県の無形文化財と銘打たれていて、念仏踊りは実に鄙びたもので、鑿《かね》と太鼓を使って男ばかりがやや勇壮に踊り、太鼓の中に小学校四年生などがいて可愛いかった。「お国くどき」の方は盆踊り日本一になったグループとかで、三人ほど混っていたお婆さんたちの手ぶりが素晴らしかった。

大社に参拝した後で、お国の墓と謂われているもののところへ詣でた。「あら、もっと赤い石じゃなかったかしら」私は驚いて声をあげた。私のお国は鑪の山奥で、赤御影石の下敷になって死ぬのである。出雲の人々がそれを担って地下《じげ》に帰り、それをお国の墓とした。その発想のもとは、この石が確かに赤御影だったということからだった筈なのだが、私の記憶がどこかで私の創造にねじまげられていたのだろうか。ところが、「この前いらしたときは赤かったです」と真面目な顔をして答えてくれた人があって、私は却ってたじたじとなった。「雨が降れば赤くなるです」いずれも大社町の顔役で、前からのお顔なじみだ。この日はちょうど雨上りで、石は少し濡れていたから、この言葉もまた私への御好意以外の何ものでもない。

出雲の阿国に関しては信頼できる資料というのは殆んど何もなくて、日本史の専門家たちの間では大和か洛北の出身であろうと言われている。今度、その気で松江の本屋さんを漁って土地の郷土史家たちの書いたものを探してみたら、右の専門家の言が「奇説・珍説」として片附けられているのを発見した。私は大社巫女説をにべもなく退けたし、どうも出雲は怪しいので、強引に鑪と結びつけて長篇の発端としたのだが、ともかく出雲には違いないというので土地では歓迎されているらしい。

翌朝は県知事さんが自邸に招いて下さるというので、再び車を連ねて山また山を越えて吉田の鑪部落へ繰込んだ。私は二度目だったが、初めて田部家の威容をまのあたりにした一行は、圧倒されていた。「ここが大蛇《おろち》の砂止めをした田部さんね？」と水谷さんは私に念を押し、小説と現実がやはり聡明な女優さんにおいても混同されているのかと思うと、作者の私は莞爾《かんじ》としないわけにはいかない。田部長右衛門氏は、まことに長者と呼ばれるにふさわしい風格の持主で、短い時間でいかに客をもてなすかに前日から心を砕かれたらしい。お座敷の飾りつけも、茶室の御用意もまことに水も漏らさないお心入れであった。わけても私が感じ入ったのは、山芍薬の花をお茶室に活けて下さってあったことで、いかにも山育ちという勢のいい浅緑の葉の中で、小さな花が艶やかに淡紅の蕾をふくらませていたときの見事さは、水谷さんも私たちもしばらく息を呑んで棒立ちになってしまったほどだった。山芍薬は白ならいくらもあるのだが、赤いのは珍花で、田部家の一族郎党が私たちのために山をわけ入って探して下さったものらしい。何十代と続いた鑪の大旦那が、贅沢を一輪の山の花に集めて見せて下さったのである。

そのあと、鑪の高殿にまわった。五年前にはただ古い建物があっただけだったのが、昨秋熔鉱炉を復元して、火を入れて砂鉄を煮て、テレビでもその様子は放送された。だから今度は土で作られた熔鉱炉や鞴《ふいご》が中央にあって、昔が一層しのばれ、八十余歳になる村下《むらげ》が昔ながらの藍の作業衣を着て説明にたってくれた。「ズー二尺深くにミジを逃がすミズを通して」このあたりには東北に似たなまりがあって、古語が人々の日常語に混っている。村下が高殿に入って火を司り、鉄を煮ている間、村下の妻は家にあって紅白粉はもちろんつけず、髪にも櫛を入れずにさんばら髪で待つのだという話に、水谷さんはいたく感動した様子だった。

その日の午後、一行の殆んどは帰途につき、私は一人で松江に残った。宍道湖に浮ぶ小舟を眺め、アサリ採りの人々の悠長な動作を眺め、空気の旨さと水のよさをしみじみと味わいながら、八重垣神社と神魂《かもす》神社に出かける。例によって漢東種一郎氏の御案内である。今井書店の会長さんも御一緒だった。私は出雲に千何百とある神社を虱つぶしに訪ねてまわる計画を持っているのだが、まず大手から始めるのが順だ。近頃は大社にお株をとられたが、そもそもスサノオと稲田姫が結ばれたのは此処だから、縁結びはこちらが御本家なのである。小さなお社《やしろ》だったが、観光客に荒らされてないので、ひっそりとしたたたずまいである。裏手にまわり、鏡ヵ池で遊ぶことにした。池と呼ぶには小さすぎるが、ここで紙を水に浮かべて中央に十円玉を載せる。早く沈めば早く結ばれ、遅ければ縁も遅いという説明が、ちゃんと立札に書いてある。漢東さんが懐紙を下さったから、これを鏡ヵ池に浮かべて十円玉を載せた。二分、三分たっても沈まない。紙と十円玉だからすぐに沈むかと思ったのに、五分たっても十分たっても沈まない。あるかなきかの風に吹かれて、雪月花を透かした優雅この上ない紙はすうっと向うに流れ始めた。遠くへ行けば縁が遠くで結ばれる由である。「これはアメリカですかな」この秋から外国へ出る私の計画を知っていて、漢東さんが私に笑顔を向けた。ところが途中から風向きが変って、紙はまた縁へ戻ってきた。十五分たっても沈まない。私は一度結婚してあるし、子供に恵まれたし、二度と結婚する気がないからいいけれど、もし私が若くて未婚で、こんなに沈まなかったらきっと青くなってしまっただろうと思っていると、漢東さんも次第に沈痛な面持ちになってきた。

そこへ新婚さんが一組、運転手さんらしい人に案内されて現れた。運転手がこちらへ気さくに声をかけた。「やあ、前から来とられましたか」反射的に漢東さんが「いや、今始めたところです」と言った。冗談ではない、もう二十分も過ぎているのである。

運転手さんが説明しながら、まず自分でやって見せる。社務所でもらってきた紙らしく、中央に朱判が押してある。新婚さんがそれに倣った。三枚の紙が、それぞれ中央に十円玉をのせて池に浮んだ。「長くもちますねえ」運転手さんが私の分を見て言った。「ええ、もう縁がないのよ、きっと」私は答えた。自棄ではなく、本気で言った。

「あっ」新婚さんが声をあげた。新郎の分が、俄かに二つ折れになって水の中へ海女がもぐるようにすいすいと沈み、続いて新婦さんの紙が二つに折れて、すうっと池の中へ。白い紙がゆらめきながら沈む姿は実に美しかった。「俺は縁が遠いんだなあ」運転手君が嘆いた。彼はどうやら独身らしかった。私はもう自分のことは諦めてしまっていたので、若い彼のために祈りたいような気持になっていた。みんな彼の紙の方に注意を集め、「東南が吉」などという文字が浮出ているのを口々に読んだりしていた。神社で用意してある紙には、こんな仕掛けまでしてあるのだ。

「あ。」私は思わず声をあげた。私の紙がもう沈みかけていたのだ。厚手の和紙が、かなり水を吸っていたので、十円玉の重みではすいすいと水を切るわけにはいかなかったらしく、沈み方はあまりスマートではなかった。続いて運転手さんの紙が、美しく沈んだ。

「やあ、冷汗が出ましたよ」漢東さんが帰り道で本当に額の汗を拭きながら言われた。「あんなことは冗談にするもんでないですねえ。紙がよすぎたんですわ。神社の紙を使えば早う沈んだのに、私はもう蒼ざめましたわ。あなたがああいうことでも信じるひとだから、本当に気を揉みましたよ」「私は信じますよ」と私は答えた。「あの辻占は当っていると思いますよ。新婚さんは殆んど同時に沈んだし、同じ紙を使っても運転手さんは遅かったんですもの」三十分も浮いていたなどというのは、おそらく鏡ヵ池の記録だろう。私はこれを神の声として聞いたつもりである。

さて同行の今井さんのことも書いておかなければいけない。氏は紙に十円玉をのせて池に浮べるとき、十円玉だけ先に転がり落ちて、紙の方はいつまでも池に白く浮いたままだった。これでは何を占うこともできない。そのへんの小石をひろって紙にぶつけ、早々に沈めてしまわれた。私は作家だから、今井さんのお齢とにらみあわせてその心中をさまざまに推量してみた。こういうことは、やはり慎重にやらなくてはいけない。今井さんは円満な御家庭を営んでいる人なので、占う必要はもともとなかったのだ。

神魂神社のことも書くつもりだったが、もう紙数がつきた。ここの洒落た神主さんと美しい一人娘さんのことは、いずれ書くときがあるだろう。

（注）水谷八重子（一九〇五―七九）：初代。新派の看板女優として活躍。「出雲の阿国」「華岡青洲の妻」など有吉作品にも出演。

八日（編者注・一九五九年八月）付朝日新聞の「記者席」欄で、七日の閣議の模様について、「閣議の空気は、西独や英国の代表が（原水爆禁止世界）大会予備会議の政治的偏向を理由に脱退したことを、わがことのように喜び」云々と伝えているのを読んで、自民党の政治家たちは国家国民を忘れて、党のことばかり考えているのではないか、と思った。

十原爆、三度許すまじ

西欧代表の四人もが大会を退去した事実で、彼らはただ左翼陣営に対して溜飲《りゅういん》を下げただけなのだから呆《あき》れ返る。これでは、原水爆反対運動が政治的に偏向している擬装平和運動だときめつけたのは、運動の行き過ぎを注意したのではなくて、自民党の方から大会を敵視する策に出たものだったのかと疑われても仕方があるまい。それにしても、せめて原水爆問題だけは、政争の具にしてもらいたくないものだ。これは国民みんなの願いだと思う。なぜならば、原爆問題は国や思想を超えた人類の問題であるからだ。

この欄（編者注・「週刊朝日」の連載コラム）で私が原爆問題を取上げるのは、これで二度目だが、幾度でも繰返していいことだと思うので敢えて書く。それは去る六日の広島における平和記念祭の、広島市民の表情についてだ。ジャーナリスティックに言えば時期はずれかもしれないけれど、記念祭に参加した一人として書く義務を持っていると思う。

かねてから行われていた世界平和大会が、今年は広島県会から助成金を打切られたり、自民党にケチをつけられたりした。安保改定反対と原水爆反対との間につながるものがあるとかないとか論議されているとき、フランス代表やオーストラリア代表から安保改定反対決議を行うべしという提案が出されたり、外では右翼団体が大会妨害のために暴れまわっていたり、そんな不穏な状態のうちに私たちは六日早朝の記念祭を迎えたのであったが、平和記念祭は例年通り定刻八時から始められた。

平和記念公園の中央にある小さな慰霊碑を囲んで、肉親を失ったもの、今なお病むもの、いつ後遺症状が現われるかと不安を抱いているもの、身近くその被災者を知っているものたちが集まって、原爆許すまじという怒りと、三度許すまじという願いとに思いを一つにする三十分である。そして広島ばかりでなく、日本ばかりでなく、世界中の人類が、三度あの悲惨を見まいと誓う三十分だ。

✝代理、代理、代理

しかし慰霊碑の正面近くに席を与えられていた私にとって意外だったのは、この国民全部の関心を集めている筈《はず》の祭礼に、政府要員の顔ぶれが見当らぬことであり、外国人たちも平和大会のために集まった人々以外には特に平和祭のためだけに現われた人は少なかったようだということであった。どうも私の見るところでは八月六日の平和記念祭が、本来ならば国家をあげての行事であるべき筈なのに、ただ一広島市だけの行事に、世界平和大会が参加しているような形だった。

これはプログラムが進むほどにはっきりしてきた。慰霊碑に花輪を捧げる順序について書いておく必要があるかもしれない。

まず浜井市長が、花輪を捧げた。選挙には革新派から立って、保守派の支持をも得たといわれる市長の沈痛な面持ちは、この記念祭に大変相応《ふさわ》しいように思われ、私は前夜広島の人たちが「あれは毎年浜井さんにやってもらいたいものです」といっていたのを尤《もっと》もなことだと思っていた。

続いて岸総理代理、参議院議長代理、衆議院議長代理、……それから世界平和大会の外国代表と日本代表の二人が揃《そろ》って花輪を捧げる。一番最後が、遺族代表だった。十五歳の少年と少女が、一つの花輪を抱きあって祭壇に歩いて行く後姿には、涙が誘われた。十四年前の今日、この二人は生れたばかりの乳呑児だった筈だ。親兄弟を失って、十四年、生き抜いてきたこの子供たちの胸中には、ただあの日からの苦しかった歳月と悲しみしか詰っていないだろうと思うと、滅多なことでは泣かない私も、こぼれ落ちる涙をどう抑《おさ》えることもできなかった。

それにしても、代理、代理、代理で花輪が捧げられた後で、一番最後に遺族代表が出るという順序は、どういうことだろう。

✝うしろめたいからか

この割りきれない思いは、平和記念祭に寄せられたメッセージが次々と読み上げられたときには、もはや憤《いきどお》りに変ってきていた。岸総理大臣のメッセージが代読なのは、外遊中だから仕方がないとしても、参議院議長、衆議院議長のメッセージが代読なのは、どうしたわけか。またそのメッセージの内容のひどさには全く我慢《がまん》がならなかった。「今や広島は、世界平和のメッカとなりつつあり」という類なのである。アメリカもソビエトもイギリスも、そしてフランスも中共も、核武装しつつあるというときに、なにが平和のメッカに「なりつつ」ありだ。平和記念公園を埋めつくしていた会衆で、これをきいて怒りに体をふるわせないものがいただろうか。通り一遍のご挨拶《あいさつ》ならもらわない方がましというものなのだ。

左翼偏向という批判が出て、私自身も平和記念大会に対しては色々な批判を持っているものだが、正八時に始まって、八時十五分世界最初の原子爆弾が投下されたときの黙禱から、正八時三十分に終るまでの平和記念祭、たった三十分だけの短い間だけでもせめて、敵も味方もなく、ただ原爆の悲惨を思い、三度許すまじと誓い、人類の平和を祈念したいものだったと思う。

祈っている人々の頭上で、ヘリコプターの爆音がかしましく、「ニセの平和大会にだまされるな」というビラが降りしきったのは、実に醜態というものであった。だが他は知らず広島市民は、誰一人何ものにもだまされていなかった。あの悲惨を目の当り見た人々にとっては、思想の右も左もない。ただ原爆への怒りだけしかなかったのだ。ビラを拾って読む人はなかった。ビラと反対側が、がなりたてるスピーカーに耳を貸す人々もなかった。記念祭が終ると同時に人々は散って、肉親縁辺の墓所に詣《もう》で、原爆による横死者の慰霊碑に香華を手向けたのである。

広島や長崎の人々の本当の悲しみの前では、右や左に偏向した者たちの争いは、みっともないほど浮上がったものだったのだ。

それにしても、世界でただ一国、原爆の被害を受けた日本で、八月六日（広島）と八月九日（長崎）の記念祭が、たんに広島だけの、長崎だけの行事に、ある団体が参加するという形のものであってはならないと思う。平和祭と平和大会はほとんど別個のものなのだ。平和大会を批判しても反対しても、平和祭を拒んだ者は国民の中に一人もいない筈だ。与党、野党あげて、国民と共に祈り誓うべきであった。

毎年、総理大臣や両院議長がメッセージ代読で逃げをうっているのは、政府がアメリカに核兵器基地を提供したり、こっそり日本を核武装しているからではないのか？　うしろめたいから出てくることができないのではないのか？　こんな疑いは持ちたくないのだが……。

子供の愛国心

紀元二千六百年を、私はジャバにある日本人小学校で迎えた。前々から練習していたので、紀元節の当日には「紀元は二千六百年」と勢いよく奉祝歌を合唱することができた。日華事変が起ったばかり、大日本帝国は軍国主義的色彩を帯びて世界に冠たる日を夢みていた頃のことである。

✝晴れやかな「国旗掲揚」

幼稚園から六年生まで二百人余りの生徒たちは皆日本人で、先生たちももちろん日本人である。紀元節の二月十一日も灼熱《しやくねつ》の太陽が輝き、校長先生は水夫のように赤銅色にやけた顔で、壇上から校庭に居並んだ全校生徒に訓辞をしていた。「皆さんは、大日本帝国の国民であることに誇を持っていなければならない。日本人は世界第一級の国民なのだ。日本は一等国なのだ。皆さんは、それに恥じることのない立派な日本人になる義務を持っている」

光輝ある二千六百年の歴史を講義した後で、校長先生はすっかり興奮していた。先生はツバを飛ばしながら、一等国民である私たちを激励したのであった。

しかし、そのとき全校生徒の示した反応が私にはそれから十数年後の今もって忘れられない。

彼らは、奇妙な顔をして、校長先生の顔を眺《なが》めていた。それは詰らない芝居の中で俳優一人がシャリンになって大熱演しているのを見ている観客とよく似ていた。

全校生徒の大半は、商人の子供たちだった。彼らは、下町で、華僑《かきよう》やインドネシア人たちの中にはいりこんで生活していた。そこで見た実態は、日本人が一等国の国民であるとは信じられないようなものだったのだ。子供たちにとって、生活を離れた主張も教育も受入れることはできなかった。当時オランダの植民地であったジャバでは、白人は総てに優位だったし、経済的には華僑をしのぐ日本人が決して多くなかったのである。

全校生徒の頭の上を、校長先生の訓示は白々しく流れて行った。私ももちろん当時は子供だったから、右のような理屈は考えることもできなかったが、そのときの奇妙な空気はいまだに忘れられない。

校長先生と生徒の間には、これだけのズレがあったが、子供たちが先生と同じように感動することができたものに、祝祭日の「国旗掲揚」があった。日本の青空とは大違いに青い、高い空に、日章旗が上がると、ジャバ生れの子供も、日本からやってきて間もない子供も、何か晴れやかな気持で仰ぎ見たものだ。日本が一等国でないことを、生活的に十分知っていた子供たちが、やはり日本人であることを「悪くない」気持になって感じる時間であった。

✝皇室を利用する政治家

私たちは、日本から最近やって来た子供を囲《かこ》んで、何やかや日本の話を聞き出そうとした。桜の花の話が出ると、「私は知ってるわ」と相鎚《あいづち》を打つ子供がいて、得意そうだった。日本をたつ日は雪だったなどと聞こうものなら、私たちは羨《うらや》ましくて羨ましくて、その子に抱きつかねば我慢がならなかった。日本で生れて、物心ついてからジャバへ来た子供も、一、二年たてばこんな状態になる。そして大人たちと一緒になって、「日本はいい国なのだ」と無条件に肯《うなず》くことができた。

だから私たちは幸福だった。

当時、日本にいる子供たちは、天皇陛下や軍国主義を尊しとする思想を吹きこまれていたようだが、ジャバではその点、周囲が周囲で子供たちの視野も判断力も、日本から来たばかりの先生たちより多分に大人だったので、一等国も一等国民もウ呑《の》みにしなかったのだが、それにもかかわらず私たちは十分に懐しき祖国を愛していたのである。一部の大人たちのように日本を素晴らしい国だとは考えなかったが、それでも十分日本を愛することができていた。忠君愛国の、上半分を忘れて国を愛することだけ、チャンとできていたのである。

戦後、忠君につながる愛国の思想は、一部の人は別として、失われた。天皇陛下は国体の象徴となって、象徴に忠義を誓う気は誰も持たなくなった。戦争になっても、自分だけは助かりたいものだと、みんなが考えて、平気でそれを口に出している。世界制覇《せいは》の野望がなくなってしまったから、天皇陛下を担ぎあげる意義もなくなったのだろう。ここぞと皇室を利用するのは政治家ばかりで、皇室の皆さん方は本当にお気の毒の限りだ。私など利用されてばかりいると腹が立ってくる平凡な人間だが、歴代、幕府や軍部や資本家に利用され続けて未だに誰方《どなた》も爆発しないのは、皇室はやっぱり神さまの末裔《まつえい》なのかもしれない。

†風波の中に美しいものを

冗談はさておいて、自分の子供のころに較べて、今の子供たちは、自分たちのこの国を、どう考えているのだろうかということを考えてみたい。なんでも天皇陛下一本でまとめあげることのできた時代には、政治も教育も楽だったろうが、絶対の権威というものを失うと人間は強く主張するのが中々難しいものだから、先生たちは随分大変だろうと思う。このころになっても、厳しい教育方針で進んでいる中学校、高校は、おおむねミッション系である。仏さまやキリストという一つの権威を信奉しているから先生たちは大威張りだ。

だが、多くの子供たちには、権威というものがおしかぶさっていない。子供たちは、誰も日本が世界の一等国であるとも将来そうなるとも考えていない。その点では、私が育ったころの特異な環境と、今の日本はよく似ている。

しかし私には祖国を離れていたという一つの条件があった。日本にいて、日本は小さな国だと知って、その上で勉強している子供たちの愛国心は、いったいどんなものに育つのだろう。

そこで私は、もう一度、海外でのことどもを思い出すのである。日本を離れて日本を最も懐しく思い起すのは、多く情操的な事柄についてであった。春は花が咲き、秋は虫が鳴く、冬は雪が降るといった、四季の変化や折々の些細《ささい》なことに、私たちの国を想う念はかきたてられた。一口にいって、それらは総て「なごやかな」ことどもであった。そういうものによって支えられている愛国心は、しかし決して頼りないものではない。軍国主義時代のヒステリックな強さはないが、それだけもろく壊《こわ》れる心配もないと思う。

日本の国の中には、絶えずいらいらと風波が立ちさわいでいるけれども、せめて子供の生活の周囲には穏やかな美しいものを充《み》たしておきたいと、私は私の子供のころを省みて、こう考えているのだが。

地下鉄ストとベトナム戦争　六年ぶりのニューヨークで

✝おどろいた記事

北京にいたとき、日本の新聞にアメリカのベトナム戦争反対運動が下火になっているという記事が出たのを読んだときの驚きは大きかった。信じられなかった。アメリカの優秀な学生が集っている大学では次々とデモ行進が行われているのであったし、母親たちが息子をベトナムで死なせたくないといって署名運動を始めたのも同じころのことだったからである。

三カ月後、私は六年ぶりでアメリカに来ていた。最初に会った一人の知識人に、日本でこんなニュースが出ているのだが、と問いかけたところ、彼は考え深げな顔をして、確かに反戦運動が一時ほどの盛上りを見せていないばかりでなく、なんとなくベトナム問題には口を出したくないというムードのようなものが生れているのは事実だと答えた。私は落胆を抑えきれずに、具体的な事実として言論弾圧が行われているかどうかと問い重ねたが、彼は、いや、ムードとしてそんな具合になっているのだ、と同じ言葉を繰返した。

✝落着いた通勤客

私がニューヨークに着いた翌日、地下鉄とバスがストライキに突入して、この巨大な国際都市も一時は動きがつかなくなるかと思われたが、マンハッタンの中は意外に落着きはらっていて、多少の出費をいとわなければタクシーは前よりもっと自由につかまえることができるようになった。同じ方向へ行くのなら、だれが乗っていても手をあげて止めることができ、運転手も詰込めるだけ詰めこんで、乗合った人々は「ハロー」と親しげにあいさつしあっていた。組合側の強腰と、ストが長びけばニューヨーク市の経済はめちゃめちゃになってしまうという深刻な事態は彼らのおおどかな様子からはうかがうことができなかった。

運転手かたぎにもいろいろあって、これこそ稼《かせ》ぎどきとばかりにメーターを倒さず、降りる客からその都度メーターに出た距離で料金を受取るチャッカリしたのから、ほんの七、八ブロックを走っただけで一ドル（普通なら五五セント）とって平然としているのもいる一方で「私は困ってる人を助けるのが生活信条なんでねえ、窮屈なのは我慢しあって下さいよ」といいながら、忙しくメーターを立てたり倒したりして一セントでもよけいには取らないという毅然《きぜん》としたおじさんもいた。

＋困ると相互扶助

乗合った人々は、かつて六年前には私の見ることができなかったほど気安く互いにおしゃべりを楽しんでいた。個人主義に徹底しているニューヨークっ子としては、珍しい現象である。「あの停電のときも、こんな具合でしたよ」と、私に答えた人がいた。「困ったときには相互扶助の精神が降ってわいたように出てくるんですね、この土地では。停電騒ぎのときも、だれにも頼まれずに交通整理をする人がいたし、タクシー以外の車も多勢の人を乗せて走ってましたよ」

ストライキは私のいた間は解決の見通しがたたず、人々は次第に不満をつのらせながらもタクシーの乗り方もうまくなって、「組合側の要求もひどすぎるじゃありませんか。週に四日働いて、年に六週間の休暇がほしいだなんて、共産主義者だって、もっと働きますよ！」「でもあなた、月収六〇ドルのプエルトリコ人たちにとって、一日に交通費五〇セントを必要とするのは大変なことですよ」などと、口々に自分の意見をのべてから目的地に着くと、「ハイ、ではさようなら」と降りて行ってしまう。口やかましい日本人だったら、地下鉄とバスが十日余も止ってしまったら、とてもこんなものではおさまるまいと思うような、おだやかな議論だった。

✝〝くちびる寒し〟

私はタクシーに乗るたびに、ベトナム問題についてどう考えているかという質問を出してみた。例のムードというものを私なりに解明してみたかったからである。

「ああ、それはこのストライキよりも問題ですよ。正直に私の感想をいうなら、もう私はベトナムからは逃げ出したい！」こう答えたのは、ニューヨーク市の民主党員と名乗る老紳士だった。「最初はアメリカが悪い。しかし、今となってはもはやどうすることもできない」と答えたひとが数人いた。彼らは例外なくインテリらしい中年紳士で、沈痛な面持だった。

バークレーで、反戦運動をしていた学生三人が、にわかに1A（甲種合格）に切りかえられたという事件があった。彼らは直ちに告訴し、現在のところ裁判所は結論を出していないが、これが反戦運動に熱中していた若者たちにショックを与えたのは間違いのないところだろう。またアメリカ最大の航空会社の一つの社長令息が、ベトナムで戦死したという話も、活字になって報道されたことはないのだが口から口へ伝えられて、私は数人のひとから別々に聞かされた。こうした話の積み重なりが、ベトナムについては「くちびる寒し」というムードを作っているといえるのかもしれない。

†女の理論は明快

しかし、どこの国でも女たちの理論は単純明快だった。「今となっては、もはや」ということを、アメリカの女性は一人もいわなかった。「アメリカが危機にひんしていて、国を守るために戦うのなら、それは生命を投出すのは当然だけれども、なぜ朝鮮やベトナムのために死ななきゃならないのか私には分らない。私の子供は絶対に兵隊にやりませんよ、ええ」タクシーで乗合ったわずかな時間の中で、彼女たちは吐き捨てるようにこういうのだった。

「どうしてアメリカは、世界平和は自分一人でしょって立つ気になっているんですか」という質問をしたところ、二種類の返事が返ってきた。「そんなつもりではなかったのに、こんなことになってしまったのですよ」と情けなさそうにいうのと、「中国こそ、一人で世界平和をかき乱しているじゃないですか。アメリカがやらなくて、どの国が世界の平和を守れるのですか」と興奮して拳《こぶし》を握りしめるのと。しかし後者の意見を持つひとも、ベトナムに関しては「あれはどうもまずかった」とにがりきっていた。

†好戦意見聞けず

連邦政府の方向とは別に、私はニューヨークではついに好戦的な意見を聞くことはできなかった。反対に、私が中国に六カ月いたと知った私の友人たちの間では、それこそひっぱりだこで中国の話をききたがるアメリカ人が多く、「戸籍のない国だのに、どうして七億二千万の人口などという数字が出るのだ」とか、「満州はロシア領土になったと思っていた」などという〝知識人〟たちの前では、私程度の中国通の話でも結構彼らには新鮮な知識を提供したことになったらしい。

しかし私は、日本でもそうであったように、ここでも慎重にいいまわしに気をつけなければならなかった。私が自分の目で見たことだけを、ごく内輪に語っても、冷笑を浮べて「あなたは洗脳されたようですねえ」という人々が決して少なくなかったからである。

✝根の深さ感じる

わずかな滞在期間ではあったが、アメリカの実情の一端にふれて、ベトナム問題の根の深さをあらためて感じないわけにはいかなかった。中国とアメリカの間に横たわる暗《あん》渠《きょ》をのぞき見て、日本人である私は総毛だつ思いでいる。

聖なる異教徒

日本ではドンチャン騒ぐクリスマスが、欧米ではごくひっそりした家庭的な行事だということは、もう幾度か繰り返して書かれているので、私もここでそんな野暮を重ねるつもりはない。ただ、クリスマス・イブの翌日、つまり二十五日に、ある国のあるサロンで起こった逸話を披露しようと思う。

ミサも七面鳥も終わって、のんびりとした二十五日の夜、ある夫人のサロンに各国の人々が集まっていた。各国といっても、東洋人は日本人が二人いるばかりである。私の友人は、その中の一人であった。他はアメリカ人とフランス人を主とする欧州の人々であったが、一人だけ無国籍者があった。カトリックの司祭である。信仰とか宗教は本来そうあるべきだから、彼だけ国籍を明らかにしないのは、中々意味のあることであった。

ところで宗教家の多くは、よくいえば人間的魅力にあふれていて、それは言葉を変えていえば、間の抜けたところがあるものだということになる。その神父様は、高徳の人に間違いなく、中々の学者でもあるらしかったが、残念なことに現代の東洋に関しては全く知識というものの持ち合わせがなかった。しかし、神父はあふるるばかりの好意を持って、私の友人に近寄ってきたのである。私の友人は、ひどく生真面目な人で、サロンのふんいきには体質的にもなじめない。きっとすみの方で、独りしょんぼりとすわっていたので、神父の目についたのに違いない。彼の目には、彼女が群れを離れた迷える黒羊に見えたのだろう。

一応のあいさつをしてから、神父は彼女を自分の畑に引っ張り込む気でか、いきなりこんな質問を浴びせかけた。

「あなたは神について、どう考えますか」

クリスマスに、キリスト教信者が異国人と語り合うには格好な主題であるには違いなかった。

前にも述べたように私の友人は、生真面目一方の人であり、だから彼の質問に対しても真剣に答える気になって、まず質問の意味をより正確にただそうとした。で、彼女はこう反問したのだ。

「あの、それはどの神様のことでしょうか」

神父様はあっけにとられ、やがて彼女が救いがたい環境にいると気がつき、そこで聖職者としての任務に徹することを決意した。彼もまた反問した。

「いったい、あなたのお国には、どんな神々がいらっしゃるのですか」

彼女は、はっと顔をふせ、それからおもむろに顔をあげて答えた。

「総称してヤオヨロズの神々といっています。八百万という意味です」

「八百万？」

神父様がとんきょうな声をあげたので、彼らの会話はサロンの人々の注目するところとなった。

「その八百万を、全部あなたはいうことができますか」

「いいえ、とても」

「そうでしょう。そんなにいるはずがありませんからね。つまりその八百万の神々は全部存在しないということですよ」

「いいえ、八百万というのは一つの形容詞なんですよ、神父さま。英語でたくさんということを何百というような具合いに、私もまさか八百万もいるとは思いませんが、それでも五穀の神、結婚の神、子孫繁栄の神、厄病よけの神、水の神、火の神、風の神……」

彼女がトットトツとした英語で数えあげるのを忍耐強くきいていた神父様は、とうとうアタマに来てしまった。で、彼は唯一にして絶対である結論によって彼女の口を封じたのだ。

「神は、ただ一人です」

「私もそう思いますわ」

彼女がケロリとして同意したものだから、神父様はまた戸惑ってしまった。

「でも、あなたは今……」

「ええ、たくさんの神様は、要するに担当者なんだと思うんです。各部、各種の受付にすわっている人たちのことで、それを総称したものを神と呼ぶことだって出来ると思いますから」

神父は困惑して、それが彼女の意見であるのか、日本人の神に対する考え方なのかと質問したが、彼女は慎重に十分な時間をとってから答えた。

「わかりません」

この対話は、当事者同士は真剣であったにもかかわらず、サロンのふんいきに見事にかなって、人々を大層たのしませた。

もう一人の日本人であった私は若いころカトリックの教育を受けていたので、このコンニャク問答に参加することができなかった。しかし、私のかたわらにいたアメリカ人たちは、右の彼女の考え方は即ちゼンであるなどといって、ひどく感服して、私にも、あれはゼンだろうと意見をただしにきた。日本で考える仏教はボウヨウとして捕えがたく、そうだといえるようでもあり、いえないようでもあり、アメリカで流行しているゼンは、理屈の通らないものに理屈を通させる論理学のようでもあり、そうでないようでもあり、かなり時間をかけて考えてから、私もこう答えないわけにはいかなかった。

「わかりません」

型絵染めの芹沢銈介氏を訪れる

重要無形文化財保持者の指定を受けた芹沢銈介氏を、蒲田のお宅へお訪ねした。

「型絵《かたえ》染《ぞめ》の技術として指定をお受けになったそうでございますが、型絵染というのはソモソモ何のことなんでしょうか」

スタイル本誌に「更紗夫人」を連載しているが、染色に関してはまったくの素人の私で初対面最初の質問が、こんな幼稚なものだったのに、芹沢先生は微笑で受けて下さった。

「いやア型絵染などという言葉はこれまでなかったものですよ。文部省で私を指定するのに、従来からある言葉では表現しきれないものだから、考えて造ったらしいんですね」

琉球《りゅうきゅう》紅型《びんがた》と呼ばれる沖縄の染色法の研究から出発したが、日本の型染からそれを批判する形で、その中に芹沢氏独特の味、つまり個性を盛上げたもの、

「妙な言葉ですが、まあ創作的型染とでも云いましょうか」

自己紹介のてれくささが、御自分の仕事を説明なさる言葉の中に浮き沈む。

玄人むきの技術の話は、私などが聞いても分らぬものかもしれないし、聞けば聞くほど分らなくなりそうな気配なので方向を変えて、先生の生い立ち、でもないけれど、紅型の研究を志された動機から伺うことにした。

明治二十八年、静岡県に生れた。そして大正五年に東京の高等工芸学校の図案部を卒業、というのが一番簡単な略歴。

「それから静岡に帰って役所にすぐ就職しました。それがたまたま工芸に関係のある指導機関だったので、まあ手芸雑誌に頼まれることがあれば自分で帽子をデザインして染めてみたり、面白半分でやっているうちに、ヤマイコーコーに入ったのですね」

そのころのお住居の向いに、縁つゞきの紺屋《こうや》があったり、もともと静岡が染色の盛んな土地柄なので、環境がそうなるように先生を運命づけていたのかもしれない。

「特に琉球紅型に目をおつけになったのは……?」

「大正十二年ごろで、柳宗悦氏の民芸運動が始まったばかりでしたが、その博覧会が東京でありましてね、そこで琉球紅型の色と模様にぶつかったのですよ」

染色——それには太古からの歴史がある。人々が美しい彩りを着ようと希い、草の葉をしぼり、木の根を叩いて布を染めたころ。それから現代の機械による捺染《なっせん》にいたるまで。

芹沢先生は、琉球紅型を見て、染色の始めのころの「こころ」を発見したのだった。それは感動に違いなかった。

大胆な色の組合せ、迫力のある模様柄、惹かれて研究に没頭することになったのも、前々から紺屋の中を知っていて、和染《わぞめ》の方法に通暁しておいでになったからと云えるようだ。

✝琉球紅型染には染色の始めのころの心がある

「日本にも型染の技術がありましたし、それが時代に従って様々に発達しました。たとえば唐草とか、小紋とかの技法が、江戸で洗練されて江戸小紋と呼ばれるという工合にです」

型染というのは一口に云って、型紙を切って手で染料をさして行く方法だが、これが友禅染などでは、色を変える度に一枚々々型紙を変えるのだそうで、それを防染糊を使いながら一枚の型紙で通してしまうのが紅型の特長だという。

もちろん化学染料ができる前に生れた技術だから、染料はいわゆる草木染。自然の原料を使うわけで、したがって日本なら日本、沖縄なら沖縄独特の原料から独特の色が生れ、その味に従って模様も特異なものが発達したということが考えられる。

そして沖縄の場合は大陸との交通がある時期から途絶えたので、そのために舞踊などでもよい型のものが、他国から流れこんだものを交えずに、昔そのままの形で残っている。染色も同じことだったろう。他の地方の染色法と、互いに影響しあいながら、変化して行くという機会を持たなかったから、先生のおっしゃる始めのころの「こころ」が残っていたのだろう。

しかし、「こころ」とは、いみじくも云ったものだと私は感服していた。せわしない世の中になって、都会には文明が鬱蒼とした騒音になって、私たちの皮膚から肉体を蝕《むしば》もうとしている。好むと好まぬとに関らず合理化生活を余儀なくされ、否とも応とも云わせず大勢の人間が生きるための機械化生活の中で生きて行かねばならない。品物は量産のきくものだけが商品価値を持ち、歯車が噛みあって、一秒に何万という同性同質の品物が流れ出る。あえぎながら、私たちは四角く区切られた空を見て、自分たちの人間性を失うまいとするのに精一杯なのだ。

一括して「民芸品」と呼ばれる郷土の稚拙な、土から捏ねたままのような陶器、まるで穢れたような、鮮明さを欠く染物類、紙と糊と毒々しい顔料で造りあげた玩具。そういうものを商う店を、都会の片隅に発見したとき、ふと足をすくわれたように入らねばいられぬようになって仄暗い家の中の、それらに囲まれたときの私たちの状態は——あれは何だろうと私は考えたのだ。

一見稚拙な手工芸が、私たちに人間が造ったものだという感を深めさせ、私もあなたも、まだまだ人間でいられるのだと肯きあうような安心感。これが、おそらく芹沢先生の云われた「こころ」というものだろうかと私は了解したのだった。

でなくて、どうして、あんな洗練されぬものに人々が惹かれる理由があるだろう。明るく鮮やかな色彩が生れているのに、わざわざ何色が入り混り、しかも黝《くろず》んだような色《いろ》合《あい》に惹かれるだろう。昔の人々の逞しい生命力を培っていたのは大自然だったと思う。文明によって大自然を征服すると思いつつ、実は自然から距《へだた》りを造っていた人間は、繊細な神経を鋭ぎすますことはできたが、生命力は萎えてきたようだと私は思っている。染色の場合も、それが云えるのではないだろうか。高度に発達した技術には、磁器のような冷く美しい好ましさはあっても、人間にいきなりぐいと迫ってくる力はない。

†沖縄でも最近は紅型染がさかんに染められている

私がこんな感想に浸っている聞に、芹沢先生は、沖縄における染色の現状をお話しして下さっていた。三度目の沖縄行から、つい最近お帰りになったところである。

「大正十四年に始めて現地へ出かけたのですが、そのときも終戦後二度目に行ったときも、紅型の仕事は閑散としていましてね、職人も老人ばかりで細々とやっているような状態でしたね。それが今度行ってみると、大変に忙がしくなっている。職人も若い人が殖えていました」

理由は外国人向けの土産物として売出すためであり、沖縄舞踊が盛んになっているので、その衣裳の注文があるからだそうだ。日本でも一時沖縄ブームで、踊りを売物にする料亭が殖えたものだし、今でも東京に四、五軒は残っていて、最近は目も綾な琉球紅型の着物を着て豪華な姿を見せてくれるようになった。

「しかし、そんなわけで、生活の中から出てきた需要ではなく、贅沢品であったり、ただもの珍らしげに買われるものを作っていて忙がしいのですから、仕事場の空気も昔と違って何か大事な芯が脱けているようでした」

老人たちが、いのちの執念をこめて、手捺染して行く昔の仕事場が、急に浮ついたものになっている図を想像するのは難しいことではなかった。それをまのあたりにした芹沢先生の悲しみが、そのまま私にも伝わってきたけれど、そこを今一押しして、

「でも、プリントの洋服布地などのように、機械化された染色法が安価で堅牢な品を産み出す現代では、手染というものがそもそも生活の中では消化しきれないというのが、沖縄に限らず、どこででも云えることなのではないでしょうか」

深く肯いて、しかし、と芹沢先生には確たる信念があるのだった。

「日本では着物が浴衣にいたるまで殆んど全部が手で染めていますし、どうにか成立っていますから、もっともそれが現在はギリギリのところかもしれません」

そうだと思う。着物は本当のところ、現代の女のひとたちが働くときは着ることので

きないものだからだ。私も、書く職業で、あとの生活が怠けものだから、冬になれば好んで着ているけれど、着るときの気持の基本は贅沢の精神である。

「ですが、一般の商品はデザインが最も大切なものとされ、最初から最後までデザインに動かされる性質のものとすると私の仕事ではデザインを出発として、それから材料と手法にしたがい、全部を総合して完成へと進む順序になります。最初のデザインが、最後では大変化を来している場合があるのですね」

そして、昔の染物で、残っているものを見ると、みんなその順を踏んでいることが分ると例をおあげになって、

「それが古い、いいものの特徴だと思いますね」

と結ばれた。

機械文明と手工業の相克は、私の多くテーマとするところだが、「更紗夫人」でもそろそろその結論に近づいてきたように、私はここでも、こうお訊《たず》ねせずにはいられなかった。

「結局、芸術品という形で、手工業は発展するしかないでしょうか」

「そうですね。私の場合は、現にそういうことになっています」

だが、芹沢銈介氏には更に意見があった。

「手織りの布地に化学染料で染めつけてみると、プリントには見られない味が出るので

すよ。考えてみると機械繊維製品も、まだまだ研究されなければならないのだと思いますね。手織木綿の手ざわりの出る機械織が出来たら、染まったものが、もっと楽しいでしょう」

蠟纈《ろうけつ》染でも、近頃はプリントで全くそれのように見えて、素人目ではどちらとも分らぬようなものが出てきた。草木染のように模様の周囲がぼやけた感じを、そっくりプリントで味まで出せるようになった。今年、街にあふれるプリント模様の中で、この種のものが大変多いことを私は思い出した。

材料ばかりではなく、染色の方にも、手工芸品は機械製品をリードするものがあるのかもしれない。

「機械製品の目標になるものを作るということなのですね？」

なんとか現代的意義を見つけようと、局外者の私が、おせっかいな口をきくと芹沢先生はそれに答えずに、こんなお話をして下さった。

「作品の展覧会をしましても、あまり売れないのですよ。見るだけで、帰って行ってしまう……。誰も買いませんね。ところが、それからしばらくして家へ来るひとの着物や帯にそれと同じものがあったりするんです。染物屋がそっくりそのまま真似てるんですね」

「まあ、デザイン盗用じゃありませんか」

「そう云えばそう云うことになりますが版権というものがあれば、売れれば、売れるだけ収入になって私の生活も助かるんですが……」

先般の浴衣のコンテストで一等になって文部大臣賞を獲得したものが、先生の作品と全く同じものだったという話など……。一種の著作権が、コマーシャル・デザイナーの間で問題化されている昨今だが、染色技術家の間では、未だしという現状らしい。

「しかし、世間の片隅で、古いものにひたっているつもりが、自分の仕事がこうやって若い人の生活の中に入っていけるものだと知ると、嬉しいですよ。自分の仕事が今も生きるものかどうかという実験をしてもらっているようなものですから」

瓢々たる芹沢銈介の風丰《ふうぼう》。私はその中に、高い見識を感じていた。「こころ」の染色、それに生きる人の、悟りの境地を見る思いだった。

※芹沢銈介（一八九五―一九八四）。染色工芸家、人間国宝、文化功労者。版画、装丁、家具、設計など多方面で活躍。有吉の『紀ノ川』『地唄』などの文庫カバーを手がけた。

収録作品　初出・底本一覧（初出掲載紙誌／底本）

※初出を底本とする場合は、底本表記を省略している。

幸せな仕事

・私は女流作家（「産経時事」1957年10月12日／『ずいひつ』1958年9月5日、新制社。以下『ずいひつ』）
・私のキャリア（「早稲田文学」1959年1月号／『作家の自伝　109』2000年11月25日、日本図書センター。以下『自伝』）
・才女よ、さようなら（「週刊公論」1959年11月17日号）
・芥川賞残念会（「新潮」1959年3月号／『自伝』）
・幸せな仕事（「新刊展望」1975年10月号）
・炭を塗る（「波」1979年6月号／『自伝』）
・不要能力の退化（「新潮」1968年1月号／『自伝』）
・書ける！（「新潮」1964年3月号／『自伝』）
・三人の女流作家（「世界」1961年10月号）
・野上先生の生活と文学（『日本名作自選文学館　別冊』1972年12月1日、ほるぷ出版）
・井上靖語録（『井上靖小説全集18巻』付録「付録23」1974年8月20日、新潮社）
・美しい男性（『昭和文学全集10　竹山道雄・亀井勝一郎集』付録「竹山道雄・亀井勝一郎アルバム」1963年7月15日、角川書店）
・火野先生の思い出（『日本現代文学全集87巻　丹羽文雄・火野葦平集』付録「月報19」1962年4月19日、講談社）

［ルポルタージュ①］北京の料理屋

・カバー袖文（『有吉佐和子の中国レポート』1979年3月5日、新潮社）
・北京の料理屋（「週刊新潮」1978年8月31日／『有吉佐和子の中国レポート』1979年3月5日、新潮社）

いとおしい時間

・私と歌舞伎——ゴージャスなもの（「演劇界」1977年1月号／『有吉佐和子の本棚』2022年10月30日、河出書房新社。以下『本棚』）
・伝統美への目覚め（「新女苑」1956年12月号／『自伝』）
・青春三音階（「婦人画報」1957年10月号／『ずいひつ』）

・凧あげ（「QUEEN」1959年1月号）
・おひなさま（「QUEEN」1959年3月号／『自伝』）
・桜の花と想い出――お花見のこと（「QUEEN」1959年4月号／『自伝』）
・祝うこと（「QUEEN」1958年12月号）
・赤い花（「QUEEN」1959年8月号）
・花――待ち遠しい秋の色（「朝日新聞」1963年9月3日）
・海の色（「ドレスメーキング」1958年6月号）
・新女大学より　勤倹貯蓄を旨とすべし（「婦人公論」1959年4月号／『新女大学』1960年8月30日、中央公論社）
・私の浪費癖（「銀座百点」1957年7月号／『ずいひつ』）
・着るということ（「装苑」1958年1月号／『ずいひつ』）
・鏡と女（日本板硝子株式会社発行「SPACE MODULATOR」1963年10月20日）
・爪（「風景」1964年4月号／『自伝』）
・NOBODYについて（『坂西志保さん』1977年11月1日、国際文化会館）
・患者の心理（「看護」1979年7月号／『看護への希い　63』1983年3月20日、日本看護協会出版会）
・病後（「新潮」1966年7月号／『自伝』）
・預り信者の弁（「声」1959年5月号／『自伝』）
・最も身近な読者（「新潮」1961年7月号／『自伝』）

本を語る
・わが文学の揺籃期　偶然からの出発（『新潮日本文学57　有吉佐和子集』付録「月報3」1968年11月12日、新潮社／『本棚』）
・我が家のライブラリアン（「図書」1966年8月号／『本棚』）
・岡本かの子『生々流転』（「朝日新聞」1964年5月3日／『自伝』）
・男性社会の中で（「波」1978年10月号／『自伝』）
・嫁姑の争いは醜くない（「朝日新聞PR版」1967月11月3日）
・原作・兼・脚色の弁―「地唄」（新橋演舞場「新派十月公演」プログラム　1957年10月）
・私の阿国（「演劇界」臨時増刊「歌舞伎読本」1972年5月15日）
・日本における「ケイトンズヴィル事件」（「波」1972年9月号）
・紀ノ川紀行（「婦人画報」1958年11月号）
・舞台再訪　紀ノ川（「朝日新聞」1966年10月27日／『自伝』）

［ルポルタージュ②］『女二人のニューギニア』より
・ニューギニアの奥地で（「主婦の友」1968年6月号）
・現地人も驚くゲテ物を食う（「週刊朝日」1968年9月20日号／『女二人のニューギニア』2023年1月10日、河出文庫）

世界を見る目
・審実不虚ということ（「女性仏教」1957年3月号／『ずいひつ』）
・石の庭始末記（「特集人物往来」1958年1月号／『ずいひつ』）
・黒い川（「朝日新聞」1965年3月16日／『隅田川』1965年7月30日、朝日新聞社）
・大徳寺で考えたこと（『古寺巡礼京都16大徳寺』1977年8月20日、淡交社／『私の古寺巡礼　京都Ⅱ』1987年8月18日、淡交社）
・神話の生きている国（「世界」1967年4月号／『自伝』）
・出雲ふたたび（「図書」1970年7月号／『自伝』）
・代読（「週刊朝日」1959年8月30日号）
・子供の愛国心（「週刊朝日」1959年9月6日号）
・地下鉄ストとベトナム戦争　六年ぶりのニューヨークで（「朝日新聞」夕刊　1966年1月22日）
・聖なる異教徒（「朝日新聞」夕刊　1960年12月25日）
・型絵染めの芹沢銈介氏を訪れる（「スタイル」増刊号「きもの読本」1958年9月10日）

本書は文庫オリジナルです。

著作権者と相談の上、誤植ほか一部の修正を施しています。

また本書には一部、今日の人権意識に照らして不適切と考えられる箇所がありますが、執筆当時の状況、著者に差別的意図が無いこと、著者が故人であることから判断し、そのままとしています。

編者解説

岡本和宜

人種問題、嫁姑問題、老人問題、環境問題……。時代を先取りしたテーマを題材に、ベストセラーを連発した人気作家。中国、ニューギニア、離島など各地をめぐり、作品や言動は社会現象となり、介護福祉制度や税制度まで影響を与えた女傑。作家・有吉佐和子にはそんなイメージがつきまとう。

だが本書のエッセイを読むと、朗らかで一途な女性の姿が鮮やかに浮かびあがる。病弱で早熟な幼少期、開放的で溌剌とした若き日、中堅作家としての苦悩と自負、中国やニューギニアで四苦八苦する様子などがユーモラスな筆致で描かれ、ほほえましくもある。

本書は五六編を四章に分けて収録した。Ⅰは文壇登場からマスコミの寵児となり、留学を経て小説に専念するに至る作家生活を語ったもの、Ⅱは身辺雑記を中心に、美的生活がうかがえるもの、Ⅲは愛読書と自作を語ったもの、Ⅳはルポルタージュをはじめ、各地をめぐり感じたもの。単行本未収録作も多いが、これには理由がある。生前刊行された随筆集は一九五八年の『ずいひつ』一冊しかないからだ。

生前刊行された著作七二冊（選集、文庫、再刊本を除く）のうち、随筆、評論（新女大学）、ルポルタージュを合わせても四冊で、生前に刊行された選集（一期、二期あわせて二六巻）でも収録されたのはルポルタージュ「女二人のニューギニア」のみである。没後刊行の『作家の自伝』、『有吉佐和子の本棚』等の各種アンソロジーを合わせても、有吉のエッセイは数えるほどだ。二五歳で芥川賞候補となり、マスコミの寵児の「才女」としてテレビ、ラジオ、雑誌で活躍したベストセラー作家にしては、あまりに少ない。有吉は自身の随筆についてこう語る。

随筆と云うのは文字どおり、筆まかせに書いたものが本来なのでしょうが、目的を持たず、構成の苦労も払わずに書いたものを、ひとが読んで面白いと思うためには、「味」というものがなければならないと思うのですが、その意味では私の筆は、一生懸命という以外に何一つ味わいがありません。私の若い年輪は、特殊な体験を持たないためでしょうか、裏も、翳もなく、匂いも淡白で自分ながらがっかりします。それで、随筆以前と判定して「ずいひつ」と仮名書きにして頂いたわけです。

（『ずいひつ』あとがき　一九五八年）

自身の随筆の未熟さを詫び、やがて上達した「ズイヒツ」、さらに「味も匂いも濃厚な『随筆』を、いつか書けるようになりたい」としているが、これは自身の小説と比べての謙遜であろう。芥川賞候補となった「地唄」が「劇的に達者」（川端康成）、「新人らしいところが殆んど全くなく、古風な作品」（宇野浩二）と評されたように、有吉の小説は老成した完成度の高さを評価されていた。確かに『ずいひつ』には、そのような老成を感じられない。しかし「青春三音階」や「着るということ」などには瑞々しく素直な感情が描かれ、同時期の「型絵染めの芹沢銈介氏を訪ねる」等の訪問記には後年のルポルタージュに通じる冷静な視点がうかがえる。

一九五九年のニューヨーク留学以降、エッセイは減少する。小説に専念するためだった。

一年間の外国留学を終えて日本に帰ってきたとき、私はかたくかたく決意をしていた。それは小説を書くということであった。言葉を換えて言えば、小説以外のことはするまいという決意であった。

（「不要能力の退化」一九六九年）

謙遜と小説専念の思いからエッセイ集は編まれなかったが、一九八四年に急性心不全で急逝するまでに長短の随筆を残している。「悪女について」の執筆意図を語った「男性社会の中で」、佳作「孟姜女考」のもととなった「三人の女流作家」などは小説の余技以上であり、「黒い川」や「舞台再訪」での環境汚染の指摘は、後年の「複合汚染」に通じるものだ。抄録した二編のルポルタージュは、独特のユーモアを持った「味も匂いも濃厚」な傑作である。後年のエッセイには作家としての矜持がうかがえる。

私はもともと同じテーマをしつこく追求するタイプの作家ではなくて、一つ一つ、フィクションの形で、新しい試みをしてきましたが、にもかかわらず一貫した関心を持ち続けてきたように思います。『出雲の阿国』でも『海暗』でも『真砂屋お峰』でも、すべて女性の側から書いてきました。それは、私が女だから、女を書く、というような単純なことではありません。現在「群像」連載中で、まもなく完結する『和宮様御留』は、幕末維新で活躍する男たちを陰で操っていた女たちを書くことで、従来男性の手によって書かれてきた維新史の定説をくつがえしてみせたつもりです。

（「ハストリアンとして」「波」一九七八年一月）

男性の記す「ヒストリイ」ではなく、「ハストリイ」（女性の側から見た歴史）として「男が書きもらしているところを、女が書き改めなくてはいけないという意識」を語る有吉だが、女性だから女性を書く、というよりも社会的弱者に寄り添って書いたといえる。初期の「石の庭」や後年の「和宮様御留」等の歴史に埋もれた弱者、「非色」「海そうとする作家のまなざしである。

暗」のように声すら上げられない人々。作品に一貫しているのは、それらの人々を照らそうとする作家のまなざしである。

弱者へのまなざしの源泉は、各種エッセイに描かれる自身の体験にある。それは帰国子女として外地から戻り、憧れたはずの祖国日本に染まることができず、異邦人（エトランゼ）として過ごした経験である。異邦人の立場は文壇デビュー後も変わらなかった。テレビ出演で一躍マスコミの寵児となったために、かえって文学賞とは無縁となり文壇に染まることもできなかった。しかし、有吉はその立場を嘆くのではなく、現実を見つめ積極的に対処しようとした。「逃げてはいけない。さけてはいけない。現実を見て、はっきり摑んで、それに対処する力を、私たちは自分で養わなければいけない」（「審実不虚ということ」）。染まることができず相容れないからこそ、その現実を見つめようとしたのである。伝統や因習、原始文化や自然環境、他国や離島といった現実への旺盛な探求心も「審実不虚」に起因するのだろう。

「塗炭の苦しみ」ともいえる作家の仕事は、読者の共感を呼ぶ「幸せな仕事」でもあった。弱者の現実を見つめるまなざしは、家や地域等のコミュニティが希薄になる孤独な現代においてこそ共感を呼び、「非色」「青い壺」等の作品が読み続けられるのだろう。「味も匂いも濃厚」なエッセイから、作家のまなざしを感じていただければ幸いである。

洲之内徹 ベスト・エッセイ2　洲之内徹　椹木野衣 編
思想の意味を見失い、放蕩と諦観の果てに著者が見出した美の「誠意」とは？　最初期の批評を含む名随筆を集めたアンソロジー第2弾。（椹木野衣）

田中小実昌 ベスト・エッセイ　田中小実昌　大庭萱朗 編
東大哲学科を中退し、バーテン、香具師などを転々とし、飄々とした作風とミステリー翻訳で知られるコミさんの厳選されたエッセイ集。（片岡義男）

殿山泰司 ベスト・エッセイ　殿山泰司　大庭萱朗 編
独自の文体と反骨精神で読者を魅了する性格俳優、故・殿山泰司の自伝エッセイ、撮影日記、ジャズ、政治評。未収録エッセイも多数！（戌井昭人）

森毅 ベスト・エッセイ　森毅　池内紀 編
まちがったって、完璧じゃなくたって、人生は楽しい。稀代の数学者が放った教育・社会・歴史他様々なジャンルに亘るエッセイを厳選収録！

山口瞳 ベスト・エッセイ　山口瞳　小玉武 編
サラリーマン処世術から飲食、幸福と死まで。——幅広い話題の中に普遍的な人間観察眼が光る山口瞳の豊饒なエッセイ世界を一冊に凝縮した決定版。

あんな作家 こんな作家 どんな作家　阿川佐和子
聞き上手の著者が松本清張、吉行淳之介、田辺聖子、藤沢周平ら57人に取材した。その鮮やかな手口に思わず作家は胸の内を吐露。（清水義範）

一本の茎の上に　茨木のり子
「人間の顔は一本の茎の上に咲き出た一瞬の花である」表題作をはじめ、敬愛する山之口貘等について綴った香気漂うエッセイ集。（金裕鴻）

遺言　石牟礼道子　志村ふくみ
未曾有の大災害の後、言葉を交わしあうことを強く望んだ作家と染織家。新しいよみがえりを祈って紡いだ次世代へのメッセージ。（志村洋子／志村昌司）

箸もてば　石田千
食べることは、いのちへの賛歌。日々の暮らしでめぐりあう四季の恵みと喜びを、滋味深くつづるエッセイ集。書下ろし四篇を新たに収録。（坂崎重盛）

北京の台所、東京の台所　ウー・ウェン
料理研究家になるまでの半生、文化大革命などの出来事、北京の人々の暮らしの知恵、日中の料理について描く。北京家庭料理レシピ付。（木村衣有子）

神も仏もありませぬ　佐野洋子

還暦……もう人生おりたかった。でも春のきざしの蕗の薹に感動する自分がいる。意味なく生きても人は幸せなのだ。第3回小林秀雄賞受賞。（長嶋康郎）

食べちゃいたい　佐野洋子

じゃがいもはセクシー、ブロッコリーは色っぽい、玉ねぎはコケティッシュ……。なめて、かじって、のみこんで。野菜主演のエロチック・コント集。

問題があります　佐野洋子

中国で迎えた終戦の記憶から極貧の美大生時代、読まずにいられない本の話など。単行本未収録作品を追加した、愛と笑いのエッセイ集。（長嶋有）

わたしの脇役人生　沢村貞子

脇役女優として生きてきた著者が、歯に衣着せぬ、それでいて人情味あふれる感性で綴ったエッセイ集。一つの魅力的な老後の生き方。（寺田農）

老いの楽しみ　沢村貞子

八十歳を過ぎ、女優引退を決めた著者が、日々の思いを綴る。齢にさからわず、「なみ」に、気楽に、と過ごす時間に楽しみを見出す。（山崎洋子）

老いの道づれ　沢村貞子

夫が生前書き残した「別れの手紙」には感謝の言葉が綴られていた。著者最晩年のエッセイ集。巻末に黒柳徹子氏との対談を収録。（岡崎栄）

色を奏でる　志村ふくみ・文　井上隆雄・写真

色と糸と織――それぞれに思いを深めて織り続ける染織家にして人間国宝の著者の、エッセイと鮮かな写真が織りなす豊醇な世界。オールカラー。

語りかける花　志村ふくみ

染織の道を歩む中で、ものに触れ、ものの奥に入って見届けようという意志と、志を同じくする表現者たちへの思いを綴る。（藤田千恵子）

ちよう、はたり　志村ふくみ

「物を創るとは汚すことだ」。自戒を持ちつつ、機へ向かうときの沸き立つような気持ち。日本の色への強い思いなどを綴る。（山口智子）

うつくしく、やさしく、おろかなり　杉浦日向子

生きることを楽しもうとしていた江戸人たち。彼らの紡ぎ出した文化にとことん惚れ込んだ著者がその思いの丈を綴った最後のラブレター。（松田哲夫）

武士の娘　杉本鉞子　大岩美代 訳

明治維新期に越後の家に生れ、厳格なしつけと礼儀作法を身につけた少女が開化期の息吹にふれて渡米、近代的女性となるまでの傑作自伝。

遠い朝の本たち　須賀敦子

一人の少女が成長する過程で出会い、愛しんだ文学作品の数々を、記憶に深く残る人びとの想い出とともに描くエッセイ。（末盛千枝子）

橙書店にて　田尻久子

熊本にある本屋兼喫茶店、橙書店の店主が描く本屋と「お客さん」の物語36篇。書き下ろし・未収録エッセイを増補し待望の文庫化。（滝口悠生）

ことばの食卓　武田百合子　野中ユリ・画

なにげない日常の光景やキャラメル、枇杷など、食べものに関する昔の記憶と思い出を感性豊かな文章で綴ったエッセイ集。（種村季弘）

遊覧日記　武田百合子　武田花・写真

行きたい所へ行きたい時に、つれづれに出かけてゆく。一人で。または二人で。あちらこちらを遊覧しながら綴ったエッセイ集。（巖谷國士）

おいしいおはなし　高峰秀子 編

向田邦子、幸田文、山田風太郎……著名人23人の美味な思い出。文学や芸術にも造詣が深かった往年の大女優・高峰秀子が厳選した珠玉のアンソロジー。

高峰秀子　暮しの流儀　完全版　高峰秀子／松山善三／斎藤明美

飾らない、偏らない、背伸びしない。女優引退後、小さなほっとする暮しを選んだ高峰秀子。愛蔵品のカラー写真とともに「引き算」の幸せをご紹介。

高峰秀子　夫婦の流儀　完全版　高峰秀子／松山善三／斎藤明美

大女優・高峰秀子が夫と一緒に暮すために大切にしていたルールとは？　強いない、奪わない、口出ししない――。いつも素敵だった二人の作法を語る。

水辺にて　梨木香歩

川のにおい、風のそよぎ、木々や生き物の息づかい。カヤックで水辺に漕ぎ出すと見えてくる世界を、物語の予感いっぱいに語るエッセイ。（酒井秀夫）

この話、続けてもいいですか。　西加奈子

ミッキーこと西加奈子の目を通すと世界はワクワク、ドキドキ輝く。いろんな人、出来事、体験がてんこ盛りの豪華エッセイ集！（中島たい子）

ちくま文庫

有吉《ありよし》佐《さ》和《わ》子《こ》ベスト・エッセイ

二〇二五年一月十日　第一刷発行
二〇二五年四月十日　第四刷発行

著者　有吉佐和子（ありよし・さわこ）
編者　岡本和宜（おかもと・かずのり）
発行者　増田健史
発行所　株式会社　筑摩書房
東京都台東区蔵前二―五―三　〒一一一―八七五五
電話番号　〇三―五六八七―二六〇一（代表）
装幀者　安野光雅
印刷所　三松堂印刷株式会社
製本所　三松堂印刷株式会社

ISBN978-4-480-44006-8 C0195